Jacques ...
d'État. A...
promotio...
l'Institut...
économie.

Carrière : Ingénieur des mines (1968). Élève à l'École nationale d'administration (1968-1970). Auditeur (1970) puis maître des requêtes au Conseil d'État, maître de conférences des sciences économiques à l'École polytechnique (de 1968 à 1985). Directeur de séminaires à l'École nationale d'administration (1974). Directeur du laboratoire Iris et professeur à l'Université Paris IX-Dauphine (de 1970 à 1980). Conseiller spécial auprès du président de la République (de 1981 à 1991), puis fondateur et premier président de la Banque européenne de reconstruction et de développement (de 1991 à 1993) ; conseiller d'État et président de A et A et de Planet Finance.

Œuvres : *Analyse économique de la vie politique* (1973) ; *Modèles politiques* (1973) ; *L'Anti-économique* (1974) ; *La Parole et l'Outil* (1975) ; *Bruits* (essai sur l'économie politique de la musique) (1977) ; *La Nouvelle Économie française* (1978) ; *Ordre cannibale* (1979) ; *Les Trois Mondes* (Fayard, 1981) ; *Histoire du temps* (Fayard, 1982) ; *La Figure de Fraser* (Fayard, 1983) ; *Un homme d'influence, Sir Siegmund Warburg* (Fayard, 1985) ; *Au propre et au figuré* (Fayard, 1988) ; *Lignes d'horizon* (Fayard, 1990) ; *La Vie éternelle*, roman, qui a obtenu en mai 1989 le Grand Prix du Roman de la Société des Gens de Lettres ; *Le Premier Jour après moi* (Fayard, 1990) ; *1492* (Fayard, 1991) ; *Europe(s)* (1993) : *Il viendra* (Fayard, 1994) ; *Manuel, l'Enfant-rêve* (Stock, 1994) ; *Économie de l'Apocalypse* (Fayard, 1995) ; *Chemin de sagesse* (Fayard, 1996) ; *Au-delà de nulle part* (Fayard, 1997) ; *Dictionnaire du XXIe siècle* (Fayard, 1998) ; *La Femme du menteur* (Fayard, 1999).

Sa chronique des deux septennats de François Mitterrand a été publiée aux Éditions Fayard ; *Verbatim I* (1981-1986) en 1993, *Verbatim II* (1986-1988) en 1995 et *Verbatim III* (1988-1991) en 1996.

Paru dans Le Livre de Poche :

HISTOIRES DU TEMPS
AU PROPRE COMME AU FIGURÉ
UN HOMME D'INFLUENCE
LA VIE ÉTERNELLE, roman
LE PREMIER JOUR APRÈS MOI
LIGNES D'HORIZON
1492
VERBATIM I (2 vol.)
VERBATIM II
VERBATIM III (2 vol.)
IL VIENDRA
CHEMINS DE SAGESSE

JACQUES ATTALI

Au-delà de nulle part

ROMAN

FAYARD

© Librairie Arthème Fayard, 1997.

Le peuple hopi a créé l'une des plus profondes cultures de la planète. Qu'il trouve dans ce roman l'expression de mon admiration et de mon respect.

J. A.

*Quand un esprit meurt,
il devient un homme.
Quand meurt un homme,
il devient un esprit.*

NOVALIS, *Fragments*.

LUMIÈRE

Au-delà de nulle part se trouvent tous les dieux, et c'est de là qu'ils racontent l'histoire de l'Esprit.
D'abord, disent-ils, il n'y avait que le Créateur...

Telles furent les premières phrases qu'Addams vit ce soir-là s'inscrire sur l'écran de son ordinateur. Qui aurait pu deviner qu'elles venaient de l'Enfer ?

Depuis qu'il travaillait à HP5, l'un des centres de recherches parmi les plus secrets de l'armée américaine, installé à Winslow, petite localité à l'orée du désert de l'Arizona, Addams accomplissait chaque soir, en rentrant chez lui, les mêmes gestes, comme un rituel rassurant.

Avant même de refermer la porte de la grande maison achetée avec Annaël à la sortie de la ville, juste avant qu'elle ne le quitte, il allait prendre une bière dans le réfrigérateur et jetait sa veste sur son lit. Puis il fouillait dans le courrier que la femme de ménage avait ordre de déposer sur un guéridon du salon, près d'une fenêtre d'angle. Quand il comprenait que, ce jour-là encore, elle n'avait pas écrit, il restait debout un long moment, envahi par le chagrin, la rage et la nostalgie. Sa colère surmontée, il allait repousser la porte, revenait au salon et s'asseyait dans l'un des trois fauteuils de bois tressé qu'elle avait choisis, face à une ample table en ébène. D'innombrables publications scientifiques de tous formats, dont il allait encore retarder la lecture, entouraient un ordinateur comme la mer un phare sur son îlot. Il l'allumait, entrait dans le Net, consultait les boîtes aux lettres placées à l'entrée de chacun des serveurs, espérant y trouver un message qui ne venait jamais. Il les visitait toutes, y compris celles qu'elle n'était pas censée connaître – que personne, au demeurant, ne pouvait connaître. Alors seulement il se résignait à admettre qu'il était seul.

Ce soir-là, Addams était fatigué. Ses expériences au laboratoire ne donnaient rien. Il supportait mal la chaleur et avait ressenti une déplaisante sensation de vertige en montant la côte jusqu'à chez lui.

Il allait interrompre la connexion avec le réseau quand, dans la boîte aux lettres la moins attendue, réservée aux instructions ultra-secrètes diffusées, le cas échéant, par la Maison-Blanche à la toute dernière extrémité, il découvrit un message. Il crut s'être trompé : rien ne pouvait s'inscrire là, jamais, à moins d'une indescriptible catastrophe ou de quelque effroyable menace. Or rien de tel ne paraissait perturber la routine des jours.

Pourtant, elles étaient bel et bien là, ces lignes énigmatiques, sans signature, sans provenance, sans voix ni visage virtuels. Juste quelques mots écrits à l'ancienne, en anglais, alors qu'il était prévu qu'on ne parlerait sur ce réseau que la langue des Navajos.

Au-delà de nulle part se trouvent tous les dieux, et c'est de là qu'ils racontent l'histoire de l'Esprit.

D'abord, disent-ils, il n'y avait que le Créateur...

Une erreur de transmission, pensa-t-il. Une incroyable bévue avait ouvert à un inconnu l'accès à l'un des sites les mieux protégés de la planète pour y aligner des mots sans queue ni tête. Décidément, la technologie avait de ces ironies...

Il aurait fait part de l'incident au bureau du Général, comme l'exigeaient les consignes de sécurité de l'Institut, si, au même instant, une signature ne s'était inscrite en haut et à gauche du texte, en lettres capitales : **BARSHIT**. Un nom qu'il ne connaissait pas mais dont la consonance lui fut d'emblée familière. Puis, plus rien. Pas d'adresse, aucune identification d'origine ni de code d'entrée dans les logiciels de dialogue. Rien ne permettait de répondre. Un message anonyme. Strictement interdit sur le réseau.

Il resta longtemps à fixer ce texte obscur : « *Au-delà de nulle part se trouvent tous les dieux...* » Qu'est-ce que cela pouvait vouloir dire ? Pourquoi avait-il l'impression d'avoir déjà lu ces phrases quelque part ? Pourquoi eut-il le pressentiment qu'elles lui étaient bien destinées ?

Comme il lui était impossible de répondre, il résolut d'attendre une suite éventuelle. Veille déraisonnable, les yeux rivés sur le réseau.

Au bout d'un long moment, il se leva pour mettre en marche un enregistrement du *Cinquième Quatuor* de Beethoven, qu'il aimait par-dessus tout. Puis il passa sur la terrasse pour regarder le jour s'effacer aux confins du désert, comme chaque soir de cet été sans pluie. Il appréciait ces montagnes arides dont les formes changeaient avec la lumière. Que faisait-il, lui qui n'aimait que la folie des villes, dans ce coin perdu de l'Arizona, à mener des recherches aux résultats improbables ? Tout cela, comme le départ d'Annaël, était-il le prix à payer pour...

Chaque fois qu'il revivait la tragédie de Krasnoïarsk dont tout avait découlé, il pensait que ce n'était qu'injustice, qu'il n'avait rien fait pour mériter quelque pénitence que ce fût.

Il n'aurait su dire combien de temps s'était écoulé quand il revint se poster devant l'écran. Là, il vit la suite du message énigmatique s'inscrire sous ses yeux :

> Considère les cieux et regarde.
> Vois comme les nuages sont plus élevés que toi !
> Si tu pèches, en quoi L'atteins-tu ?
> Si tu multiplies tes offenses, Lui fais-tu quelque mal ?
> Si tu es juste, que Lui donnes-tu, ou que reçoit-Il de ta main ?
> Ce sont tes semblables qu'affecte ta méchanceté,
> les mortels que concerne ta justice.

Addams avait gardé assez de souvenirs des sermons de son grand-père, pasteur dans la bourgade de l'Illinois où il avait passé son enfance, pour reconnaître quelques-uns des plus terribles versets du *Livre de Job* par lesquels le Très-Haut renvoie l'homme à sa solitude, pour le bien comme pour le mal.

Puis le silence à nouveau. Ou plutôt moins encore que le silence : une sorte de néant.

Quelqu'un aurait réussi le tour de force de casser un code réputé inviolable pour le seul plaisir d'y recopier anonymement des versets de la Bible ? Difficile à croire. Submergé par une angoisse que rien ne justifiait, Addams scruta longuement l'écran comme s'il avait cherché à lire autre chose derrière ces mots.

Il tapa sur le clavier :

– Qui parle ainsi sur un réseau interdit ?

Et il expédia sa question sur le réseau général.

Le silence lui répondit. Il s'en voulut d'avoir relancé : il devinait bien que personne ne pourrait répondre. Le message incohérent qu'il avait reçu ne pouvait provenir que de phrases détournées d'un réseau secondaire par des logiciels parasites ; leur auteur ignorait sûrement où elles avaient abouti. Il demeura pourtant un long moment encore à attendre, jusqu'à ce que vinssent s'inscrire sous ses yeux ces lignes, bien plus stupéfiantes que les précédentes :

– Ceci s'adresse au professeur La Fontaine. S'il est là, qu'il me réponde.

Addams resta pétrifié : comment l'autre pouvait-il connaître ce nom, ce vieux nom d'une autre vie, qu'il n'utilisait jamais depuis qu'il était revenu en Amérique ? Moins de dix personnes au monde l'avaient connu sous ce nom. Et, dans l'Enfer où elles se trouvaient désormais toutes réunies, il y avait peu de chances qu'elles vinssent lui faire la conversation sur Internet ! Il transpirait. Il détestait voir ce passé resurgir. Cela ne finirait-il donc jamais ? Cet interlocuteur savait-il quelque chose de Krasnoïarsk ? Absolument invraisemblable ! Mais alors, comment était-il renseigné sur sa véritable identité ?

Il prit son temps, se frotta les yeux, les rouvrit et découvrit à nouveau ce patronyme, le sien, inscrit sur l'écran. Il ne trouva rien de mieux à faire que de murmurer :

– Qui êtes-vous ?

Un long silence suivit.

Sans réfléchir davantage, Addams tapa la même question à l'ancienne, sur le clavier. Presque aussitôt, une voix se fit entendre, à peine audible, hachée, lointaine :

– Est-ce bien le professeur La Fontaine qui s'exprime ainsi ?

Décidément, c'était bien après lui qu'on en avait.

Il répéta à mi-voix :

– Qui êtes-vous ?

Aucune réponse ne vint. À plusieurs reprises, il réitéra sa question. En vain. L'autre paraissait avoir disparu. Addams aurait pu se figurer avoir mal entendu, ou même avoir rêvé, si tout n'était inscrit là sur l'écran. Il insista :

– Comment connaissez-vous cette adresse ? À l'aide de quel code avez-vous déverrouillé les barrières alphanumériques ? Êtes-vous l'un des Pénitents ?

Il s'en voulut aussitôt d'avoir lâché le nom de code des responsables suprêmes du projet sur lequel il travaillait. C'était pourtant l'unique hypothèse plausible : les Pénitents étaient les seules autorités habilitées à pénétrer sur ce réseau. Et encore, seulement en cas d'extrême urgence. À moins que... Et si ce Barshit faisait partie des Braconniers ? Non, impossible ! Ils n'avaient jamais réussi, malgré leur redoutable dextérité, à s'immiscer dans cet espace, un des derniers sanctuaires épargnés par ces terribles trafiquants.

Il attendit. Au bout d'une éternité, comme si le message avait dû franchir des distances interstellaires avant de lui parvenir, l'autre répondit :

– **Pénitents ? Braconniers ? Je ne comprends rien, malheureusement, à ce que vous dites là, Professeur. Mais la manière dont je vous ai contacté n'a aucune espèce d'importance, je vous assure, au regard du drame qui m'amène...**

– Un drame ? Quel drame ? Qui êtes-vous ? D'où me parlez-vous ?

– **Nous avons besoin de votre aide de toute urgence. Ce qui va se passer ici est abominable. Nous sommes au bord d'une catastrophe, de la plus grande catastrophe imaginable.**

La voix était posée et son discours un peu affecté contrastait avec la panique que devait éprouver le messager. À moins qu'il ne s'agisse d'un canular ? Qui était-ce ? D'où parlait-il ? Addams allait reposer ces questions quand l'autre poursuivit :

– **Dans six jours, Swift-Tuttle va faire exploser la Terre.**

Addams haussa les épaules et fut tenté de mettre un terme à la communication. Il s'en voulait d'avoir engagé ce dialogue qui tournait à la plaisanterie la plus éculée. La fatigue, sans doute. Sans doute aussi – il dut le reconnaître à contrecœur – la solitude qui le conduisait à s'accrocher au premier interlocuteur venu. Désormais, il lui faudrait y prendre garde.

Cela risquerait de lui attirer des ennuis. Le général Lipschitz ne plaisantait pas sur les fréquentations des chercheurs du Centre. Comme il était évident que son téléphone était écouté, son ordinateur branché en dérivation sur quelque salle de surveillance, à Washington ou ailleurs, on devait déjà rigoler, là-bas, de sa bévue. Un plaisantin, peut-être un détraqué, venait donc de pénétrer, sans doute par hasard, dans le réseau le plus secret d'Amérique, pour lui servir ce grossier canular ?

– Et c'est quoi, Swift-Tuttle ?
– Une comète.

Un fou, le gourou d'une secte, ou encore un escroc cherchant ses victimes sur le Web ?...

Addams déclencha les puissants protocoles de localisation. Il s'en voulut de ne pas y avoir songé plus tôt, alors que les procédures de sécurité ordonnaient de le faire sur-le-champ. Ils allaient lui permettre de débusquer et démasquer l'autre en quelques secondes.

Celui-ci reprit :
– Malheureusement, tous nos calculs sont formels, Professeur. Nous n'avons plus aucune chance de nous tromper. Swift-Tuttle fonce droit sur la Terre et viendra s'écraser sur nous dans exactement six jours, vingt-trois heures et douze minutes. Le choc sera épouvantable. Il équivaudra à l'explosion simultanée de la totalité des armes nucléaires jamais construites. Un milliard de fois la puissance de la bombe qui détruisit Hiroshima. Il ne restera rien des hommes. Rien. Je vous en prie, aidez-nous !

Les logiciels tournaient à plein. Sans doute allaient-ils localiser le plaisantin en moins d'une minute. Entre-temps, pour en remontrer à l'intrus, Addams interrogea *Alta Vista*, l'un des serveurs de recherche qu'il avait l'habitude de consulter, et y inscrivit le nom qu'il venait d'entendre : *Swift-Tuttle*. À sa vive surprise, plusieurs références vinrent s'inscrire sur l'écran. Il entra dans la première. Swift-Tuttle était bien une comète, l'une des plus importantes à rôder depuis des millénaires au voisinage du système solaire. Elle était passée non loin du Soleil en 1992 et, depuis lors, elle s'en éloignait à grande vitesse. Elle devait être à présent au moins quatre fois plus éloignée du Soleil que Pluton et ne reviendrait vers la Terre que d'ici un siècle, vers 2100 au plus tôt.

Pendant que les logiciels poursuivaient leurs recherches, il décida de riposter :

– Vous n'êtes qu'un plaisantin ! Swift-Tuttle est bien le nom d'une comète, mais vous auriez dû mieux vous renseigner avant de vous lancer sur le réseau. En ce moment même, elle s'éloigne du système solaire et ne reviendra pas avant au moins un siècle, vers 2100. La prochaine fois, choisissez-en une autre, avec moins de risques de vous tromper !

La réponse vint après le même long silence auquel Addams commençait à s'accoutumer.

– Exact. Swift-Tuttle heurtera la Terre le samedi 14 août 2126. Dans une semaine.

Cela fut proféré d'une voix sourde, placide et neutre. Addams crut avoir mal entendu, mais il vit les mêmes propos s'inscrire sur l'écran. Amusant : cet illuminé prétendait maintenant lui parler depuis... le prochain siècle ! Il y avait beaucoup de cinglés sur le réseau, des pédophiles, des exhibitionnistes, des gourous, des marchands d'armes, des astrologues et même – plus rarement – des honnêtes gens, mais il n'avait encore jamais entendu quelqu'un prétendre s'y exprimer depuis le futur !

Par désœuvrement, peut-être, parce que rien ne l'appelait ni dans son lit ni ailleurs, il décida de rester encore un instant en communication et interrogea :

– Vous parlez donc depuis l'an 2126 ?

– En effet. Il est exactement neuf heures dix-sept du matin, le dimanche 8 août 2126. De là où je me

trouve, je découvre un ciel gris sale, annonciateur d'orage, d'une averse tiède et d'une journée sans joie.

– Et vous espérez que je puisse avaler une chose pareille ? Laissez tomber ! Expliquez-moi plutôt comment vous vous êtes introduit sur le réseau.

Long silence. Les logiciels n'avaient toujours rien annoncé. Il fut sur le point de couper. Mais l'homme l'avait désigné par son vrai nom. Il ne se sentait pas en droit de le traiter à la légère. Il pouvait s'agir d'un maître chanteur. Il lui fallait absolument découvrir qui il était. À défaut, il devait... L'autre reprit :

– Vous ne me croyez pas ? Je n'en suis pas surpris. Il est tout à fait normal que vous soyez sceptique. Vous n'avez jamais eu l'occasion de parler avec quelqu'un qui s'exprime depuis l'avenir, n'est-ce pas ? J'espérais que d'autres avant moi... Si c'est la première fois, je comprends que vous ayez du mal à l'admettre. Pourtant, il est urgent que vous me croyiez, afin que nous puissions parler de choses sérieuses. Comment vous convaincre ? Je n'ai pas le temps de tout vous raconter... Voulez-vous, par exemple, que je vous dise la date de la mort de votre fils ? Vous souhaitez la connaître ? Cela vous convaincrait-il ?

– Pas de chance, mon bon ami : je n'ai pas de fils.

Un long silence, de nouveau. Puis :

– Vous en aurez un. Et deux filles. En 2126, trois de leurs propres enfants sont encore en vie. À ce jour, vos enfants auront eu en tout cinquante-trois descendants.

La nuit était décidément très chaude et Addams ressentit encore l'impression de vertige qui l'avait saisi peu avant d'arriver chez lui. Sa vue se brouilla, il en vint à perdre l'équilibre et faillit tomber de sa chaise. Quand il se fut remis d'aplomb et que son esprit fut redevenu lucide, il se leva, alla ouvrir les trois grandes portes-fenêtres du salon et fit quelques pas sur la terrasse entourant la maison. Il resta un moment à contempler les lumières de la ville et, un peu plus loin, la masse opaque du Centre. Même la nuit ne parvenait pas à rafraîchir le désert.

Addams n'avait pas d'enfant et n'éprouvait nullement le désir d'en avoir depuis le départ d'Annaël. Pourtant, cette prédiction le rendait heureux. Sans doute – se dit-il un peu plus tard – fut-ce la raison pour laquelle il décida de poursuivre la conversation.

Il revint dans la moiteur du salon et s'installa de nouveau devant la console. Il relut attentivement tous les textes qui s'étaient inscrits sur l'écran depuis le début. En son absence, l'autre avait questionné :

– Vous êtes toujours là, Professeur ? Vous êtes encore là ?

– Qui que vous soyez, cher monsieur, je voudrais vous suggérer de changer de registre. Si vous tenez à faire peur aux gens, trouvez autre chose. Je ne suis pas du tout un spécialiste des comètes, mais j'en sais suffisamment sur elles pour vous dire qu'il n'y a aucun risque qu'elles viennent jamais s'approcher dangereusement de la Terre. Alors, d'où que vous parliez, cessez de trembler à l'idée que le ciel va vous tomber sur la tête ! Dites-moi plutôt pourquoi vous m'avez appelé d'un nom qui n'est pas le mien.

Addams regardait les protocoles d'identification clignoter dans un coin de l'écran. Comme ils étaient longs ! Ça ne devait pourtant pas être bien sorcier d'identifier une adresse !

– Nous savons tout cela, Professeur, et nous avons longtemps espéré que tout se passerait comme vous venez de l'indiquer. C'est d'ailleurs ce que prévoyaient nos meilleurs spécialistes jusqu'à hier encore... Malheureusement, mes derniers calculs, à partir de l'observation la plus récente de la trajectoire du monstre, ne laissent plus l'ombre d'un doute : Swift-Tuttle pénétrera dans l'atmosphère terrestre d'ici une semaine, et sous un angle tel que la comète

ne sera pas pulvérisée par le choc, ni même freinée par le frottement de l'air. Elle sera en revanche échauffée, atteindra une température de plusieurs milliers de degrés, et toute son eau sera vaporisée. Elle apparaîtra alors comme une lumière géante. Son noyau de plusieurs millions de tonnes devrait tomber d'un seul bloc sur le nord-ouest de l'Inde, très exactement au voisinage de Chandrinaghar, ville de cinq millions d'habitants au nord du Pendjab. Il n'est pas exclu qu'il explose à quelque cent mètres du sol, mais nous n'en savons rien. Il est plus probable qu'il creuse un cratère de plus de cent kilomètres de diamètre, faisant sur-le-champ plus de trois millions de morts. Cent millions d'autres succomberont avant la première semaine de septembre aux effets indirects de la collision : incendies, tremblements de terre, raz de marée, asphyxie... Surtout l'asphyxie : d'énormes quantités de poussière se seront soulevées, montant jusqu'à vingt-cinq kilomètres d'altitude et faisant écran aux rayons solaires, d'abord au-dessus de l'Asie centrale, puis de l'Europe de l'Est et de la Chine. Ce nuage sera si dense et si haut qu'il parviendra à traverser l'Atlantique en octobre et finira par recouvrir tout le reste de l'Europe en janvier. Un mois plus tard, la température aura baissé de quarante degrés sur l'ensemble de la planète, à l'exception peut-être de la Tasmanie et de l'Antarctique où les effets pourraient ne se faire sentir qu'un peu plus tard, vers la fin de l'été prochain. Des pluies acides s'abattront sur toutes les terres émergées. Un hiver universel commencera vers le mois de mars, quand aurait dû débuter le printemps sur tout un hémisphère. Les rayons solaires ne passeront jamais plus nulle part, à aucun moment de la journée, du mois, de l'année. Le cycle végétal se trouvera interrompu. La température atteindra bientôt moins vingt degrés à midi sur l'équateur, et l'obscurité deviendra vite insupportable. Nul ne pourra suspendre ou interrompre cet hiver. Aucune technologie disponible ne

se révélera capable de dégager le ciel. Les hommes useront leurs dernières réserves d'énergie à survivre. On se battra pour un gallon d'essence, pour une étincelle de lumière, pour une fiasque d'eau potable. D'ici un an au plus, après que les ultimes rescapés se seront entre-tués pour une dernière bouffée d'air respirable, toute forme de vie aura disparu de la surface de la planète. Sauf les bactéries et les scorpions. Voilà tout ce qui restera de nos orgueilleuses civilisations : des bactéries et des scorpions !

Addams ne pouvait s'empêcher de trouver quelque vraisemblance à ce récit. Le plaisantin – ou le fou – paraissait savoir de quoi il parlait. Sa description imaginaire de la chute d'une comète sur la Terre ne semblait pas irréaliste.

Qui était-il ? À quoi rimait cette blague ? Comment connaissait-il son vrai nom ? À quelle conclusion voulait-on l'entraîner ? Pourquoi le visait-on, lui ? S'agissait-il d'un exercice d'alerte des services secrets, destiné à tester ses réactions face à un chantage portant sur sa vie antérieure ? Quoi qu'il en fût, on n'aurait rien à lui reprocher ; après quelques instants d'hésitation, il avait fait très exactement ce que les consignes exigeaient de lui : tenter de localiser l'intrus afin de le signaler au quartier général.

Mais quelque chose continuait à ne pas se dérouler comme prévu : le logiciel de localisation, d'ordinaire si prompt à découvrir l'adresse du moindre émetteur, fût-ce le mieux crypté, ne fournissait aucune réponse. Addams regarda défiler, en bas et à gauche de l'écran, le compte rendu des diverses tentatives : toutes vaines. Le moment était vraiment mal choisi pour une panne ! Tout en s'efforçant de comprendre, et pour ne pas perdre le contact, il interrogea :

– Qu'allez-vous faire ?

– Rien. Nous sommes impuissants...

La voix était plate, comme désincarnée. Toujours le même intervalle de temps entre la question, la réponse orale, puis l'apparition du texte sur l'écran. Addams avait presque fini par s'y habituer. Force lui était de le reconnaître : quelque chose sonnait juste dans ce qu'il entendait. Mais il n'aurait su dire quoi. Et toujours aucune localisation... L'autre continua :

– ... mais vous, vous pouvez faire quelque chose. C'est même pour cela que je vous cherche depuis une semaine.

Nous y voilà ! sourit Addams. Le canular se précise... Que va-t-il me demander ? De le rejoindre en 2126 ? D'aller marcher sur la Lune ?

– Vous avez donc besoin de moi... Quoi de plus naturel ! Mais en quoi puis-je vous être utile ?

– La seule façon d'éviter la collision consisterait à déclencher une attaque thermonucléaire massive, avec toutes les armes dont on pourrait disposer, contre la comète. Pour la faire exploser juste avant qu'elle n'atteigne l'atmosphère. Pas plus tôt, car le risque de la manquer serait trop grand. Pas plus tard non plus, car les débris radioactifs retomberaient alors sur nous. La comète croisera la trajectoire de la Terre pendant moins de quatre minutes. Nous n'aurons donc qu'une très brève fenêtre d'environ vingt secondes pour lancer cette attaque ; elle devra commencer exactement dans six jours, onze heures, cinquante-trois minutes et vingt-deux secondes.

Il faisait très lourd. Pour la troisième fois depuis son retour chez lui, Addams fut pris d'un vertige qui, cette fois, l'inquiéta. Il se sentit perdre contact avec la réalité, sa vue s'opacifia, il n'eut que le temps de se pencher et de laisser son torse et sa tête s'affaler sur la table, devant la console.

Et si c'était l'annonce d'un accident cérébral ou cardiaque ? Jusqu'ici, il ne s'était jamais préoccupé de son état de santé, mais il ne pouvait pas ne pas attacher d'importance à trois vertiges en l'espace d'une heure. Il avait d'ailleurs sans doute perdu connaissance quelques instants puisqu'il n'avait pas entendu prononcer les phrases énigmatiques qui s'étaient inscrites sur l'écran :

– Si nous échouons, Taiowa nous rappellera à lui et tous les dieux seront à ses côtés pour nous accueillir... Vous m'entendez, Professeur ?

Addams regarda le logiciel de localisation qui continuait de balbutier, incapable de fournir la moindre indication sur l'adresse de l'émetteur. Il s'essuya le front et s'entendit répondre :

– Eh bien, faites-le ! Envoyez vos bombes !

– Ce n'est pas l'envie qui nous en manque. Seulement, nous n'en avons plus les moyens.

– Comment ça : plus les moyens ?

– L'arme nucléaire a été bannie depuis la Guerre d'Épouvante.

Addams n'avait jamais entendu parler de cette guerre-là. Il ne releva pas : après tout, il ne s'agissait là que d'une énigme accessoire. Il questionna :

– C'est-à-dire que vous ne disposez plus d'armes nucléaires ?

– Pas exactement. Il en existe encore un très grand nombre, mais, depuis la Grande Purification, elles sont devenues inaccessibles. Toutes celles qui étaient restées stockées sur terre ou embarquées sur mer ont été démantelées, et aucune civilisation n'a plus l'expertise nécessaire pour en fabriquer. Ne restent que les ogives thermonucléaires en orbite basse, placées là il y a plus de cinquante ans par la Civilisation d'Occident en prévision d'une attaque de l'Est. On ne les a jamais utilisées, et, après le désastre, l'Occident n'a pas osé les faire redescendre ; c'était trop dangereux, compte tenu des moyens encore disponibles. Personne ne se voyait prendre le risque de faire rentrer dans l'atmosphère six cent cinquante-trois ogives en parfait état de marche représentant cinq cents millions de fois l'arme utilisée autrefois contre le Japon. Les dirigeants ont alors décidé de se borner à les désactiver. C'est ce qu'on a fait avec beaucoup de difficultés, d'après ce que je crois savoir. Il a fallu déclencher des codes dont on n'était pas sûr de connaître tous les paramètres, alors que la moindre erreur risquait d'entraîner l'explosion de ces charges. On les a donc désactivées, rien de plus. Ces ogives voguent ainsi au-dessus de nous, en état de marche, mais neutralisées, inertes, à nous narguer.

– Pourquoi ne les remettez-vous pas en service ?

– Parce que nous ne possédons plus les codes nécessaires.

– Si vous avez su les désactiver, vous êtes capables de les réactiver !

– Oui, mais on ne pourrait les orienter vers la comète, et encore moins tirer. On n'a plus les codes, vous dis-je.

– Pourquoi ? Où sont-ils passés, ces codes ?

– La Grande Purification les a fait disparaître. Comme elle a fait disparaître tout ce qui pouvait permettre la réédition des barbaries de l'horrible siècle.

– L'« horrible siècle » ?

– C'est ainsi que nous appelons celui qui a commencé avec la Deuxième Guerre mondiale et s'est terminé par la Grande Purification. Vous ne pouvez vous rendre compte de l'état dans lequel se trouve la planète, ces temps derniers, vidée de toute énergie morale par la pire des paix, consécutive à la plus abominable des guerres. Pas de vainqueur, donc pas de projet : juste des peuples exsangues, encore traumatisés par leurs propres atrocités, seulement décidés à ne pas les voir se reproduire. La seule décision qu'ils aient su prendre a consisté à effacer toute trace des instruments de ces guerres. En particulier des armes nucléaires, y compris celles détenues par les grandes civilisations. Personne n'avait évidemment pensé qu'elles pourraient un jour servir au salut de l'humanité. Qui aurait pu imaginer que nous aurions au-dessus de nos têtes les moyens de nous sauver, mais que nous en aurions fait disparaître les clés par lâcheté, par peur de notre propre barbarie ? Si les peuples savaient, ils feraient la révolution avant d'être réduits en fumée ! Mais personne ne sait encore. La panique n'a pas commencé. Confrontés à cette situation, ceux qui savent ont cherché où pouvaient être cachés ces codes. Nous n'avons rien trouvé.

Il se tut. Addams craignit qu'il eût disparu. Il interrogea :

– Vous cherchez depuis longtemps ?

– Tout cela n'a débuté qu'il y a quelques jours. Quand ceux qui savent ont vraiment compris ce qui menaçait, ils n'ont pas eu le temps de fouiller tous les anciens réseaux de commandement. Pour l'heure, ils ont seulement réussi à pénétrer dans certaines mémoires informatiques des réseaux militaires d'avant la Guerre d'Épouvante. Ils y ont trouvé des registres de ces codes. Mais pas les codes eux-mêmes. Là, tous se sont découragés. Chacun a eu le sentiment que tout était perdu.

Addams sourit : il ne savait évidemment pas ce qu'avaient bien pu être cette « Grande Purification » ou cette « Guerre d'Épouvante », deux événements manifestement considérables qui étaient censés avoir lieu, si l'on se fiait au décompte de ce farceur, d'ici... un bon demi-siècle ! Il ne savait pas davantage qui pouvaient bien être « ceux qui savent », dont l'autre parlait sans cesse. Cet homme était décidément fort imaginatif : avant de se lancer, il avait à coup sûr longuement médité son coup, soigneusement concocté son histoire, réfléchi à tous les pièges qu'on pourrait lui tendre. Il s'était aussi renseigné. La même question taraudait Addams : comment le connaissait-il en tant que La Fontaine ? De surcroît, il avait mis au point de très sérieux protocoles de brouillage, puisque les logiciels de localisation les plus efficaces de l'armée américaine ne parvenaient toujours pas à le repérer. Qui pouvait connaître suffisamment bien ces logiciels pour leur avoir découvert une parade ? Que cherchait enfin cet homme ? On ne déploie pas autant d'efforts, on ne prend pas autant de précautions pour un simple canular !

Puis, brusquement, il sut.

Mais oui, bien sûr ! Il aurait dû y penser tout de suite ! Wilfried Lemporius... Le Lituanien était parfaitement capable d'avoir échafaudé une pareille histoire et de s'être masqué derrière de formidables barrières informatiques. Il était le meilleur astrophysicien du Centre et connaissait tout des comètes. Au surplus, un peu par accident, il s'était intéressé aux codes de cryptage. On disait aussi qu'il avait participé à la mise au point des barrières de localisation qui protégeaient le Centre, bien avant l'arrivée d'Addams à Winslow. Qu'il avait même été consulté par le Pentagone pour d'autres formes de cryptage...

Ce ne pouvait qu'être lui. Addams regretta de n'y avoir pas songé plus tôt. Une seule chose le gênait : Wilfried ne pouvait connaître son vrai nom et, en tout cas, ne lui avait jamais laissé entendre qu'il le connaissait. Il était peu vraisemblable qu'il eût eu accès à son dossier secret. Soucieux de montrer qu'il n'était plus dupe, Addams écrivit :

— Eh bien, si vous trouvez vos codes, vous devriez expédier ces bombes. Ce pourrait être amusant ! Vous me raconterez tout ça tout à l'heure, disons d'ici une heure, à l'*Other Way* !

C'était le nom du restaurant où Wilfried et lui avaient coutume de se retrouver, tard dans la nuit, pour jouer aux échecs à l'écart des micros et des agents du général Lipschitz.

— Ils ont cherché, Professeur. Ils ont fini par trouver quelques-uns de ces codes dans des archives oubliées des armées d'Occident. Malheureusement, ils ne servaient qu'au déclenchement des armes terrestres. Au demeurant, un type de codage singulier, très différent de ceux habituellement utilisés par les états-majors. Mais ils n'ont pu mettre la main sur celui des armes placées en orbite. Ils ont pourtant, prétendent-ils, fouillé la planète entière. Avant-hier, dans une lettre griffonnée par le dernier chef d'état-major de la Marine d'Occident juste avant son suicide, ils ont découvert des indications très précieuses : tous les codes auraient été changés pendant la Guerre d'Épouvante à la suite de la mise au jour d'une fuite au plus haut niveau. Les services occidentaux s'étaient aperçus que l'Est était au courant des mouvements de tous les bâtiments militaires et qu'il commençait même à explorer systématiquement tous les algorithmes des nombres premiers. Or, c'est parmi ceux-ci que se trouvait justement le code des armes nucléaires. Les estimations avaient montré qu'en trois ans au plus, les Orientaux seraient tombés sur la bonne combinaison. C'était un risque que la Civilisation d'Occident avait refusé de prendre. Les dirigeants de l'époque avaient alors décidé de tout recoder autrement, cette fois à partir de symboles improbables même pour des déchiffreurs chevronnés. Quelqu'un avait suggéré d'utiliser les symboles religieux contenus dans les textes les plus ésotériques des religions les moins connues. Dans cette lettre, on apprend aussi quelle est l'orbite des armes et de quoi est constitué leur code de mise à feu. Mais on ne nous le précise pas en détail ; il semble même que l'Amiral refusait de le confier à ses plus proches adjoints et le gardait pour lui seul. Il tenait ce code de sources qu'il n'entendait pas divulguer. C'est pour cela que nous avons besoin de vous.

– Comment ça ?

– Nous voulons que vous alliez chercher ce code là où il se trouve, et que vous nous le transmettiez. C'est tout ce dont nous avons besoin. Vous le ferez, n'est-ce pas ? Chaque heure compte. Quand nous l'aurons, il restera encore beaucoup à faire pour préparer les armes, les orienter et procéder à leur lancement.

Un jeu de piste ! Décidément, Wilfried Lemporius devait s'ennuyer ferme pour inventer des histoires aussi alambiquées. Addams alla se chercher une autre bière et décida d'afficher une nouvelle fois qu'il n'était pas dupe. Il pianota :

– Bien pensé, Wilfried ! Mais continuons un brin, juste pour voir jusqu'où vous voulez aller. Comment pouvez-vous penser que je serais à même de découvrir un code qui ne sera mis au point, si je suis bien votre raisonnement, que dans soixante ans ? Il y a là quelque chose qui dépasse mon entendement de simple mortel. Je déclare forfait. Votre jeu dépasse mes capacités intellectuelles !

– Justement, c'est pour cette raison que nous avons besoin de vous, reprit le dénommé Barshit sans même relever l'ironie. Cette même lettre de l'amiral Goussiline – c'est le nom de cet infortuné chef d'état-major – nous a appris, je vous l'ai dit, qu'on avait retenu divers symboles religieux pour coder les armes. Pour les fusées terrestres, on avait choisi une obscure figure dessinée sur les murs intérieurs d'un monastère européen que le Président de l'époque aimait particulièrement. Un lieu si peu connu que même si les Orientaux s'étaient lancés dans l'exploration systématique de tous les sites chrétiens d'Europe, ils n'auraient eu aucune chance de tomber rapidement sur celui-là. Pour le code des fusées en orbite, le Président avait demandé qu'on choisisse le symbole le plus secret de la tribu la plus anciennement établie sur le sol des deux Amériques. C'est ainsi, raconte l'Amiral – du moins si l'on en croit ce qu'on parvient non sans mal à déchiffrer du message qu'il a laissé avant d'en finir –, c'est ainsi que le code d'orientation des armes nucléaires placées en orbite a été composé par lui à partir de signes tracés sur quatre tablettes sacrées appartenant aux Indiens hopis, lesquels seraient – si on l'en croit, mais je n'en sais trop rien – le plus vieux peuple d'Amérique. Et si je suis venu aujourd'hui jusqu'à vous, cher Professeur, c'est parce que vous êtes à la fois capable de nous comprendre et que vous vivez à proximité de ce qu'il reste de ces tribus. En fait, vous êtes même le plus proche que nous ayons été en mesure d'identifier.

Quel était ce nouveau piège ? Les Hopis ? Il connaissait évidemment cette tribu. Qui ne les connaissait, à Winslow ? Quelques-uns travaillaient en ville dans les métiers les plus variés. La plupart vivaient depuis mille ans au moins sur quelques plateaux arides, à une centaine de miles plus au nord ; personne, pas même l'armée américaine, n'avait pu les en chasser. Addams n'en savait guère plus, sauf qu'ils étaient éminemment discrets sur leurs coutumes et leurs croyances.

Et puis il y avait Ewlyn... Tout cela était-il lié à elle ? S'interrogeait-on, dans les services de sécurité, sur... Ça n'allait pas recommencer ! Mais non, la chose n'aurait eu aucun sens...

— J'ai entendu parler des Hopis, comme tout le monde, répondit-il prudemment, mais, même si je voulais le faire, je n'ai pas la moindre idée de la façon de les joindre. D'ailleurs, ils n'auraient aucune raison de me livrer leurs secrets. Et ces tablettes, si elles existent, doivent compter parmi leurs secrets les mieux gardés.

— Je suis sûr que vous finirez par trouver un Hopi. Racontez-lui ce que je viens de vous dire. Parlez-lui surtout de Taiowa. Précisez-lui que nous sommes au bord de la Quatrième Catastrophe. Vous avez bien entendu ? La *Quatrième Catastrophe*. Il comprendra. Il vous conduira jusqu'à ses chefs. Vous leur demanderez alors de recopier les dessins ornant leurs tablettes. Si nécessaire, vous les leur volerez. Il nous les faut dans cinq jours au plus tard. Quatre jours serait mieux.

Addams n'appréciait plus du tout cette histoire. Elle lui paraissait à présent trop réaliste pour constituer une banale plaisanterie. Quelque chose de grave pouvait se jouer là.

Winslow, où il vivait, était bien la localité américaine la plus proche de la réserve hopie, enclave à l'intérieur de la réserve navajo, perchée sur les *mesas* rocheuses les moins hospitalières de l'Arizona. Si quelqu'un connaissait les quatre tablettes en question (dans la mesure où elles existaient vraiment), c'était à coup sûr l'un de ces vieux paysans qui se laissaient dépérir là-haut. Addams n'avait pas la moindre idée de la façon d'aller les trouver, et ce n'était assurément pas Ewlyn...

Un long silence s'installa. L'écran était redevenu vide ; l'autre demeurait silencieux. Tout en s'en voulant d'avoir consacré tant de temps à cet illuminé, Addams ne parvenait pas à se détacher de ce qu'il avait entendu. Paradoxalement, ces codes dérivés de symboles religieux européens ou de dessins sacrés d'Amérique lui semblaient constituer l'aspect le moins invraisemblable de cette histoire. Après tout, la langue navajo n'avait-elle pas longtemps servi de véhicule unique des communications secrètes à l'intérieur des armées américaines ? Ne tenait-elle pas encore lieu de code pour certaines communications sur Internet ? Il reprit :

– Pourquoi n'allez-vous pas les voir vous-même, ces Hopis ?

– **Ce n'est plus possible. De là où je me trouve, je ne suis plus à même de les atteindre.**

– Vous ne vivez pas en Amérique ?

– **Non, pas vraiment.**

– Je ne comprends pas...

– **Je suis en Europe et n'ai pas le temps de me rendre jusqu'en Arizona.**

– D'autres pourraient y aller à votre place ?

– **Très peu de gens sont au courant.**

– Qu'est-ce qui vous empêche de joindre quelqu'un d'autre à Winslow, ou même à Phœnix ? Avec nos moyens, c'est à une petite heure d'ici.

Avec les vôtres, je ne sais pas... Il doit y avoir des millions d'habitants, à Phœnix, au moins autant à votre époque que de nos jours... Racontez-leur tout cela et ils ne demanderont pas mieux que de courir voir vos Indiens. Pourquoi n'appelez-vous pas Phœnix ? Le téléphone n'existe plus, à votre époque ?

Addams s'étonnait lui-même de la facilité avec laquelle il entrait dans le jeu de son interlocuteur. Il se rassurait en pensant qu'il eût été fastidieux de répéter, après chacune de ses phrases, qu'il ne croyait évidemment pas dialoguer de siècle à siècle. Agir ainsi restait le meilleur moyen de faire parler ce Barshit et d'en découvrir un peu plus sur son délire.

Addams regarda à nouveau les logiciels de localisation qui continuaient de patauger lamentablement, et répéta :

– Le téléphone n'existe plus ?

Longtemps après, l'autre répondit :

– Nous avons beaucoup mieux, depuis des décennies. Mais cela ne servirait à rien. Réfléchissez : si quelqu'un allait demander aux Hopis d'aujourd'hui leurs tablettes sacrées, ils ne les lui remettraient sûrement pas. C'est un de leurs secrets les mieux gardés. Sauf, peut-être, s'il révélait la catastrophe qui menace aux chefs indiens. Mais, pour cela, il faudrait d'abord que j'informe ce messager de l'irruption prochaine d'une comète dans notre ciel. Or, de cela, il ne peut être question. L'imminence du désastre doit rester cachée aussi longtemps que possible. Très peu de gens sont au courant et il n'est pas pensable de le crier sur les toits. Il faut tout faire pour éviter d'affoler trop tôt la population. On n'en parlera que lorsque la riposte aura été mise en place. Vous, vous pouvez aller trouver les Indiens et leur signaler l'arrivée de la comète. Pas nous.

– Mais si tout cela est encore aussi secret, comment l'avez-vous appris ? Êtes-vous l'un de

« ceux qui savent », comme vous dites ? Un dirigeant ?

– **Pas vraiment.**

– Alors, quoi ? Un militaire ? Un simple fonctionnaire chargé de me transmettre ce message ?

– **Rien de tout cela. Je suis chasseur de comètes !**

Décidément, l'homme avait réponse à tout. Il s'exprimait toujours sans hésitation, mais de façon vague, déroutante. Tout se passait comme s'il avait longuement médité son histoire et en contrôlait avec minutie la divulgation. Comme le maître d'un jeu de rôles... Tiens... Mais si c'en était un ? Voilà bien quelque chose qui aurait amusé Wilfried. Ou un autre cinglé de son espèce, quelque part...

Mais il fallait en finir ! Il n'allait pas passer la nuit à discuter de l'Apocalypse et des Indiens hopis avec un détraqué.

Les logiciels de localisation semblaient maintenant converger vers une adresse encore indiscernable, quelque part en Europe. Il décida donc de continuer à occuper l'autre quelques instants encore :

– Chasseur de comètes ? En quoi consiste au juste votre métier ?

– **Je traque les corps célestes et les épaves spatiales. Je les déroute ou les détruis. C'est devenu une activité très rentable depuis la fin de la Guerre d'Épouvante, avec tous les vaisseaux abandonnés çà et là dans le ciel...**

– Vous les détruisez ? Comment ça ? Vous leur tirez dessus ?

– **Non, ce serait trop dangereux, et je déteste les armes ! Au reste, il me faudrait une force d'intervention, une armée de mercenaires, que sais-je... Or, je n'ai rien de tout cela. Je n'ai pas non plus le goût de la manière forte. J'ai recours à une solution toute simple, qui a fait ma réputation : je les suicide...**

– Pardon ?

– **Je leur donne l'ordre de se suicider.**

– J'ai bien entendu, mais je ne comprends toujours pas.

– La plupart des engins envoyés dans l'espace au cours de ces dernières années, qu'il s'agisse d'armes ou de satellites d'observation, sont dotés de logiciels d'autodestruction. Dès que je repère sur mes écrans certains de ces objets dangereux, j'avise l'état-major. On me connaît. On sait ce que je sais faire et, en général, les civilisations épuisées sont prêtes à me payer assez cher pour que je les en débarrasse. Je commence par demander à mes clients de me communiquer les codes d'accès aux logiciels d'autodestruction. D'ordinaire, on ne les possède plus, car ils ont disparu avec la Grande Purification. C'est là que ma compétence entre en œuvre : je les casse. Je suis assez doué et bien équipé pour cela. Assez vite, l'objet finit dans un grand feu d'artifice. Il arrive que le code me résiste ou que sa mise en action soit enrayée. Là, la situation devient plus intéressante et mes services sont particulièrement appréciés. Je déroute les épaves, en général vers Jupiter, en actionnant l'un de leurs moteurs ou en leur envoyant un remorqueur automatique. Cela m'est encore arrivé, le mois dernier, avec un gros vaisseau transporteur de troupes de la Civilisation musulmane.

Addams pensa avoir trouvé là une façon de mettre l'autre en difficulté :

– Tout cela n'est pas très cohérent : vous devez être beaucoup plus qu'un ramasseur d'épaves ou un cantonnier du ciel pour savoir tout ce que vous m'avez raconté à propos de cette comète. Quelque chose comme un dirigeant politique, un chef... ?

– En fait, je...

La communication s'interrompit. À moins que l'autre ne l'eût volontairement coupée pour ne pas avoir à répondre ? Addams chercha longtemps à renouer le contact. Rien. Aucune trace, dans aucun site, de celui qui s'était fait appeler Barshit. Nulle part. La plaisanterie tournait court. Addams se surprit à le regretter.

Tard dans la nuit, il revint contempler les mots – les siens, ceux de l'autre – inscrits sur son écran, seules preuves qu'il n'avait point rêvé.

Le plus étrange était que ce fût justement à un chercheur d'HP5 qu'on fût venu conter cette histoire. Car HP5 était un centre de recherches au sein duquel le gouvernement américain avait secrètement regroupé des scientifiques de très haut niveau ; à l'initiative du Président, désireux de ne pas laisser le siècle nouveau commencer sans un tel bilan, ceux-ci avaient été chargés d'inventorier les dangers menaçant la survie de la planète. Sous l'autorité d'un général nommé directement par le chef de l'exécutif, on trouvait là des climatologues, des vulcanologues, des biologistes, des océanographes, des épidémiologistes, des ingénieurs comme Addams, des astrophysiciens comme Lemporius, etc. Ils étudiaient toutes les catastrophes qui se profilaient : réchauffement de l'atmosphère, sécheresses et hausse du niveau des mers, apparition de maladies nouvelles, raréfaction de l'eau potable, surencombrement urbain...

Comme Los Alamos en son temps, HP5 était un projet ultraconfidentiel et mobilisait des moyens considérables. Aucun savant n'avait accès aux recherches de ses collègues et Addams ne connaissait rien d'autre que le programme sur lequel il travaillait depuis son arrivée : les déchets nucléaires et les radiations WKST, dont très peu de gens connaissaient l'existence. Tous ici étudiaient dans l'urgence, avec un sentiment d'horreur mêlée parfois d'impuissance face aux dangers qu'ils inventoriaient.

En fait, si Addams ne croyait pas que quelqu'un pût venir lui parler de l'an 2126, c'était peut-être parce qu'il en venait par instants à se dire qu'en 2126, le monde n'existerait déjà plus.

La seule hypothèse qui le rassurait était que toute cette mystification était très certainement l'œuvre de Lemporius. On l'avait prévenu que le doyen de cette communauté de savants lui tendrait quelque jour un piège. C'était sa façon à lui d'accueillir les nouveaux.

Pourtant, rien de ce qu'il avait lu ou entendu ce soir-là de ce... quel nom, déjà ?... Barshit, ne lui paraissait sonner comme une blague du vieil excentrique.

Addams n'avait pas sommeil et ne supportait pas l'idée de devoir rester là devant son écran vide. Plus que jamais sa solitude lui faisait horreur.

Il imprima toute la conversation, plia en quatre les pages, les fourra dans sa poche. Il enfila une chemise, se chaussa, puis revint s'asseoir à sa table et introduisit dans l'ordinateur la disquette sur laquelle il avait pris l'habitude, depuis un an, de consigner tout ce qui lui passait par la tête. Il lut à la date de la veille :

> *Le brin de paille se figure que c'est contre lui que la mer s'agite.*
> *Le naufragé s'agrippe aux cordes du vent.*

Il s'était fait une règle de ne jamais effacer une seule de ses phrases, même quand, le lendemain, elle lui paraissait dépourvue de sens. Ce soir, il n'avait nulle envie d'écrire : il aurait dû parler de Barshit et s'en sentait incapable. Il éteignit son ordinateur après avoir vérifié une nouvelle fois que les logiciels de localisation n'avaient toujours pas trouvé l'adresse de son visiteur. Puis il rangea tout et sortit.

Sa maison était isolée à la sortie ouest de la ville, juste à la lisière du désert, du côté des terres navajos. Il monta en voiture, alluma la radio criarde et roula vers l'est sans même l'avoir décidé. Il traversa la ville presque assoupie et s'arrêta devant l'*Other Way*. À cette heure, Lemporius pouvait s'y trouver. Il allait en avoir le cœur net. En tout cas, il était sûr d'y rencontrer Ewlyn. Même s'il hésitait encore à se l'avouer, la jeune fille lui était devenue nécessaire.

Et puis, se dit-il comme pour se trouver une bonne excuse, elle était hopie.

Un an plus tôt, juste après son arrivée à Winslow, il était venu déjeuner là avec Annaël. Un déjeuner pénible, fait de murmures agressifs et de pleurs refoulés. Là, pendant que sa vie faisait naufrage, une jeune serveuse au visage lumineux encadré de longs cheveux noirs, aux yeux brillants, habillée d'une longue tunique bleue, les mains couvertes de bijoux indiens, les avait servis avec des gestes d'une grâce surprenante.

Plus tard, quand il était revenu, sans Annaël cette fois, la jeune fille l'avait à nouveau servi, puis, à la fin, l'avait questionné :

– Elle n'est plus là ?

Cette voix l'avait touché par sa fragilité. Il avait répondu en réprimant un sanglot :

– Non. Elle ne viendra plus.

La jeune Hopie l'avait dévisagé et, d'un joli geste, avait comme caressé ses cheveux sans même l'effleurer. Il avait frissonné.

– Combien de temps avez-vous vécu ensemble ? avait-elle demandé.

– Deux ans.

– Tu as souffert, quand elle est partie ?

Il ne ressentait pas ses questions comme l'indiscrétion d'une étrangère. Il avait répondu avec naturel :

– Bien sûr. De la pire des douleurs.

– La pire ? Laquelle est-ce ?

– Perdre une femme qu'on aime et dont on se croit aimé.

– Alors, savoure ta douleur ! Jamais tu ne connaîtras plus grande félicité.

Elle avait dit ces mots sans emphase, tout en le servant. Il se demanda comment il avait pu laisser se développer une conversation pareille avec cette inconnue. Elle avait poursuivi :

– Console-toi. Elle ne te devait sans doute que deux ans de bonheur pour t'avoir fait souffrir deux ans dans une autre vie.

– On croit à ce genre de choses, chez les Hopis ?

Elle n'avait pas répondu. Plus tard, quand il l'avait mieux connue, il avait constaté qu'elle ne parlait guère de son peuple. Lui-même avait lu quelques livres et en savait désormais assez pour comprendre pourquoi cette tribu était tout à la fois vénérée et haïe de toutes les autres. Comme tout peuple fondateur d'une civilisation l'est tôt ou tard par ceux qui sont venus s'y greffer.

Il était minuit passé quand il entra dans le restaurant installé au croisement des deux autoroutes, l'une vers l'ouest et Flagstaff, l'autre vers le nord et les *mesas* hopies. Wilfried n'était pas là. Deux jeunes gens dînaient en silence. Des Zuñis.

Il s'assit à sa table habituelle. Ewlyn lui sourit et lui apporta un café. En silence, elle s'assit à ses côtés. Cela faisait quinze jours qu'il l'avait laissée sans nouvelles. Elle attendit, sans un signe de reproche ou d'impatience.

– Ce soir, quelqu'un est venu me parler de ton peuple.

– Ah ?

– Il m'a dit qu'il avait un besoin urgent de consulter ce qu'il appelle vos « tablettes sacrées ». Il y a des tablettes sacrées, chez les Hopis ?

Elle lui parut soudain sur ses gardes.

– Tu plaisantes ?

– Pas du tout. Elles existent, ces tablettes ?

– Qui t'a demandé cela ? Un Blanc ? Un Navajo ?

Addams sortit la transcription de ses conversations avec Barshit.

— Je l'ignore. Je ne l'ai pas vu. Mais quelqu'un m'a parlé sur l'ordinateur... Tu sais : Internet.

— Évidemment, je sais ! Qu'est-ce qu'il t'a raconté ?

— En guise d'entrée en matière ou de présentation, il m'a d'abord transmis ces phrases : « *Au-delà de nulle part se trouvaient tous les dieux. Et c'est de là qu'ils racontent l'histoire de l'Esprit...* »

— Oui, et après ?

— Il a continué : « *D'abord, disent-ils, il n'y avait que le Créateur.* »

Elle tressaillit et murmura :

— Celle-ci est la première phrase de notre texte le plus sacré.

Il n'en fut pas surpris.

Ewlyn récita en le regardant droit dans les yeux :

— « *D'abord, disent-ils, il n'y avait que le Créateur. Tout le reste était l'espace sans fin. Il n'y avait ni début ni fin, ni forme ni vie. Seulement un vide incommensurable qui n'avait un début, une fin, un temps, une forme et une vie que dans l'esprit de Taiowa. Et Lui, l'infini, conçut le fini.* » Aucun étranger ou presque ne connaît ce texte. Qui est cet homme ?

— Je ne sais pas. Il a prétendu s'appeler Barshit, mais je ne pense pas que ce soit son vrai nom.

— Qu'a-t-il dit d'autre ?

— Il m'a aussi parlé de Taiowa. De qui s'agit-il ?

Il eut l'impression qu'Ewlyn hésitait, puis elle lâcha :

— Taiowa est le nom que nous donnons au Créateur.

— Une de vos divinités, donc ?

Elle resta muette et s'en fut chercher un autre café. Quand elle se fut rassise en face de lui, il reprit :

— Tout cela est secret ? Tu n'as pas le droit de m'en parler ? C'est bien ça ?

– Non, mais vous autres Blancs, vous ne pouvez pas comprendre.

– C'est donc si difficile d'accès ?

– Pas difficile, mais réservé aux sages, aux initiés.

– Je veux bien te croire. Ce que tu m'as récité m'a paru assez hermétique. Tu n'as pas le droit de m'en dire plus ?

Elle haussa les épaules :

– Mais non, cela n'a rien de secret ! Le Dieu suprême, Taiowa, étant infini, ne pouvait créer du fini, et il a chargé son neveu, Sotuknang, de créer la matière...

– C'est donc ce Sotuknang qui a créé l'Univers pour le compte de son oncle ?

– Exactement. Sauf qu'il n'en a pas créé un, mais neuf. Un pour Taiowa, un pour lui, et sept pour les vies à venir.

– Il y a neuf univers en même temps ?

– Non, il y en aura neuf en tout, l'un après l'autre. Nous en sommes au quatrième. Mais pourquoi cet homme t'a-t-il parlé de Taiowa ?

– Je ne sais pas. Il ne me l'a pas expliqué.

Elle paraissait mal à l'aise. Elle triturait le petit bloc sur lequel elle prenait ses commandes.

– Pourquoi veut-il ces tablettes ?

– Là, cela devient délirant : il était terrorisé, disait-il, parce que la Terre n'allait pas tarder à être anéantie par une comète. Seules les prétendues tablettes sacrées des Hopis pouvaient la sauver. Tu imagines ! Mais attends, ce n'est pas tout : il m'a dit qu'il me parlait depuis l'année 2126...

– Quoi ? !

– Tu as bien entendu. Il a prétendu qu'il vivait dans plus d'un siècle d'ici et qu'il avait trouvé moyen de communiquer avec le passé.

Ewlyn traçait maintenant sur son bloc d'étranges dessins : d'abord comme des carrés irréguliers, puis une silhouette d'homme. Elle se rendit compte qu'Addams la regardait faire ; elle déchira les feuillets, comme prise en faute, et murmura :

— Une comète serait-elle capable de détruire la Terre ?

— Je ne suis pas astronome, mais je ne le pense pas. Ou alors, il faudrait une comète géante.

— Tu crois, toi, que la vie disparaîtra un jour de la surface de la Terre ?

— La vie cessera quand le Soleil s'éteindra. Mais, d'ici là, nous serons sans doute tous partis sur d'autres étoiles. Et, quand notre galaxie sera détruite, on trouvera bien une autre solution...

Elle était soudain devenue extrêmement attentive.

— Il serait possible d'installer la vie ailleurs que sur Terre ?

— Je n'en sais rien. Certains affirment qu'il existe des planètes habitables. Il serait à mon avis inimaginable que l'Univers, exception faite d'ici, soit entièrement hostile à la vie.

Elle s'enfonça dans le silence. Elle semblait loin, très loin. Il l'interrogea à son tour :

— Et toi, que répondrais-tu à quelqu'un qui t'appellerait au secours en t'expliquant que le monde va être détruit dans un siècle ?

Elle sursauta, comme si elle se réveillait soudain :

— J'essaierais de lui venir en aide.

— Tu croirais donc à son histoire ?

Elle ouvrit de grands yeux :

— Évidemment. Quel intérêt aurait-il à me mentir ?

Il n'y avait pas pensé.

CIEL

Wilfried Lemporius avait écouté Addams en silence. Assis sur un inconfortable tabouret, accoudé à une étagère bancale encombrée de livres et de photographies, devant un ordinateur et une lunette astronomique pointée vers la fenêtre de son bureau d'angle au quatrième étage du bâtiment principal d'HP5, le géant lituanien était resté impassible quand Addams lui avait narré son aventure comme il l'eût fait d'un canular sophistiqué. Il n'avait rien caché, hormis le patronyme de La Fontaine par lequel l'inconnu l'avait désigné. Si Wilfried n'y était pour rien, inutile de lui révéler ce secret.

Le vieux savant, mondialement connu pour ses travaux sur les rayonnements solaires – mais encore plus célèbre dans d'autres cercles pour sa formidable collection de décorations en provenance des pays ex-communistes –, avait chaussé d'énormes lunettes d'écaille et lu avec une extrême attention la transcription des conversations avec Barshit.

– Vous semblez prendre cela au sérieux ! s'était étonné Addams au bout d'un long silence. Vous estimez qu'il y a là quelque chose de plausible ?

Wilfried avait reposé ses grosses lunettes et s'était étiré sur son tabouret.

— A priori je ne crois jamais rien. Sauf à ce que je puis vérifier. Et il y a dans cette histoire certains points qui semblent étonnamment vraisemblables... étonnamment vérifiables.

— Vous voulez rire ?

— Pas du tout... Je n'imagine pas qu'on puisse venir vous parler depuis l'an 2100. C'est l'évidence. Il s'agit donc certainement d'un de nos contemporains qui entend vous faire croire à cette absurdité pour des raisons qui nous échappent encore. Il faut lui laisser le temps d'avoir envie ou besoin de les exposer. Mais ce n'est pas là l'essentiel. Le plus intéressant, dans votre histoire, c'est le reste...

— Comment ça, le reste ?

— Dans ce qu'il vous a raconté, il y a en effet beaucoup de choses tout à fait plausibles.

— Vous trouvez ?

Lemporius avait remis ses lunettes de hibou et feuilleté les notes d'Addams avec une extrême attention. Pourquoi semblait-il y attacher autant d'importance ? Amour-propre d'auteur ?

— Mais oui, réfléchissez ! Il est parfaitement imaginable que des nations partageant les mêmes valeurs décident un jour de se regrouper en quelques ensembles appelés « civilisations ». Il est vraisemblable que ces civilisations en viennent à s'affronter un jour pour le contrôle de matières premières ou bien de territoires. Il pourrait en résulter que l'une d'elles, au bord de la défaite, se sentant menacée dans sa survie, décide de placer en orbite des armes thermonucléaires, au moins pour s'en servir comme moyens de dissuasion.

— Mais on ne pourra jamais les utiliser ! Personne n'ira faire exploser des bombes nucléaires en plein ciel !

— Si vous le dites... C'est vous, l'expert en matière nucléaire, pas moi ! Mais je vous ferai remarquer que c'est exactement ce qu'il vous a déclaré. Comme il vous l'a aussi indiqué, on peut raisonnablement penser qu'au lendemain d'un conflit qui aurait laissé exsangues les camps en présence, nul n'oserait plus rapatrier ces armes, de peur d'un accident.

– Je ne peux y croire. Personne n'osera jamais mettre des armes nucléaires en orbite. Ce serait suicidaire !

Le vieil homme s'était tourné pour verser sur sa poudre de café un peu d'eau chaude prise à la bouilloire électrique qui trônait derrière lui sur une étagère. Il but et grogna :

– Mais d'où sortez-vous ? Les hommes passent tout leur temps à inventer des moyens de se suicider. Ceux-là n'ont pas l'air pires, ils sont même infiniment moins... comment dirais-je... moins inventifs que d'autres !

– Je n'imagine pas un pouvoir décidant d'expédier dans l'espace des moyens d'anéantir l'humanité.

– Rien ne résiste à l'exercice du pouvoir, pas même le pouvoir. On le fera.

– Fort bien, dit Addams. Admettons que rien de cela ne soit tout à fait invraisemblable. Vous en tirez quoi, comme conclusion ? Que j'ai parlé avec « E.T. » ? À moins que ce ne soit avec un plaisantin dans votre genre ?

Wilfried avait souri, avait posé sa tasse au milieu du fatras qui couvrait son bureau, et, se levant, était allé coller l'œil à sa lunette astronomique comme pour se donner le temps de préparer quelque réponse. C'était couru : le Lituanien devait être l'auteur du canular. Mais pourquoi ? Et comment avait-il pu apprendre son véritable nom ?

Le vieil homme était revenu s'asseoir et avait repris :

– J'ai passé mon enfance sous une dictature dont nul n'osait espérer qu'elle s'effondrerait avant mille générations. Mon père a gâché plus de vingt ans de sa vie dans un camp de travail pour avoir refusé de s'y résigner. Il a été arrêté alors que j'avais cinq ans ; quand il a été libéré, il était devenu amnésique. Incapable de reconnaître qui que ce fût, de rien raconter, pas même de parler, si ce n'est pour mendier les choses les plus simples, comme un enfant des rues. « Il s'est trop dévoué à son travail », nous a-t-on expliqué en le ramenant. Pourtant, dans son jeune âge, le travail n'était pas son occupation favorite, et nous avons eu un certain mal à croire qu'il avait aimé le genre de besogne auquel on l'avait astreint là-bas.

— Pourquoi me racontez-vous cela ?

— Sur son lit de mort, juste avant de fermer les yeux, il a murmuré : « *L'imagination du Mal est sans limites.* » Je me suis promis de ne jamais l'oublier. Aussi ne dirai-je jamais que quelque chose est impossible avant d'être assuré que le Mal n'y a pas intérêt. Or la seule certitude qui me vienne à l'esprit en vous écoutant, c'est que le Mal est derrière cette histoire et que tout cela va vous valoir beaucoup d'ennuis.

— Des ennuis ?

Addams avait commencé à se demander si tout cela se résumait à un simple canular ou si Lemporius ne participait pas à quelque plan beaucoup moins drôle.

— Celui qui se fatigue à diffuser ce genre d'histoire à dormir debout sur le réseau a de bonnes raisons de le faire. Des raisons qui ne peuvent être tout à fait aimables. Ni pour vous, ni pour d'autres. Il souhaite obtenir quelque chose de vous, quelque chose qu'il va vous demander ou vous a peut-être déjà demandé, car rien ne prouve que vous m'ayez tout dit.

Comment ce diable d'homme avait-il deviné ?

— Il m'a prié d'aller parler aux chefs hopis pour obtenir d'eux une tablette sacrée. Rien d'autre.

— Non, ce n'est pas sérieux, il s'agit là d'un leurre ; il attend autre chose de vous.

– Mais pourquoi moi ? Je ne suis rien. En quoi puis-je l'intéresser ?

– On peut émettre cent hypothèses. Ce pourrait être une secte qui recrute sur Internet en annonçant la fin du monde ; un groupe terroriste qui cherche à entrer en contact avec les réseaux secrets de l'armée ; ou encore un journaliste qui a percé nos systèmes de sécurité et souhaite nourrir son histoire avant de la publier.

– Ou un plaisantin. Qui pourrait être vous...

Addams s'attendait à voir le vieil homme protester, mais Wilfried n'avait pas bronché, comme s'il n'avait pas entendu. Puis, au bout d'un long silence, il avait murmuré :

– Un plaisantin qui se serait donné la peine de mettre au point un code de brouillage pour tenir en échec les meilleurs logiciels de localisation de l'armée américaine ?

– Vous ne pensez tout de même pas que cela soit vrai ? Qu'on pourrait venir nous parler depuis l'avenir ?

Lemporius avait repris les transcriptions de conversations et les avait de nouveau parcourues tout en vidant sa tasse de mauvais café.

– Je n'y crois pas, bien sûr. Ce sera beaucoup plus difficile à réaliser que le clonage humain ou la transmission de pensée. Mais rien ne permet d'exclure que cela devienne possible un jour. Et cela aurait tant d'applications que le cours de l'histoire humaine en serait changé. Vous imaginez ? On pourrait effacer ses propres faits et gestes comme avec une gomme. Les conséquences pour l'Histoire ou la Science seraient vertigineuses. Mais aussi pour la vie de chacun. On pourrait revenir en arrière afin de réparer ses erreurs, recommencer après un échec, prévenir un ami des conséquences de ses actes, infléchir le présent en fonction de la connaissance qu'on aura de l'avenir... Il se produira d'invraisemblables télescopages entre le réel tel qu'il est vécu et le réel nouveau tel qu'il résultera de la modification du passé...

— J'ai du mal à vous suivre..., avait bégayé Addams.

— Supposez que vous puissiez parler aux générations passées. À qui aimeriez-vous vous adresser ?

— Je ne sais pas. Peut-être à Nixon, pour éviter la guerre au Vietnam ?

— Vous êtes bien un Américain pour manquer à ce point d'imagination ! Cela ne changerait pas grand-chose. Vous pourriez faire mieux.

— Par exemple ?

— Eh bien, souffler les plans de la bombe atomique à Oppenheimer et à Roosevelt dès 1938, pour qu'ils en finissent avec Staline et Hitler avant que cinquante millions d'êtres humains ne soient engloutis. Prévenir les habitants de Lisbonne juste avant le grand tremblement de terre de 1755. Faire connaître le vaccin de Yersin avant la Grande Peste de 1344...

Où voulait-il en venir ? Où avait-il décidé de l'entraîner avec sa science-fiction ?

— Les gens n'y auraient pas cru, avait objecté Addams. Ils auraient pris ces nouvelles ou ces découvertes pour de la sorcellerie et auraient brûlé ceux qui les apportaient. Je ne suis donc pas sûr que le cours de l'Histoire en aurait été changé. Sans compter qu'ils n'avaient pas Internet, et n'auraient pas eu la possibilité de recevoir ces messages !

Wilfried avait haussé les épaules. Le scepticisme de son interlocuteur paraissait l'irriter. Il avait répliqué :

— Je suppose qu'on aurait trouvé un autre moyen, ne serait-ce que le téléphone...

— Au XVe siècle ? avait ricané Addams.

Le vieil homme avait rempli à nouveau sa tasse d'eau chaude tout en grommelant :

— Ou autre chose encore. Mais cessons de rêver ! De toute façon, votre interlocuteur ne vous parle pas depuis l'avenir. C'est notre seule certitude. Il est là, aujourd'hui, caché quelque part, dans le monde réel, en chair et en os, et veut obtenir quelque chose de concret en passant par vous. Pour conserver l'incognito, il tient un discours réaliste à partir d'une adresse impossible.

– Parce que vous trouvez réaliste cette histoire de comète ? avait riposté Addams.

– Ça, c'est le point le plus inquiétant, avait fait l'astronome en se rasseyant. Cet homme n'a commis aucune erreur dans sa description. Cela se passerait exactement comme il l'a dit. Ou plutôt, c'est exactement ainsi que s'exprimerait aujourd'hui un excellent spécialiste des comètes. Et ils ne sont pas légion.

– Il y a vous...

À cette nouvelle pique, Wilfried s'était fâché. Il avait brutalement reposé sa tasse pleine, qui s'était renversée sans qu'il parût y attacher d'importance.

– Arrêtez vos suppositions ! J'aime certes la plaisanterie, mais celle-ci est un peu trop morbide à mon goût.

– Vous pensez qu'une comète pourrait venir heurter la Terre ?

– C'est tout à fait possible. Plus de cinq cents météorites tombent chaque année sur cette planète ; plus de mille tonnes de poussières de météorites ou d'éclats de comètes y pleuvent chaque jour.

– Il ne s'agit que de poussière : rien de bien dangereux.

Le vieux savant s'était dirigé vers le tableau noir qui couvrait tout un mur de son bureau, afin d'y inscrire à la craie quelques chiffres.

– La probabilité qu'un caillou de plus de cent tonnes pénètre dans l'atmosphère et explose à son arrivée n'est pas dérisoire. On sait depuis la collision de Shoemaker-Levy 9 avec Jupiter en 1992 qu'une comète peut, en heurtant une planète du système solaire, provoquer un choc d'une puissance plusieurs milliers de fois supérieure à celle de tout l'arsenal nucléaire actuellement disponible. Si s'annonçait dans l'atmosphère une modeste comète de huit kilomètres de diamètre, elle suffirait à détruire l'humanité.

– Un tel risque existe-t-il ? avait interrogé Addams.

– Mais oui ! Sur les millions de comètes répertoriées, il en existe plus de deux mille qui font plus d'un kilomètre de diamètre. Certaines en comptent même plus de quarante, comme la comète de Hale-Bopp.

Addams aurait aimé le faire parler de Swift-Tuttle : était-elle particulièrement dangereuse ? Mais il n'avait pas osé, craignant de déclencher l'hilarité du vieil homme si celui-ci avait été l'auteur de la blague. Il s'était résigné à lui poser des questions plus générales :

– Mais enfin, ces comètes obéissent aux mêmes trajectoires depuis des millénaires ; si l'une d'elles devait croiser la route de la Terre, elle l'aurait déjà fait !

– Détrompez-vous. Les trajectoires des comètes se modifient à force de s'approcher de celles des planètes. Au demeurant, il est déjà arrivé que la Terre passe au travers de queues de comètes. Aujourd'hui, on connaît au moins quinze comètes d'un diamètre supérieur à un kilomètre et dont la trajectoire croisera un jour la nôtre ! Mais rassurez-vous : notre globe est protégé contre toute intrusion fatale par la force d'attraction de Jupiter et de Saturne qui freinerait et détournerait tout astéroïde important qui voudrait s'approcher de trop près de nous.

– Comment sait-on tout cela ?

– On connaît les comètes depuis très longtemps. Par exemple, celle de Halley a été décrite en 240 av. J.-C. Les Romains distinguaient déjà neuf espèces de comètes et quarante catégories d'astéroïdes...

– Quelle est la différence ?

– L'astéroïde est un éclat de roche provenant d'une étoile en cours de désintégration ou bien d'une comète. La comète est une énorme boule de neige sale, d'ammoniac, de méthane et de graviers. L'essentiel de sa masse réside dans le noyau. Quand elle passe près du Soleil, la glace fond, les gaz et les silicates sont vaporisés, l'ensemble devient un nuage de gaz lumineux de plusieurs millions de kilomètres.

Il en parlait avec une tendre affection, comme d'êtres vivants.

– Elles existent depuis longtemps ?

– Elles sont nées en même temps que le système solaire et sont composées des éléments premiers de l'Univers. La plupart restent groupées dans une sorte de réserve, à quelque cinq mille fois la distance de la Terre au Soleil, qu'on appelle le nuage de Oort. Pour qu'une comète se mette à voyager, il faut qu'une étoile de passage l'ait attirée hors de son nuage.

Pour la troisième fois, Lemporius était allé remplir sa tasse à la bouilloire sans même en proposer à son collègue.

– C'est ce qui est arrivé à Swift-Tuttle ?

Addams avait pensé que le moment était venu d'amener la conversation sur le sujet qui le préoccupait. Wilfried avait répondu sans hésitation :

– Sans aucun doute, il y a des millions d'années.

– Elle pourrait donc venir détruire la Terre ?

– Non, mais elle pourrait lui faire très mal. Tout ce que votre Barshit a dit à son propos, sur sa trajectoire, son poids, est exact. Vous n'êtes jamais allé visiter le trou qu'une comète beaucoup plus petite a laissé tout près d'ici ? Vous devriez vous y rendre, vous mesureriez ce qu'un tel impact peut représenter.

– Elle pourrait mettre la planète en morceaux ?

Le vieux savant s'était mis à glousser comme devant une grosse bêtise.

– Tout de même pas ! Pour cela, il faudrait qu'elle atteigne la taille de Mars... Mais elle pourrait assurément faire disparaître l'humanité.

– Comment cela ?

– En nous asphyxiant tous.

Il avait répondu cela posément, comme une évidence.

– C'est ce que ce Barshit m'a raconté, avait murmuré Addams.

– Je vous l'ai dit : cet homme n'est pas mal renseigné.

– Cela vous paraît donc possible ?

– Mais c'est déjà arrivé !

– Quand cela ?

Wilfried Lemporius était retourné à son tableau pour y inscrire les chiffres qu'il énonçait.

– Il y a soixante-cinq millions d'années, une comète a fait disparaître les deux tiers des espèces vivantes de l'époque, dont les dinosaures.

– Je croyais avoir lu que ce n'était là qu'une hypothèse parmi d'autres..., avait insinué Addams.

– Pour moi comme pour la plupart des spécialistes, le K.T. a certainement été provoqué par la chute d'une comète. D'autres parlent de l'éruption d'un volcan, ou encore d'une évolution qui aurait pris cent mille ans.

– Le K.T. ?

– C'est le sigle dont on affuble le passage à cette époque du crétacé au tertiaire.

– Mais comment peut-on être sûr d'un désastre écologique qui se serait déroulé il y a si longtemps ? Il ne peut y en avoir de traces !

Lemporius avait regagné son tabouret. Il aimait bien raconter cette histoire. C'était manifestement un de ses sujets favoris.

– Si, il y en a ! Il suffit de les trouver. Et on en a trouvé – comme pour la plupart des grandes découvertes scientifiques – par hasard. Voici quelques années, une poignée de géologues ont remarqué à Gubbio, en Italie, la présence d'une énorme quantité d'iridium dans une très vieille couche d'argile. C'était là une énigme, car l'iridium n'existait pas sur Terre quand celle-ci s'est formée. Comme le platine, le rhodium, le palladium et l'essentiel du fer, il est arrivé sur Terre avec des météorites et s'est enfoui dans les couches profondes alors que la planète était encore molle, en fusion. Pour expliquer la présence de cet iridium, il aurait fallu qu'un météorite fût tombé à cet endroit. Or, on n'en trouva pas. Plus extraordinaire encore : on découvrit de l'iridium en très grande quantité dans une mince couche d'argile faisant tout le tour de la planète. Seule hypothèse capable d'expliquer ce phénomène : la chute d'un astéroïde en tel ou tel point du globe aurait soulevé et répandu assez de poussière d'iridium dans l'atmosphère pour que celle-ci voyage et finisse par se déposer sur l'ensemble de la planète.

– Un nuage planétaire d'iridium ?
– En quelque sorte, oui.
– Cela devait être un énorme astéroïde ! s'était étonné Addams.
– D'au moins dix kilomètres de diamètre. On s'est mis à le chercher. En vain. Puis d'autres preuves de l'existence de ce corps céleste sont apparues là où on les attendait le moins...
– Ce n'est là qu'une hypothèse séduisante. Si une telle masse était tombée, elle aurait laissé une trace géante sur le sol. On l'aurait déjà repérée.
– Mais on l'a repérée !

Wilfried n'avait pas eu l'air mécontent de son effet.

– Où ça ?
– On a récemment identifié un anneau de 180 kilomètres de diamètre au large du Yucatán, qu'on appelle Chicxulub et qui a exactement le

même âge que la couche d'argile de Gubbio : soixante-cinq millions d'années. Dans des couches d'argile voisines, on a trouvé trace d'une forme très particulière de quartz qui ne peut se former que sous de très fortes pressions et à très haute température. Exactement les conditions que produirait l'impact d'un énorme fragment de comète. De surcroît, loin à l'intérieur des terres, on a découvert un vaste cimetière d'animaux marins qui ont pu être charriés jusque-là par les énormes vagues qu'un tel impact a dû provoquer.

– Un météorite tombé dans le golfe du Mexique aurait laissé des traces jusqu'en Italie ? Difficile à croire...

– Parce que vous n'imaginez pas l'ampleur d'un tel choc, avait marmonné Lemporius.

Addams n'avait pu s'empêcher de repenser à Barshit.

– Mais en quoi aurait-il pu entraîner la disparition des dinosaures ?

– D'abord un tremblement de terre, des raz de marée, des ouragans, des incendies... Des millions de millions de tonnes de débris ont obscurci le ciel pendant des mois.

Addams avait tressailli.

– Très exactement le pronostic de Barshit pour ce qui concerne Swift-Tuttle.

Un assez long silence s'était établi entre eux deux. Puis le vieux savant avait repris :

– C'est ce qui m'intrigue le plus, dans votre histoire. Il y a soixante-cinq millions d'années, le froid et l'obscurité se sont installés pendant des mois. Puis des pluies d'acide nitrique ont continué de refroidir la planète pendant des décennies. La plupart des espèces vivantes ont alors disparu. Les mammifères étaient encore de très petite taille ; ils ont pu se terrer. Pas les dinosaures. Sans ce morceau de comète, jamais les mammifères n'auraient triomphé des dinosaures.

– Et vous estimez que cela peut se reproduire avec la chute de Swift-Tuttle ?

– En théorie, c'est tout à fait possible. Une comète a fait disparaître une forme de vie pour nous laisser bientôt la place ; une autre tout aussi grosse pourrait faire de même avec nous. D'autant que les hommes ne sont pas aussi coriaces que leurs ancêtres mammifères, mais beaucoup plus fragiles. La probabilité d'un tel choc est d'un tous les cent millions d'années. Le dernier a eu lieu il y a soixante-cinq millions d'années. Calculez vous-même.

– La probabilité est donc très faible...

– Je ne trouve pas. Telle qu'on peut la calculer aujourd'hui, elle est d'un pour cinq millions. Elle est d'un pour trente millions pour que la comète tombe sur une terre émergée en un endroit vraiment dangereux pour l'humanité. J'estime qu'il s'agit là d'un risque non négligeable. Mais il a toujours été sous-estimé par les pouvoirs scientifiques et politiques. Intentionnellement.

– Allons donc, vous voyez des complots partout !

– Celui-là, je l'approuverais volontiers...

– Pourquoi donc ?

– Nul ne fournirait plus d'efforts, ne supporterait plus la moindre privation s'il apprenait que le monde est menacé de disparaître par une simple gifle de Dieu ou sous l'impact d'un caillou tombé de nulle part. On ne construirait plus rien, on ne se soucierait plus de laisser quoi que ce soit aux générations à venir...

– Mais alors, pourquoi, dans ce centre où les meilleurs spécialistes sont censés travailler à répertorier les principales menaces des siècles prochains, ne s'en trouve-t-il aucun pour se pencher sur celle-ci ?

Le visage de Wilfried s'était fermé.

– Qu'en savez-vous ?

– Certains réfléchissent sur la pénurie d'eau, les drogues, la pollution de l'air, les armes bactériologiques, mais je n'en ai encore entendu aucun...

Wilfried avait levé la main pour l'interrompre :

– Parce que vous croyez savoir sur quoi travaille chacun des trois mille chercheurs d'HP5 ? Vous êtes au courant de ce sur quoi je travaille, moi ?

Addams avait failli répondre qu'il aurait bien aimé le savoir, mais les règles de sécurité du Centre interdisaient d'exprimer ce genre de curiosité.

– Il me semble que si l'on étudiait les risques de collision avec des astéroïdes...

– ... cela ne servirait à rien, si c'est là le sens de votre question. Personne n'a encore la moindre idée de la façon d'arrêter une comète fonçant droit sur nous.

– Toute l'histoire de l'humanité n'aurait eu alors aucun sens...

– Mais pourquoi voulez-vous qu'elle en ait un ? Vous autres, en Amérique, n'aimez que les histoires qui conduisent quelque part. La réalité, elle, ne mène pas nécessairement quelque part. Moi, j'ai bien vu ce que c'était, de construire une vie jour après jour et de la voir balayer en une fraction de seconde par le caprice d'un bureaucrate...

Addams pensa que sa vie à lui aussi... mais qu'en savait Lemporius ?

– Seules les bactéries s'en tirent toujours, avait conclu Wilfried en écartant des papiers détrempés par le café répandu sur son bureau. L'homme n'est qu'une simple anecdote sur une planète grouillant de bactéries, voilà la vérité.

Le géant lituanien s'était levé pour aller remplir la vieille bouilloire trônant au milieu du désordre de l'étagère la plus accessible, derrière lui, à côté d'une sorte de hotte disposée de telle façon qu'elle lui tenait lieu de siège quand il s'installait devant sa lunette.

– Vous pensez donc que Swift-Tuttle pourrait faire disparaître toute vie humaine ? avait insisté Addams.

– Ce n'est pas impossible...

L'astronome avait fait mine de réfléchir.

– Swift-Tuttle est énorme. Pas aussi grosse que Hale-Bopp, mais énorme. Et on ne connaît pas avec grande certitude sa trajectoire. Les probabilités de sa collision avec la Terre sont loin d'être nulles. Laissez-moi regarder.

Il avait pivoté vers son ordinateur et pianoté sur le clavier.

– Je ne comprendrai jamais rien à ce système d'archivage... Ah, voilà ! Swift-Tuttle est passée au plus près de la Terre en 1479, en 1610 et en 1862. On lui avait calculé une période de cent vingt ans et on avait prédit qu'elle serait à nouveau observable en 1982. Tout le monde s'y était préparé, car c'est une comète considérable, très impressionnante, mais on ne l'a pas vue. Certains de mes chers collègues en ont déduit à l'époque qu'elle s'était désintégrée en passant à proximité du Soleil. Mais, par pure impolitesse à leur égard, elle est réapparue le 12 décembre 1992. Ceux-là mêmes qui la disaient morte ont alors expliqué que, comme ils l'avaient prévu, un passage à trop faible distance du Soleil avait déclenché une évaporation partielle. Tu parles ! Depuis lors, les astronomes ne l'aiment guère. Pensez : elle s'était jouée d'eux !

– Vous en parlez comme d'un être vivant...

– Elle l'est, et bien plus que les ronds-de-cuir de nos bureaucraties. Elle est belle, austère, froide, fantasque, monstrueuse. On ne sait presque rien de son orbite actuelle. C'est ce qui rend très difficile toute prévision. Elle n'est pas la seule dans son cas. Hale-Bopp, par exemple, a surgi de nulle part, un jour d'été, et nous est arrivée sans préavis. Cela pourrait se produire encore avec Swift-Tuttle ou une autre qui déboucherait du néant pour nous réduire à rien.

Le vieil homme avait prononcé ces mots avec gourmandise, comme en se régalant à l'avance d'avoir à observer pareille situation. Il avait chaussé ses grosses lunettes, tapé sur quelques touches puis s'était penché sur un minuscule tableau, en bas et à droite de l'écran, qu'il s'était efforcé en vain d'agrandir.

— Mais comment fait-on ?... Ah, voilà ! D'après sa trajectoire, le plus vraisemblable est que Swift-Tuttle s'éloignera du système solaire jusqu'en 2059. Puis elle reviendra vers nous. D'abord lentement, puis plus vite, puis à très grande vitesse, de l'ordre de 60 kilomètres par seconde. Dans ce rapport secret du Greenwich Observatory, on a calculé qu'elle passera au plus près du Soleil le 11 juillet 2126, et au large de la Lune le 14 août suivant. Votre nouvel ami ne s'est pas trompé sur la date ! Sa trajectoire croisera celle de la Terre pendant trois minutes et demie. Elles ne sont pas censées foncer l'une vers l'autre, mais se croiser, ce qui veut dire qu'une collision ne pourrait avoir lieu que si la Terre venait à se trouver à l'endroit exact où la comète croise sa trajectoire.

— C'est donc possible ?

Addams était pétrifié : ainsi, c'était vrai, Swift-Tuttle menaçait la Terre ? Mais pourquoi nul ne paraissait être au courant ?

— Oui, c'est possible. Mais, aujourd'hui, il est difficile de se montrer plus précis. Je lis dans ce même rapport : « *Une différence d'une seule heure et au lieu de croiser la Terre, la comète la manquerait de plus de cent mille kilomètres...* » Il est également écrit : « *Confiants dans le fait qu'il n'y aura pas de collision, nous recommandons néanmoins de suivre dès maintenant cette comète avec soin afin d'être à même de calculer très précisément son orbite, le moment venu...* »

— Que se passerait-il si un tel heurt avait lieu ?

– Le désastre ressemblerait assez exactement à ce que votre nouvel ami vous a décrit : d'abord le choc de dix mille mètres cubes de roches, équivalant à une explosion thermonucléaire atmosphérique un milliard de fois plus importante que celle d'Hiroshima. Il est immédiatement suivi d'incendies gigantesques, puis d'ouragans qui attisent ces derniers. Pendant un an, des poussières s'accumulent dans l'atmosphère et recouvrent la planète entière, arrêtant les rayons du Soleil et enrayant la croissance des plantes. La rupture d'équilibre entre l'oxygène et l'azote de l'air déclenche des pluies acides. Commence alors un âge de glace...

Addams était abasourdi :

– Vous croyez donc à son histoire ?

– Je n'arrive pas à la prendre à la légère. Elle est inquiétante. Évidemment, cet homme ne parle pas depuis l'avenir. Il s'exprime de nos jours, mais pas au hasard. Ni pour rien. Il veut nous transmettre quelque chose, comme un message codé.

– Vous avez trop vécu sous la dictature ; vous voyez partout des messages codés, des complots, des camps, des prisonniers cherchant à s'évader, des monstres menaçants...

– Mais, jusque dans votre paradis américain, l'homme est toujours un prisonnier qui cherche à s'évader de sa condition. Je ne pense pas que cet homme – ou cette femme : pourquoi pas, après tout ? – dise la vérité. Bien sûr que non ! Mais j'ai la conviction qu'il ne s'agit pas d'un plaisantin. C'est évidemment un contemporain qui cherche à vous utiliser pour quelque chose de très sérieux. Je ne saurais dire quoi. Vous m'avez expliqué que vous ne pouviez pas le contacter ?

– En effet, répondit Addams, j'ai essayé. Mais il n'y a pas d'adresse. Et les logiciels de localisation n'en trouvent aucune.

Wilfried s'était rembruni.

— Étrange ! Ils sont pourtant efficaces. Je le sais mieux que personne... Il va vous rappeler. Il n'a pas fait tout cela pour rien. Il va revenir vers vous et vous demander quelque chose, par-delà ses élucubrations sur les Indiens. Écoutez-le. Faites-le parler de lui-même ! Demandez-lui qui il est, d'où il vient. Prenez garde à ce que vous lui répondrez, vous êtes sûrement sur écoutes. Mais vous n'avez rien à boire... ?

Addams avait secoué la tête. Après avoir regardé sa propre tasse, le vieil homme avait éclaté de rire. Il était allé préparer un autre café qu'il avait rapporté à Addams d'un air penaud. Il s'en voulait d'avoir omis de lui en proposer un. Il continua :

— Mais, puisqu'il vous a déclaré qu'il connaissait les codes de déclenchement des armes terrestres... Il vous a bien dit cela, n'est-ce pas ?

Derrière lui, la bouilloire presque vide s'était mise à toussoter mais Wilfried n'y avait prêté aucune attention. Addams répondit :

— Oui, il prétend connaître le code de déclenchement d'armes qui seront installées d'ici... soixante ans ! Ce peut être n'importe quoi.

— Pas si sûr. Les militaires manquent singulièrement d'imagination. Par exemple, la plupart des codes utilisés pendant la Deuxième Guerre mondiale, dans toutes les armées du monde, étaient encore ceux de la Première ! On verra bien s'il vous donne des codes qui ressemblent aux codes actuels...

— Parce que vous connaissez les codes actuels de lancement des armes nucléaires, vous ? s'était étonné Addams en lui désignant la bouilloire sur le point d'exploser.

Le vieil astronome avait haussé les épaules et s'était retourné pour la débrancher.

— Il y a quelques années, au ministère de la Défense, j'ai fait partie d'une commission de théoriciens qui a fourni une liste de codes possibles et les a classés en fonction de leur degré de sécurité. Les algorithmes de calcul des nombres premiers, dont il vous a parlé, en faisaient partie. Or, cela, très peu le savent. Les symboles religieux faisaient aussi partie des catégories que nous avions recommandées.

Voilà pourquoi il prend cette histoire au sérieux, avait songé Addams. Il y a retrouvé des secrets qu'il était un des rares à connaître... À moins que cela ne fasse encore partie de son canular ?

Wilfried s'était appliqué à désembuer les verres de ses lunettes brouillés par la vapeur de la bouilloire. Il avait repris :

– Pourquoi croyez-vous que je trouve cela crédible ? Demandez-lui donc les codes de ces futures armes. On verra ce qu'il vous répond. Et si cela coïncide avec l'un des codes que nous avions envisagés, cela voudra dire qu'il ne s'agit en rien d'une plaisanterie, mais bel et bien d'une provocation.

– Et cette histoire de tablettes hopies, à votre avis, elle rime à quoi ?

– À rien, ce n'est qu'un leurre. L'important est ailleurs. À vous de le découvrir !

– Vous ne pensez pas que je devrais aller en parler au général Lipschitz ?

Wilfried avait éclaté de rire :

– Il est sûrement déjà au courant, et vous avez fait exactement ce que vous deviez faire. Mais s'il prenait cela au sérieux, rassurez-vous : il se manifesterait d'une façon ou d'une autre. N'oubliez pas : essayez surtout d'en apprendre le plus possible, et revenez me voir. D'ici là, rentrez chez vous, vous y serez mieux pour attendre. Seule recommandation : ne buvez pas trop. Je n'aime pas vous voir dans cet état-là...

Addams s'était dit que Wilfried Lemporius savait sans doute pourquoi il buvait. Mais c'était la première fois qu'il lui en faisait le reproche.

Sur l'étroite route menant à sa maison, il croisa une grosse cylindrée rouge filant en trombe en sens inverse. Parvenu en haut de la côte, avant même de garer sa propre voiture, il remarqua la porte grande ouverte. Il se précipita.

Toutes les pièces étaient sens dessus dessous. On avait fouillé méticuleusement ses vêtements, ses meubles, ses papiers. Ses livres jonchaient le sol et étaient parfois déchirés, comme si on avait cherché ce qui aurait pu se dissimuler dans leur couverture. L'ordinateur était allumé. On avait lu ses disquettes, exploré ses logiciels. Il se rua dans la cuisine, poussa le vieux réfrigérateur, souleva une tommette. Il respira : ils n'avaient pas trouvé la disquette de son Journal. C'était, pour l'heure, son bien le plus précieux.

Lentement, il remit un semblant d'ordre. Wilfried avait eu raison de le prévenir que rien de privé ne pouvait être sauvegardé, ici. À moins qu'il n'eût voulu l'avertir de cette fouille ?

Quand il revint au salon, Barshit l'attendait sur le réseau. Comment savait-il qu'il était revenu ? Nouveau mystère. Il avait écrit :

– Êtes-vous allé chez les Hopis ? Avez-vous les tablettes ?

Addams s'attabla devant son clavier et répondit :

– Non. Je n'ai pas l'intention d'aller les leur demander, si tant est qu'elles existent.

– Mais pourquoi ? Chaque heure compte !

Comme la veille, cependant que la voix neutre et lointaine de l'inconnu se faisait entendre, ses paroles s'inscrivaient sur l'écran.

Addams n'était pas d'humeur à s'amuser.

– Parce que je n'ai aucune raison de croire que tout cela soit autre chose qu'une plaisanterie, et que je commence à la trouver de très mauvais goût, si vous voyez ce que je veux dire.

– Alors tout est perdu ! C'est la fin...

Addams crut avoir entendu comme un sanglot. Un long silence suivit, puis l'autre reprit :
– Ici la température a brusquement augmenté. Comme presque personne n'est encore au courant de l'imminence de l'arrivée du monstre, nul ne sait comment l'expliquer. Les experts parlent de taches solaires, de pollution excessive, de trou dans la couche d'ozone ; aucun n'évoque pour le moment l'hypothèse de l'arrivée d'une comète. J'ignore combien de temps encore le secret va pouvoir être gardé. Quelques heures, sans doute ; deux jours au plus. Ceux qui savent doivent être en train de réfléchir avec fébrilité à ce qu'il leur reste à faire... pour sauver leur peau ! J'ai vérifié : tous les transporteurs à destination de la Tasmanie sont déjà complets. C'est là que l'effet se fera sentir le plus tard. Les politiques ont baissé les bras ; désormais, c'est chacun pour soi. Ainsi, vous ne voulez rien faire pour nous ?

Addams contemplait le désordre indescriptible qui régnait dans la pièce. Il s'en souciait bien davantage que des divagations de Barshit !
– Vous racontez bien, mais je ne crois pas une seconde à votre histoire.

Le même chuintement bizarre se fit entendre et la voix devint encore plus lointaine, plus plaintive :
– Comment vous convaincre ? Je vous en supplie, aidez-nous ! Dans les deux jours une épouvantable panique va se déclencher. Il sera alors trop tard pour agir. Je n'ai personne d'autre à qui m'adresser...

Addams pensa à la recommandation de Wilfried : le faire parler. Mais si c'était Wilfried lui-même ?

Prendre garde. Et d'abord, ne pas se ridiculiser aux yeux du farceur et des agents à l'écoute.
– Je n'ai pas dit que je ne vous donnerais pas un coup de main ; mais je veux d'abord en savoir plus.
– Sur quoi ?
– Sur vous. Sur cette histoire d'armes placées en orbite. Vous m'avez bien dit, hier, que vous connaissiez le code de lancement des ogives

terrestres, à défaut de celui des armes gravitant dans l'espace : c'est bien cela ?

– En effet.

– Eh bien, dites-moi quel est ce code.

– Ah, non ! je ne peux pas ! C'est un secret militaire absolu. Je serais fusillé, si je parlais.

– Très bien. Restons-en là.

Addams en avait assez. Tout ce désordre... Il allait couper la communication quand la voix revint :

– Non, non, ne partez pas ! Après tout, que vaut un secret militaire, aujourd'hui ? Ce code est un dessin formé par l'ensemble des armoiries dessinées sur les murs intérieurs d'un monastère français, l'abbaye de Toussaint, à Châlons-sur-Marne. L'amiral Goussiline en avait fait mention dans sa lettre, mais on ne savait rien de ces dessins. On a eu beaucoup de mal à les retrouver, car cette abbaye a été presque entièrement détruite pendant la Guerre d'Épouvante. Il a fallu fouiller les décombres. On les a reconstitués et on les a essayés dans des simulateurs. Ce sont les bons. Mais cela n'est d'aucune utilité, puisqu'on n'a aucun moyen de remettre ces armes en état de marche. Du moins en quatre jours... Cela ne fait que prouver que le testament de l'Amiral est authentique. Nous avons donc d'autant plus de raisons de croire que le code des armes placées en orbite est inspiré des tablettes sacrées des Hopis, comme il le dit.

– Pourquoi n'allez-vous pas leur tenir vous-même ce discours ?

– Mais vous ne comprenez donc pas l'urgence ? Trop tard, nous n'avons plus le temps. Il faudrait dire trop de choses à trop de gens. Vous êtes le seul à même de nous aider. Après vous, plus personne n'en sera capable.

– Pourquoi donc ?

Silence. Il insista :

– Pourquoi ?

– Trop compliqué à vous expliquer.

Addams se dit qu'il avait dû viser juste. L'autre, en échafaudant sa plaisanterie, n'avait sans doute pas réfléchi à cette objection.

– Comment voulez-vous que je vous croie si vous ne répondez pas à mes questions ?

– **Je ne veux pas que vous me croyiez ! Je veux que vous fassiez ce que je vous demande !**

– Parce que vous imaginez que je m'en vais simplement obéir à vos ordres ?

– **Oui !**

– Quelle présomption ! Eh bien non ! J'en ai assez de votre canular. Vous n'êtes pas même capable de répondre à mes questions les plus simples. Restons-en là.

Un long silence, puis la voix claqua, brutale :

– **Bien, assez joué. Parlons de vous, puisqu'il n'y a que cela qui compte à vos yeux... Dans quarante ans, on découvrira ce qui s'est vraiment passé à Krasnoïarsk, et cela disculpera complètement le professeur La Fontaine...**

Addams faillit tomber à la renverse. Il laissa échapper d'une voix tremblante :

– Quoi ?

– **... Je sais tout ce que l'on mettra alors au jour. Je serais en mesure de vous le transmettre. Si vous m'aidiez, vous disposeriez dès maintenant de quoi vous disculper...**

Addams avait besoin de réfléchir. Que valait ce chantage ? Dans quarante ans, on pourrait en effet entrer dans le cœur du réacteur, et force serait de constater qu'il n'avait pas... Mais cela, l'autre n'était pas en mesure de le savoir, et ce qu'il venait de dire pouvait aussi bien être un piège destiné à le faire avouer...

Pour se donner le temps de réfléchir, il devait encore inciter l'autre à parler.

– Racontez-moi votre vie. Si vous souhaitez que je vous croie, il faudra me donner des détails !

L'autre soupira :

– Comme s'il n'y avait pas plus urgent, Professeur ! Mais, puisque vous y tenez... N'oubliez cependant pas ma proposition : je pourrais vous disculper dès maintenant. Cela ne vous tente pas ?

Ne pas l'écouter. Lui poser des questions précises, auxquelles il ne se serait pas préparé...

– De quelle nationalité êtes-vous ?

– Question compliquée. Chinois par le père de mon père, Noir américain par ma mère, Juif mexicain par une de mes grand-mères...

– Juif mexicain ? Expliquez-moi !

Addams espérait le piéger en réclamant des détails qu'il n'aurait pas forcément songé à peaufiner.

– Vous voulez des détails ? En voici. La famille de ma grand-mère venait d'Espagne. Son ancêtre, un dénommé Santiago Carlos Abecassis, s'était enfui à destination de l'Empire ottoman en 1491. Vers 1900, un des descendants de celui-ci, un jeune célibataire de Smyrne, Suleiman Andres Cortes, est parti chercher fortune au Mexique. D'abord colporteur, marchand de tissus ambulant, il a bientôt ouvert une boutique de modes à Mexico. Il est alors entré en relation avec les plus grands noms de la haute couture, à Paris comme à New York. Il s'est mis à dessiner des modèles et à tailler lui-même, et est devenu le plus célèbre couturier des deux Amériques – du moins est-ce ce qu'on racontait dans la famille. Il a fait venir là-bas tous ses parents. Ils ont créé une communauté sous le nom de Kahel Kadoch Rabbi Yehuda Halevi. Tous ces détails vous intéressent vraiment ?

Décidément, l'homme avait réponse à tout.

– Continuez, lâcha Addams.

– Ces Turcs, qui conversaient encore entre eux en *ladino*, leur langue d'Espagne, ont fait leur place à Mexico. Ils y ont rencontré d'autres descendants de Juifs d'Espagne, parlant eux aussi le *ladino*, partis au Mexique au XVe siècle avec Luís de Carvajol y de la Cueva pour fuir l'Inquisition sous Philippe II. Ceux-là avaient d'abord vécu en Juifs clandestins, cachés au Yucatán où ils avaient judaïsé des Indiens. Puis ils s'étaient établis à León, toujours sous une apparence chrétienne. Il en a été ainsi durant trois siècles. Quand l'Inquisition a été abolie en 1821, leurs descendants sont redevenus ouvertement Juifs.

Le débit des mots s'accélérait. Addams en était submergé.

– Assez sur ce point. Votre père est chinois, dites-vous ?

– Né à Macao d'un père chinois et d'une mère irlandaise. Elle voulait que ses enfants naquissent dans une enclave de civilisation occidentale, hors du chaos chinois. Puis ils ont eu le droit d'émigrer en se joignant à un quota d'Irlandais. Ils sont d'abord venus s'installer en Europe, puis ont migré en Amérique. Quant à mon père...

– Mais vous, qui êtes-vous ?

– Je ne suis guère intéressant... Je suis né dans l'Oregon en 2083.

Addams calcula mentalement que si cette histoire était vraie, Barshit avait quarante-trois ans en 2126. Le même âge que lui... Coïncidence ?

L'autre avait déjà enchaîné :

– C'était un endroit encore fréquentable, à l'époque. J'y ai étudié les mathématiques, la biologie, la mystique, la cosmologie. Mes professeurs ne m'aimaient guère. Je trouvais absurde leur façon de compliquer les problèmes, et le leur disais. Une fois mes diplômes en poche, je suis venu à New York, contre l'avis de ma famille. La ville avait alors très mauvaise réputation, mais la réalité n'était pas si tragique. Depuis, en revanche, elle s'est beaucoup dégradée. J'ai d'abord travaillé comme mathématicien stagiaire au Pratt Institute, à Brooklyn, à améliorer le rendement mental des chimères de combat. C'était passionnant. J'ai participé à la mise au point de logiciels de clonage cérébral. Puis j'ai été embauché par une société d'armement, la Pershing

Rifles, pour établir les modèles de virtualité théorique nécessaires aux exercices de simulation balistique des armes nouvelles. C'est là que je me suis mis à m'intéresser aux trajectoires... C'est alors qu'elle m'a quitté... J'ai commencé à me perdre. J'ai découvert la drogue, l'homosexualité. J'ai perdu mon travail, suis devenu clochard. Je squattais un immeuble du Bronx. Je suis resté dix jours sans manger. Je tournais de vie en vie, dans un autre univers où des milliers d'enfants se tordaient de douleur... Je ne savais plus pourquoi j'étais sur cette planète... L'Enfer... Non, pas vraiment...

Il y eut un long silence qu'Addams n'osa interrompre. Dix fois, pourtant, il en avait eu envie. Qu'est-ce que c'était que ces « chimères de combat » ? Et cet « autre univers où des milliers d'enfants se tordaient de douleur » ? Au bout d'un long moment, Barshit reprit :

– De toute façon, aucune des joies humaines ne m'a jamais convenu... Et puis, ils sont venus me chercher. Ils m'ont soigné. Ils m'ont appris d'innombrables langues. Des langues inutiles, nées après votre mort, mortes avant ma naissance...

Addams fut sur le point de lui demander qui était venu le chercher et de quoi il avait fallu le soigner. Reconnaissait-il ainsi qu'il était devenu fou ? Il allait le questionner là-dessus quand l'autre enchaîna :

– Ils m'ont conduit là où je vis aujourd'hui. J'avais toujours rêvé d'un tel endroit, mais je l'ai rencontré à un âge trop avancé pour le désirer encore. Que vous en dire ? Un lieu magnifique, une ville comme je ne pensais pas qu'il pût encore en exister après la Guerre d'Épouvante. J'aurais aimé naître là ; ma vie eût été toute différente. Je pourrais vous décrire les maisons, les avenues, les places, les tours de verre et de titane, les ponts de lumière, les marchés aux fruits, aux animaux, les clonimages, les chimères municipales. Mais il faudrait surtout pouvoir rendre les odeurs, les couleurs, les sons. Je ne saurais pas.

C'est là que j'ai eu l'idée de m'établir à mon compte comme chasseur de comètes. Un métier très lucratif.

— Vous n'êtes donc pas un dirigeant politique ?

— Ces mots-là ne veulent plus rien dire. Tout ici a été réduit en morceaux. Depuis la fin de la Guerre d'Épouvante, chacun doit se débrouiller. Plus personne ne prétend diriger quoi que ce soit. Seules les armées se dirigent encore elles-mêmes. Le monde s'est affaissé dans un lent cauchemar, un enfer mélancolique où tous les maîtres sont morts de l'écroulement de leurs rivaux. Il n'y a plus personne à blâmer, à maudire ou à tuer. Chacun pour soi, et le réseau pour tous !

— Mais alors, qui servez-vous ?

— Tous ceux qui ont besoin de moi.

— Est-ce vous qui avez découvert cette comète ?

— D'autres l'ont peut-être découverte en même temps que moi. Mais personne ne m'en a parlé. En tout cas, c'est moi qui ai prévenu l'état-major occidental.

— Quand l'avez-vous repérée ?

— Tout a commencé il y a un mois. Il faut dire que je possède chez moi un dispositif d'observation exceptionnel, bricolé avec des résidus des armées. J'en suis assez fier... Un matin, j'ai vu apparaître sur mes écrans une structure qui ne ressemblait à aucun vaisseau à la dérive, à aucun satellite abandonné. En utilisant divers filtres de ma composition, j'ai compris que c'étaient les prodromes encore indéchiffrables de l'arrivée d'une énorme comète, LA comète ! Si elle était difficile à distinguer, si les observatoires officiels se sont laissé abuser, c'est que plusieurs morceaux s'étaient séparés du noyau, modifiant du tout au tout son apparence et donnant surtout l'illusion qu'elle était encore très éloignée. J'ai fait mes calculs. J'ai compris : sous un mois, elle croiserait notre trajectoire. Personne ne l'avait encore repérée.

— Vous êtes donc le seul à savoir ?

– Non, je vous l'ai dit : j'ai immédiatement avisé l'état-major.

– Lequel ?

– J'ai des relations, du fait de mon métier. Ne m'en demandez pas davantage. On m'a astreint au secret le plus absolu. Mais l'Éveilleur aussi en parle...

– L'Éveilleur ?

– Un prophète qui voit clair, qui dit juste mais qu'on méprise... Le lendemain, quelqu'un est venu sonner à ma porte. Pour me tuer. Et comme j'ai réussi à m'en tirer – je vous raconterai comment un autre jour, car je suis assez content de mon coup ! – j'ai décidé de prendre le large. Aujourd'hui, je vis caché, personne ne peut me trouver. J'ai encore des amis là-bas, et je sais ce qu'ils font. En attendant, comme c'est mon métier, j'ai cherché un moyen d'agir. C'est ainsi que j'ai songé à utiliser les armes placées en orbite et que j'ai pu avoir accès au testament de Goussiline.

La voix marqua une longue pause. Le texte resta figé sur l'écran. Addams se demandait si l'autre avait terminé quand Barshit reprit d'un ton soudain altéré :

– Je sais ce qui va se passer, mais je resterai hermétique, comme si je ne devinais rien. Comme si tout m'était aussi imprévisible qu'à un autre. Rien ne sert à rien, si c'est pour finir ainsi. Je ne serai jamais l'homme des plaisirs inutiles, des vies naïvement heureuses, des drames désinvoltes, des massacres oubliés...

Quel étrange délire ! Un fou, assurément. Mais pourquoi ce discours sonnait-il aussi familier à l'esprit d'Addams ? Il résolut d'entrer un instant dans le jeu de Barshit et l'interrogea :

– Et vous êtes nombreux à savoir remonter dans le passé de cette façon ?

– Je ne remonte pas dans le passé ; j'ai seulement réussi à venir vous parler. D'autres savent peut-être faire mieux. Mais, de nos jours, chacun garde ses connaissances pour soi. En tout cas, il m'étonnerait que je sois le seul à pouvoir faire encore ce que j'ai fait. Ce n'est pas si compliqué. Juste un peu d'habileté. C'est interdit, mais facile.

— Pourrais-je vous joindre, moi ?

— Mais non, réfléchissez : si le passé existe, l'avenir n'existe pas. On ne peut aller dans un endroit qui n'existe pas. Quoique... Mais assez bavardé ! Dépêchez-vous : si on ne parvient pas à dresser un mur devant cette avancée du néant, toutes les âmes vont être à jamais perdues. Or elles sont nombreuses et rares à la fois...

— Je ne vous comprends pas.

— Ce n'est pas grave. Agissez et vous aurez tout le reste de votre vie pour comprendre. Allez chercher ces tablettes.

— Mais pourquoi le ferais-je ?

— Parce que vous avez tout à y gagner, et rien à y perdre. Si mon histoire n'est pas vraie, vous n'aurez fait que transmettre à un inconnu des dessins gravés sur la pierre il y a plus de mille ans par une tribu en voie de disparition. La belle affaire ! En revanche, si elle est vraie, vous obtiendrez la vérité sur ce qui a brisé votre carrière et, au passage, vous sauverez l'humanité !

— Encore faudrait-il que je puisse croire que vous me parlez de l'avenir. Or, depuis hier, vous ne m'avez pas fourni beaucoup de preuves. Vous ne pouvez d'ailleurs m'en apporter.

— Vous voudriez la vérité sur Krasnoïarsk ? Pas si bête ! Non, cela, je l'échangerai contre les tablettes. Rien de moins. Mais je puis vous raconter l'histoire de l'humanité après votre mort, si vous le souhaitez. Vous décrire les démocraties vacillantes, les dictatures enchevêtrées, les guerres entre civilisations, les exodes, les chimères virtuelles, l'avènement de barbaries méticuleuses... Je pourrais aussi vous révéler quelques progrès de la science. Voulez-vous ? Depuis votre époque, on a découvert ce qui rend les hommes amoureux, comment toucher les hologrammes, on sait cloner des rêves, comment les diplodocus ont disparu, pourquoi certaines étoiles sont plus vieilles que l'Univers, ce qu'il y avait juste avant le « Big Bang »... Rien de tout cela n'a vraiment aidé les hommes à mieux vivre, et on ne sait toujours pas mourir avec le sourire. Sauf chez ceux qui croient au Troisième Testament...

– Le Troisième Testament ? Qu'est-ce que c'est que ça ?

– Justement, je me suis aperçu que dans ma précipitation, hier, je ne vous en ai pas parlé. Or, c'est un point essentiel qui pourrait convaincre les Hopis de vous montrer leurs tablettes sacrées.

– De quoi s'agit-il ?

– Un ensemble de manuscrits qui seront découverts quarante ans après votre aujourd'hui... Il est important que vous notiez tout ce que je vais vous dire à présent. Quand vous irez voir les Hopis, il vous faudra le leur répéter mot pour mot. Promettez !

– Je n'ai pas encore décidé d'aller où que ce soit. Mais je vous écoute.

– Il y a quatre-vingt-un ans, une expédition allemande partie à la recherche des vestiges d'une tribu ouïgoure particulièrement intéressante, car elle aurait migré loin vers l'Ouest, a découvert au pied d'une falaise, près du village de Rangpour, dans la province du Cachemire, en Inde, à la frontière chinoise, une tombe bien protégée par une sorte de pyramide...

Addams releva que c'était dans cette même région que devait, selon lui, choir la comète. Ou bien ce Barshit manquait d'imagination, ou bien il se trouvait installé dans ces parages.

– Cela les a intrigués, car les Ouïgours sont des nomades et n'enterrent jamais leurs morts autrement que de façon sommaire, y compris leurs chefs prestigieux. Au surplus, c'était la première tombe fortifiée trouvée dans cette région. En l'ouvrant, ils découvrirent un boyau d'une centaine de mètres descendant profondément sous la montagne et débouchant sur une enfilade de neuf pièces plus vastes les unes que les autres. Dans chacune, un amoncellement de coupes et de vases remplis de bijoux de plus en plus précieux, des squelettes de gardes, de femmes et d'enfants. Dans la toute dernière pièce, au fond de la tombe, allongée sur une pierre plate dont on découvrit plus tard qu'elle ne pouvait venir que de Judée, une momie revêtue de tissus d'or et couverte de bijoux sophistiqués qui n'avaient rien de parures ouïgoures. On a pu vérifier qu'ils provenaient d'Égypte, ou en tout cas du Moyen-Orient, et qu'ils dataient de plus de vingt siècles, donc d'à peu près l'âge de la momie. Dans un vase placé sur la momie à l'emplacement de son sexe et scellé par un long lambeau de peau humaine, on trouva un papyrus sur lequel était inscrit un texte dans une langue inconnue mais voisine de l'araméen. Ahuris par cette invraisemblable conjonction – l'araméen n'avait jamais été parlé à moins de cinq mille kilomètres de là –, certains membres de l'expédition, en particulier leur chef, décidèrent d'en empêcher la publication, persuadés d'avoir été victimes d'une mystification. Mais une jeune archéologue grecque appartenant à l'équipe en avait fait une traduction approximative, puis une copie sur disquette qu'elle vendit aux journaux. Cela créa un énorme scandale... Il fallut au moins dix ans pour que les Églises acceptent de discuter de cette découverte...

Addams se demandait en quoi cette histoire de fouille archéologique avait le moindre rapport avec la comète, les Hopis et lui-même. Il alla se préparer un bol de thé, attrapa au passage un paquet de biscuits, puis s'en revint devant l'ordinateur. Il n'avait rien de mieux à faire qu'attendre et voir où l'autre voulait en venir. Il interrogea :

– Et qu'y avait-il de si choquant dans ce texte ?

– Vous allez vite comprendre. Le manuscrit commençait par affirmer qu'il s'agissait d'un texte dicté par Dieu à une certaine Livana, une femme-prophète, membre d'une tribu égarée...

— Une prophétesse qui se serait perdue ? Beau canular, en effet !

— Telle fut la première réaction des archéologues et on peut comprendre qu'ils aient voulu arrêter la publication. Mais, quand toutes les expertises eurent confirmé la datation du texte – contemporain de Jésus –, il fallut bien se résigner à en débattre. De formidables batailles théologiques se livrèrent.

— Pourquoi ? Que disait donc ce texte ?

— Livana y expliquait que le Messie ne viendrait plus ; l'humanité avait cessé de le mériter et il ne servait plus à rien de l'attendre. Elle indiquait que notre monde allait bientôt disparaître et qu'il était vain de prier. Rien ne pourrait l'empêcher. Dieu n'aurait aucune pitié des hommes. Il ferait disparaître cet univers comme il avait déjà fait de plusieurs autres, antérieurs au nôtre – au nombre de trois, pour être précis –, qui avaient eux aussi démérité ou échoué.

— Si c'est vrai, je comprends que les Églises n'aient pas du tout aimé cela !

— Contentez-vous de noter. Vous verrez que vous finirez par y croire... Certains théologiens ont alors expliqué que ce n'était pas contraire à la Bible, car il n'y est dit nulle part que notre univers soit la première tentative de Dieu. Déjà, au Moyen Âge, des rabbins et divers scolastiques avaient envisagé cette hypothèse.

— Que le Messie ne viendrait pas ?

— Ou que l'Univers serait détruit et recommencé, Dieu étant mécontent de son brouillon. Mais Livana dit encore beaucoup d'autres choses. Elle raconte en détail la genèse de tous les univers et explique que notre Terre est l'Enfer, et Epsilon Indi le Paradis.

— Epsilon Indi ?

— Vous n'avez pas besoin d'en savoir plus. Cela devrait vous suffire. Répétez-le aux Hopis. Dites-leur bien que la comète va provoquer la Quatrième Catastrophe. D'après ce que j'en sais, ils comprendront que l'heure est venue pour eux de partager leurs textes sacrés avec les autres hommes pour sauver l'humanité.

Addams entendit un léger bruit. Il se retourna : Ewlyn se tenait là, penchée derrière lui, livide. La porte était restée grande ouverte. Il n'aurait su dire depuis quand la jeune femme était entrée. Elle lisait par-dessus son épaule. C'était la première fois qu'elle lui rendait visite. Il ne savait même pas qu'elle connaissait son adresse. Jusque-là, elle avait toujours refusé ses invitations. Elle était vêtue d'une jupe de soie d'un bleu profond et d'un simple chemisier blanc. Elle ne portait aucun bijou. Il se dit qu'il l'avait rarement vue aussi rayonnante, désirable. Elle désigna le désordre de la pièce, auquel il avait à peine remédié, et s'inquiéta :

– Que s'est-il passé ici ? Tu t'es battu ?

Avant qu'il ait eu le temps de répondre, Barshit avait repris :

– **Faites vite ! J'ai confiance en vous. Je reviendrai demain. D'ici là, j'ai encore beaucoup à faire pour nous préparer au lancement.**

Avant que la communication ne soit interrompue, Addams eut tout juste le temps de taper :

– Je n'ai rien promis !

Il se demanda ce qu'Ewlyn avait entendu et compris. Elle n'avait pas cillé, mais son visage était blême, défait.

Il allait éteindre l'ordinateur quand une voix ferme et toute proche, aux accents métalliques, se fit entendre sur le réseau :

– Il est interdit d'utiliser ce canal ! Avez-vous localisé votre interlocuteur ?

Enfin les services de sécurité s'étaient décidés à mettre un terme à cette plaisanterie ! Pas trop tôt !

– Non, expliqua-t-il, les logiciels ne l'ont pas trouvé.

– Vous ne les avez pas réenclenchés...

Addams avait oublié. Il s'en voulut. L'autre continua :

– Le général Lipschitz souhaite vous voir dès ce soir. Soyez à son bureau à vingt et une heures précises.

Ewlyn interrogea Addams :

– Tu crois qu'ils vont te faire des ennuis ?

– Je n'ai rien à me reprocher. Je suis si heureux que tu te sois décidée à venir jusque chez moi... Bienvenue !

– J'ai parlé à Cha'kwaina, notre chef.

– Le chef de quoi ?

– Des Hopis.

Addams fut surpris : elle avait donc attaché de l'importance à ce qu'il lui avait dit ?

– Tu lui as raconté cette histoire ?

– Oui, pourquoi ? Il ne fallait pas ?

– Non... Oui... Tu as bien fait. Que t'a-t-il dit ? Il a dû te prendre pour une folle !

– Il a beaucoup pleuré.

– Pleuré !

– Oui. Il a ajouté qu'à son avis, si quelqu'un pouvait s'exprimer depuis l'avenir, il demanderait sûrement aux Blancs de changer leur façon de vivre, puisque c'est elle qui finira par détruire l'Univers plus sûrement qu'une comète.

– Tu as évoqué les tablettes ?

– Il a été très surpris par cette requête. Surpris et ému. Il m'a dit de te confirmer qu'elles existaient bien mais que jamais les Hopis ne s'en dessaisiraient. Il souhaite te voir dès aujourd'hui.

– Aujourd'hui ?

– Oui. Il a passé plus d'un siècle dans cette vie et n'en a plus pour longtemps. Nous en aurons pour trois heures de route. As-tu imprimé tes conversations avec ce...

Addams opina de la tête.

– Alors, prends-les avec toi. Il veut que tu les lui lises.

Il n'hésita pas. Après tout, rien ne lui interdisait d'aller jusque là-bas à condition d'être rentré à temps pour son rendez-vous avec le commandant du Centre. Il téléphona à Wilfried pour lui faire part de son dernier dialogue avec Barshit et le prévenir de son escapade vers les *mesas*.

– Que pensez-vous de tout cela ?

– Que c'est tout à fait sérieux, car les signes décorant l'abbaye de Toussaint faisaient bien partie des symboles religieux que nous avions recommandés.

Addams se rendit compte que le vieil astronome n'avait pas du tout l'air surpris. Commençait-il à ajouter foi à ces absurdités ?

– Pour le reste, reprit le Lituanien, j'ai besoin de réfléchir. Êtes-vous déjà allé là-haut ?

– Non.

– De toute façon, ça vaut le déplacement, même si vous n'en rapportez pas grand-chose d'intéressant. Ces Indiens ne disent jamais rien aux étrangers. Ils aiment à se faire passer pour de pauvres paysans analphabètes... Vous verrez bien.

Ils partirent vers les villages hopis avant que la chaleur du jour ne transforme la vallée en fournaise. Ewlyn conduisait calmement. Au bas de la colline où se dressait sa maison, elle prit la route qui menait vers l'est et ils passèrent devant l'enseigne de l'*Other Way*. Il n'osa lui demander si elle avait pris un jour de congé. Après avoir dépassé le restaurant, elle tourna à gauche. Ils roulèrent alors sur une interminable ligne droite qui remontait vers le nord, dans une vallée évasée bordée de lointains monticules. Peu d'habitants, quelques fermes éparses, aucun village. De part et d'autre de la route, des clôtures de fil de fer ; çà et là, des chevaux. Devant eux, sur la gauche, c'est-à-dire vers le nord-ouest, se dessinaient au loin les pentes enneigées des monts

San Francisco, deux cimes jumelles où de nombreuses tribus indiennes situaient leur paradis.

Addams n'osa demander à Ewlyn si le mot avait un sens pour elle ; elle avait toujours marqué ses distances avec les croyances de son peuple, mais elle n'aurait pas supporté qu'on les critiquât devant elle.

Ils pénétrèrent dans la réserve navajo à l'intérieur de laquelle était enclavée celle des Hopis. Addams regretta de ne pas avoir assez lu sur ces différents peuples. Il était installé en Arizona depuis près d'un an et ne savait pour ainsi dire rien des puissants Navajos, des Apaches rebelles, des artistes Zuñis, des seigneurs Sioux, encore moins des Hopis, qu'on disait les plus mystérieux, les plus mystiques de tous les Indiens d'Amérique. Et Ewlyn avait toujours évité de répondre à ses questions lorsqu'elles se faisaient trop précises.

Au bout d'une grande heure de route au cours de laquelle ils n'avaient croisé que deux camionnettes surchargées de meubles et de marmots, deux camions-citernes et un véhicule de police – les suivait-on ? –, les collines se resserrèrent, le paysage se fit plus austère. Ils dépassèrent encore quelques tacots surmontés de lourds ballots, puis plus rien. Passé un long moment, surgirent devant eux trois falaises. Elle les montra du doigt, sans un mot. Il comprit : les *mesas* où vivaient les Hopis. Il risqua une question qu'il n'avait jamais osé formuler jusque-là :

– C'est là que tu es venue au monde ?

Il eut l'impression qu'elle se crispait.

– Non. Je suis arrivée ici petite fille, avec mon père.

– Où es-tu née ?

– Dans l'Est.

Elle n'aimait guère cette conversation. Lui-même détestait se montrer indiscret. Il fit remarquer :

– C'est plutôt rare, pour une Indienne.

Elle semblait incapable d'articuler. Il crut entendre :

– Mon père était là-bas pour travailler. C'est là qu'il a rencontré ma mère. Quand elle l'a quitté, il a souhaité revenir chez ses ancêtres.

– Comment était-il ?

Chaque mot la mettait à la torture.

– Mon père ? Je ne l'ai presque pas connu. Lui aussi est mort alors que j'étais toute jeune.

Il était décidé à ne pas la lâcher :

– Tu as vécu ici ensuite sans parents ? Qui t'a élevée ?

Elle ne répondit pas. Il sentit que c'était la question de trop. Il n'insista pas. Ils avançaient entre des champs arides où poussait un maïs chétif.

– Je comprends que tu sois partie d'ici.

– C'est un endroit ingrat, mais j'y ai vécu une belle enfance, austère et noble. Je ne l'échangerais contre aucune autre. J'y ai appris la douceur, la fierté. Les Hopis sont pacifiques. D'ailleurs, *hopi* veut dire « paix » dans notre langue. Le savais-tu ? C'est un peuple si hostile à la violence que même le suicide lui est interdit.

– Comment cela ?

On aurait dit que, pour le remercier de ne plus lui poser de questions trop indiscrètes, elle condescendait à lui parler de son peuple.

– Si un Hopi souhaite disparaître parce qu'il a honte de ses actes ou qu'il souffre trop, il demande à des Navajos de simuler une attaque contre le village. Il sort le premier pour repousser les agresseurs et se laisse tuer avec, sur son corps, le prix payé pour son meurtre. Mais ce n'est pas un peuple lâche : personne n'est parvenu à les chasser d'ici depuis deux mille ans.

– Tant que ça !

Une grosse camionnette découverte les précédait. La largeur de la route eût permis à Ewlyn de la doubler. Elle s'en abstint et continua :

– Certains prétendent que les Hopis ne sont ici que depuis un millénaire ; en réalité, ils sont venus d'Asie il y a plus de trois mille ans.

– Par le détroit de Béring ?

– Peut-être. Certains documents chinois rédigés en 2250 av. J.-C., comme le *Chan hai king*, parlent aussi d'une traversée par mer. Une fois ici, ils ont sillonné l'Amérique, du Nord au Sud, et ont fondé toutes les autres civilisations du continent. Y compris celles des Mayas et des Incas. On trouve des masques hopis sur les bas-reliefs de Palenque, que nous appelons Palatwaki, et les Mayas jouaient aux mêmes jeux de balles que nous. Nous comprenons la langue inca. Mais l'essentiel de notre peuple est revenu s'installer ici il y a plus de dix siècles.

– Vous vivez donc ici depuis ce temps-là ?

– Oui. Sous leur ancien nom d'Anasazis, les Hopis sont le plus vieux peuple d'Amérique. Leurs villages sont les plus anciens du continent. Les Sioux, les Hutes et surtout les Navajos ont essayé de les chasser de ces montagnes. En vain.

Des gosses marchaient en bordure de la route. Le véhicule qui les précédait s'arrêta pour les ramasser. Ewlyn le doubla enfin.

– Et les Blancs ?

– Pas davantage. Les Espagnols sont les premiers Blancs à être venus dans les parages en 1540. Le premier, Pedro de Tovar, cherchait de l'or et a essayé de convertir les Indiens au christianisme. En vain : la Bible est beaucoup plus rudimentaire que toutes les explications hopies de la Création du monde.

– Vraiment ?

– Tu comprendras tout à l'heure... Pour les convertir, les Espagnols ont employé les grands moyens. Ils ont construit une mission, à Oraibi, et y ont installé des moines. Les Hopis les ont supportés jusqu'à ce que ces clercs trouvent plus d'intérêt à violer leurs filles qu'à discuter théologie. En 1680, ils les ont chassés à coups de pierres.

– Les Blancs n'ont jamais pris vos terres ? Tous les Indiens ont été spoliés.

– Nos villages, comme tu le verras, sont situés de telle sorte que les Blancs y ont vite renoncé.

– Vous n'avez donc plus eu de contacts avec l'Administration ? Vous êtes pourtant citoyens américains ?

– Plus que n'importe qui ! Au XIXe siècle, les Hopis ont laissé des Blancs s'installer pas loin et ouvrir ici des écoles. Les Anciens ont décidé de feindre de se convertir pour avoir la paix. Mais jamais ils n'ont renoncé à leurs rites. D'ailleurs, tu vas le constater tout de suite. Attends-toi à une surprise...

– Une surprise ?

Elle sourit.

– Tu verras.

– Mais toi, pourquoi es-tu partie ?

– J'y suis toujours, à ma façon. Tu ne peux pas comprendre...

Il n'insista pas.

Ils longèrent encore de pauvres champs où des paysans s'affairaient, cassés en deux. Ewlyn les regardait faire d'un air soucieux.

– La récolte sera mauvaise : manque d'eau. Le maïs a été planté fin mai. Mais, si la pluie n'est pas là cette semaine, ce sera un désastre.

Elle semblait si bien connaître son peuple. Il décida de revenir à la charge et hasarda :

– Tu te souviens de ton père ?

Toujours la même crispation.

– Un peu. La vie était dure, de son temps. Tous les jours, même en hiver, il descendait des falaises pour cultiver le maïs près des arroyos. Il marchait parfois toute une semaine jusqu'au Grand Canyon pour y trouver le sel et le cuivre nécessaires aux peintures rituelles. Il allait jusqu'au Petit Colorado pour ramener le kaolin blanc et les racines de yucca, ou pour chasser l'antilope.

– Mais pourquoi acceptait-il ce mode de vie après avoir connu celui des villes ? Pourquoi, aujourd'hui encore, les Hopis restent-ils cantonnés là-haut alors qu'ils pourraient se fondre dans la vie des villes ?

– Pourquoi venir en ville ? Pour y avoir le privilège de servir des cafés à des Blancs ?

– Tu es bien descendue, toi !

Il s'en voulut de lui avoir dit ces mots. Il l'avait peinée. Les yeux rivés sur la route qui se faisait plus étroite, elle murmura :

– Je ne suis qu'à moitié hopie. Et j'ai mes raisons.

Il posa la main sur son bras. Elle l'écarta. Il avait commis une erreur. Un long silence suivit, qu'il ne savait comment rompre.

Elle dit :

– Ne t'inquiète pas. Il y a longtemps que tes questions m'attendaient, de toute façon... Nous voici bientôt arrivés.

– Combien sont-ils encore, là-haut ?

– Environ dix mille.

– C'est tout ? Ce n'est que cela, le peuple hopi ?

– C'est un miracle qu'il en reste autant ! À la fin du XVIIIe siècle, sept cents en tout et pour tout avaient survécu à une épidémie de variole. Mais tu poseras toutes ces questions à Cha'kwaina.

– Qui est-ce ? Un chef ?

– Pas vraiment. En 1938, les Blancs ont obligé les Indiens à s'organiser selon les règles de la démocratie blanche. Pour s'y plier, les Hopis élisent un conseil tribal au suffrage universel. En réalité, le vrai pouvoir reste entre les mains des *kikmongwis*, les chefs de clan. Cha'kwaina est le chef du clan de l'Ours.

– Vous avez encore des clans ?

– Cha'kwaina te l'expliquera.

– Qui est-il pour toi ?

– Mon oncle.

– Le frère de ton père ?

Elle éclata de rire. Comme il aima et goûta ce rire !

– Non ! expliqua-t-elle. Toutes les femmes du clan sont « ma mère » ; et tous les hommes sont « mon oncle ». Tous les enfants de ma génération sont « mes aînés », et tous les enfants de la génération d'après sont « les enfants de ma sœur ». Ici, tout part des femmes et tout y revient. Un homme appartient au clan de sa mère, il entre dans le clan de sa femme. Voilà qui ne te plairait sans doute pas !

– Ça dépend... Personne, donc, ne peut disputer les enfants aux femmes ?

– Ici, le père et la mère ne sont que les véhicules des parents spirituels, qui sont les Esprits. À sept ans, on nous apprend que l'on n'appartient pas seulement à une famille, mais aussi à un clan, et à l'univers entier, et que l'on doit vivre selon le Plan général.

– Qu'est-ce que le Plan général ?

Elle se referma :

– Tu le lui demanderas.

Ils arrivèrent au pied des *mesas*. Devant eux, distantes les unes des autres, les trois falaises escarpées. Ils remarquèrent des voitures en assez grand nombre, garées dans un terrain vague. La route se subdivisait en trois chemins plus resserrés. Des pancartes indiquaient la direction de Walpi sur la première *mesa*, de Shongopavi sur la seconde, d'Oraibi et Hotevilla sur la troisième. Ewlyn expliqua :

– Oraibi est notre village sacré. C'est le plus ancien village à avoir été habité sans interruption en Amérique. Il a été créé au plus tard en 1150. Il a d'abord appartenu au clan de l'Arc, puis, jusqu'à maintenant, à celui de l'Ours. En 1908, il y eut comme une dispute entre ceux qui acceptaient d'épouser le mode de vie des Blancs et ceux qui s'y refusaient. On a voté. Les traditionalistes ont perdu ; ils ont quitté Oraibi et fondé Hotevilla, un peu plus loin... Mais nous allons à Walpi.

Elle désigna une falaise apparemment inaccessible, la plus proche de l'endroit où ils se trouvaient.

Il s'étonna :

— Là-haut ?

— Eh oui ! Le village était d'abord situé au pied de la colline, mais ses habitants sont montés en 1680 pour se protéger des représailles espagnoles. Autrefois, j'allais sur ces sommets, avec les garçons, rafler les plumes d'aiglons dans leurs nids.

Elle tourna sur la gauche. Le chemin était à présent coincé entre falaise et ravin. Elle s'appliquait à longer la paroi rocheuse, sans regarder sur sa gauche. Avait-elle le vertige ? Il leva la tête. Le village les surplombait : des maisons basses suspendues au bord du gouffre.

En montant, ils virent de plus en plus de gens massés au bord de la route, qui les dévisageaient avec défiance. Un groupe de jeunes voulut les empêcher d'avancer. Un adolescent s'approcha du véhicule. Vêtu d'un jean effrangé, de chaussures de sport poussiéreuses, il paraissait connaître Ewlyn et discuta ferme avec elle dans une langue qu'Addams ne comprit pas. La jeune femme parlementa puis se tourna vers l'ingénieur :

— Il faut attendre.

— Que se passe-t-il ?

— Aujourd'hui n'est pas une journée comme les autres : c'est l'avant-dernier jour de la cérémonie du Serpent-Antilope ; les Blancs n'ont pas le droit d'y assister. Je leur ai expliqué que Cha'kwaina t'attendait. Ils ne m'ont pas cru, mais ont accepté d'envoyer quelqu'un vérifier.

— Qu'est-ce que cette cérémonie ?

— C'est une de nos sept fêtes principales. Il y a d'abord Wuwuchin, en novembre, qui célèbre la Création du monde ; puis Soyal, au solstice d'hiver, qui signale l'arrivée des katchinas dans le village pour six mois ; Powamu, en janvier, qui glorifie le début de la croissance végétale ; Niman Katchina, au solstice d'été, pour le retour des katchinas dans les monts San Francisco, jusqu'au prochain Soyal, et Serpent-Antilope, un an sur deux, au mois d'août.

– Les katchinas sont vos dieux ?

– Non, ce sont des esprits qui nous accompagnent.

– Et en quoi consiste cette cérémonie ?

– Elle a lieu après le départ des katchinas, pour obtenir les ultimes ondées avant la récolte, qui, cette année, sont particulièrement nécessaires. C'est une cérémonie très complexe. Le rituel du Serpent-Antilope rappelle l'histoire d'un jeune Hopi parti chercher la source de toutes les eaux en remontant le cours du Colorado. Là, il rencontra celui qui contrôle toutes les rivières du monde, le Grand Serpent, qui l'initia à ses secrets et lui fit épouser une très belle jeune fille, elle-même transformée en reptile. D'eux descendent tous les serpents actuels. Le Serpent est symbole de la pluie, de la vie, du sperme, du message divin. De retour au village, le jeune homme fut nommé Chef Antilope et on le chargea d'enseigner aux Hopis la sagesse du peuple des Serpents.

La foule autour d'eux semblait plus hostile qu'indifférente. Ewlyn s'impatienta :

– Pourquoi le garçon ne revient-il pas ?

– Où est-il allé ?

– Voir Cha'kwaina. Il est là-haut, dans la kiva du Serpent.

– C'est-à-dire ?

– C'est le nom donné à nos lieux de prière. Ce sont des sortes de caves, parfois en dur, parfois provisoires, où se déroulent nos cérémonies. Les gens du clan du Serpent ont édifié cette kiva en une huitaine de jours, puis sont partis dans le désert ramasser des serpents pendant quatre autres jours. C'est ce qu'ils ont fait la semaine dernière.

– Il y a des serpents dans la région ?

– Il n'y a que ça ! On en trouve même à Winslow. Ils choisissent les plus venimeux. Des crotales, des serpents-taureaux, des vipères cornues... Cette chasse est très impressionnante. Les chasseurs partent vers les quatre points cardinaux avec une jarre d'eau, un sac de semoule de maïs et deux plumes de buse pour amadouer les serpents en les caressant. Ils doivent les ramasser à mains nues, sans leur faire de mal, en choisissant autant que possible les plus dangereux. Puis ils les rapportent dans les kivas où les reptiles sont lavés, purifiés par la fumée des prêtres et enfermés dans des jarres spéciales. À l'aube du quinzième jour – c'est-à-dire ce matin – a lieu la course de l'Antilope. Elle a dû se terminer il y a une heure. Les jeunes du village ont couru du pied de la falaise jusqu'au sommet ; le gagnant a reçu des plumes de prière et une gourde d'eau sacrée pour son champ.

– Et les serpents ?

Elle sourit :

– Ça, c'est pour demain, tu ne le verras donc pas. Dommage !... Ah, voici Dan ! Ce n'est pas trop tôt !

Le garçon s'approcha et, l'air mauvais, esquissa un signe. L'ordre avait été donné de les laisser passer, mais cela ne paraissait pas du goût de tout le monde.

Ils pénétrèrent dans le village : quelques maisons de boue séchée, d'autres en tôle ondulée, la plupart placées à l'extrême bord de la falaise. Le village était presque vide. Se trouvait-on vraiment à trois heures de route du principal centre de recherches de la première armée du monde ?

Ewlyn gara la voiture tout au bout du village, devant une maison qu'on eût dit sur le point de basculer dans le précipice. La porte était ouverte. Elle murmura :

– Il ne voit plus très clair, mais entend fort bien. Ah ! j'allais oublier : certains disent qu'il peut lire à livre ouvert dans les pensées d'autrui.
– Tu crois en ces fariboles ?
Elle haussa les épaules. Ils entrèrent. Un petit vieillard était assis en tailleur au fond de la pièce, les yeux clos dans la quasi-obscurité. Il suçotait une pipe en bois ornée d'une grande plume. Il tendit une main vers Ewlyn, sourit et lança dans un anglais impeccable :
– Tu te portes bien ? Tu ne viens plus guère me voir. Je n'en ai plus pour très longtemps et cela m'aurait ennuyé de partir sans t'embrasser.
– Mais tu es en pleine forme ! protesta-t-elle.
– Mon chemin s'achève. Je serai bientôt un nuage et je viendrai vous arroser. Vous n'aurez plus à vous inquiéter pour la pluie.
Ewlyn vint lui parler à l'oreille. Il secoua la tête et, d'un air irrité :
– Mais non, c'est moi qui t'ai demandé de venir, oublie Dan ! Tu sais bien ce qu'il cherche. Tu as vu les champs, en montant ?
– Oui, ce n'est pas fameux.
– La pluie aurait déjà dû venir. Ils ont pris soixante serpents. En principe, cela signifie : longues pluies et bonnes récoltes. Si, malgré tout, elle ne vient pas, c'est qu'il y a des jeunes au village dont les pensées ternissent nos messages. Tant qu'ils ne seront pas rentrés dans le droit chemin, on ne peut espérer que Nuage nous entende.
Une vieille femme entra, portant sur un plateau une dizaine d'épis de maïs de couleurs différentes : vert, bleu, jaune, rouge, orange, grenat... Le vieillard se servit et invita Addams à l'imiter.
– Je n'imaginais pas qu'il y eût autant de maïs différents, s'étonna ce dernier en choisissant l'épi qui ressemblait le plus à ceux dont il avait l'habitude.

— Aucun homme ne vit assez vieux pour goûter tous les plats que l'on peut confectionner avec du maïs. Taiowa dit : « Aussi longtemps que le maïs poussera, je serai avec vous. » C'est notre corps. Sa chair est la nôtre. Quand nous l'offrons en prière, c'est notre corps dont nous faisons l'offrande. Voilà pourquoi la pluie est pour nous si essentielle...

Une fois le repas terminé, Addams voulut parler. Le vieillard l'arrêta d'un geste :

— Avant tout, il faut prier.

Il traça sur le sol un grand cercle avec son bâton, invita Addams et Ewlyn à s'y asseoir et dit :

— Toute chose importante doit se faire à l'intérieur d'un cercle. Toute chose tend à être ronde. Le Ciel est une coupole, le Soleil se déplace le long d'une circonférence, la Terre est un globe, le vent, l'eau et la fumée tourbillonnent, les nids des oiseaux sont des calottes garnies de duvet, les saisons font la ronde et la vie des hommes dessine un cercle où les gamins donnent la main aux vieillards... Et maintenant, prions !

Il ferma les yeux et murmura en se tournant vers Addams :

— Priez-vous souvent ?

— Non. Je ne pense pas que Dieu, s'Il existe, ait le souci d'écouter les doléances de chacun des hommes.

— Il ne faut pas prier pour soi, mais pour toutes les vies qui peuplent la Terre.

Il se replongea dans sa méditation. Addams trouva le temps long. Mais le vieillard murmura sans même rouvrir les yeux :

— Vous êtes impatient. Vous avez des choses importantes à me dire. Moi aussi. Mais rien n'est plus important que la pluie.

— Il paraît que vous êtes capable de lire dans mes pensées.

— C'est Ewlyn qui vous a raconté cela ? Elle a dit vrai.

C'était proféré avec un tel air de défi qu'Addams osa :

– Alors, dites-moi à quoi je pense en cet instant.
– Vous pensez que vous êtes vivant.
– Faux !
– Tiens donc ! Vous ne pensez pas que vous êtes vivant ?

Addams resta interdit. Ewlyn pouffa. Cha'kwaina éclata d'un rire aigu et continua :

– Croyez-moi : il ne sert à rien de deviner les pensées d'autrui. Elles sont souvent si vulgaires ! On n'aurait plus aucune confiance dans les frères humains s'il fallait regarder sans relâche ce qu'ils ont dans le crâne !

Addams faillit répliquer, mais le vieil homme s'était tourné vers Ewlyn :

– Je vais écouter ton ami. Il faut qu'il me raconte son histoire. Surtout, qu'il n'omette pas le moindre détail !

Addams commença par expliquer ce qu'était Internet, mais l'autre l'interrompit :

– Je connais. Certains jeunes d'Oraibi ont essayé de faire voyager notre pensée sur cette route. Je n'étais pas contre, mais ça n'a pas marché. Ils ont compris que ce n'était pas une voie pour nous. Lisez-moi ce que vous avez entendu.

Addams sortit les transcriptions et en commença la lecture. Les propos de Barshit semblaient cette fois étonnamment réalistes. Et si tout ce qu'il rapportait était vrai ? Cette aventure n'avait-elle commencé que la veille au soir ? Elle prenait une épaisseur telle qu'il lui paraissait s'y débattre depuis très longtemps.

Quand Addams se tut, l'Indien resta silencieux tout en continuant à tirer sur sa pipe que ni lui ni Ewlyn ne l'avaient vu allumer. Puis il murmura :

– Le plus important, c'est le cœur. Être un homme est une charge sacrée qui exige de la sincérité. Il n'est pas de paix possible entre des gens qui n'ont pas fait la paix dans leur propre cœur.

– Pourquoi me dites-vous cela ?

Ewlyn murmura :

– Il te demande si tu n'as pas inventé tout cela.

– Bien sûr que non !

L'Indien ferma les yeux, renversa la tête en arrière et tira une longue bouffée de sa pipe. Il prit quelques grains de maïs avec lesquels il joua longuement, puis il dit :

– Alors, peut-être est-ce... Juste avant sa mort, mon père m'a confié que je verrais le Jour de la Purification. Le voici qui vient. Il fallait s'y attendre. Vous avez profané le visage de la Terre, infecté les eaux, souillé les sols, pollué l'air, déclaré la guerre à la Nature. Vous n'avez pas respecté ces deux choses essentielles : la différence et la fragilité. Vous avez manqué de considération envers tout ce qui vit. Pour masquer vos forfaits, vous avez inventé ce subterfuge, le progrès, et vous avez multiplié vos lois, qui changent tout le temps... Ce ne sont pas des lois, si on peut les jeter quand elles ne plaisent plus ! Les nôtres sont intangibles. Le Grand Esprit nous les a données pour vivre heureux, en paix... La Destruction aura donc lieu. Un jour proche.

– Je ne comprends pas : vous estimez que ces messages annoncent la fin du monde ? Vous prenez ça au sérieux ?

– C'est fort possible. Seul Maasa'u est encore assez puissant pour aider ceux qui savent les secrets de la Nature, mère de tous les hommes, à surmonter cette épreuve. Mais ils l'ont beaucoup déçu.

– Qui est ce Maasa'u ?

Ewlyn glissa :

– C'est une sorte de dieu déchu à qui Taiowa, le premier des dieux, a confié la responsabilité de la Terre et des hommes.

Cha'kwaina acquiesça d'un grognement et enchaîna :

– Taiowa a toujours vu juste. Il nous avait prévenus il y a longtemps qu'une gourde de cendres serait lâchée sur la Terre, qu'elle provoquerait la mort de très nombreux humains et entraînerait la fin de notre monde. Et bien d'autres choses encore... Vous devriez prendre au sérieux nos prophètes, leurs enseignements, nos cérémonies, car si nous, Hopis, peuple élu, avions été écoutés, l'humanité aurait pu être sauvée.

– D'après vous, la planète est irrévocablement condamnée ? Votre gourde de cendres, c'est la comète ?

L'Indien fit un geste de dénégation.

– Je n'ai pas dit cela. L'homme a créé les conditions de son malheur ; nul ne pourra plus l'empêcher d'advenir. Pas besoin d'une comète pour ça !

– Si vous n'y croyez pas, pourquoi avez-vous alors souhaité me voir ?

Cha'kwaina préleva de nouveau quelques grains de maïs dans sa main gauche et ferma les yeux. On aurait dit que ces grains, comme ceux d'un chapelet, l'aidaient à prier.

– Si nous trouvons un grain de maïs sur le sol, notre devoir est de le planter pour donner toutes ses chances à la vie. De même, si nous trouvons une parole, nous devons tout faire pour la comprendre, la protéger, la transmettre. Pour donner une chance aux gens d'honneur... Ce que vous avez entendu ressemble à certains passages de notre prophétie, que les Blancs ne connaissent pas. Nous autres, nous attendons aussi...

Addams ne comprenait toujours pas pourquoi le vieil Indien l'avait fait venir. Il alla droit au but :

– Bien. Souhaitez-vous faire connaître à ce Barshit, quel qu'il soit, le contenu de vos tablettes sacrées, pour autant qu'elles existent ?

– Nous n'avons aucune raison de partager nos secrets avec un inconnu qui viendrait nous raconter une bonne blague dont il aurait été la victime.

Ce fut dit d'un ton ferme et coupant, sans appel. Ewlyn avait l'air navrée. Addams se leva. Il était pourtant persuadé que le vieillard mentait. À tout le moins, qu'il lui cachait quelque chose. Cha'kwaina lui fit signe de se rasseoir et lui passa sa pipe. Addams hésita, regarda Ewlyn qui lui sourit. Elle savait qu'il détestait l'odeur du tabac, mais il fit bonne figure.

– D'ailleurs, reprit le vieil homme, vous n'y croyez pas vous-même, n'est-ce pas, à ce message ?

– Bien sûr que non. Personne n'est à même de parler depuis l'avenir.

– Alors, pourquoi voudriez-vous que je me confie à quelqu'un qui doute ? Celui qui ne croit à rien détruit tout ce qu'il entend.

– Mais, riposta Addams en lui restituant sa pipe après en avoir tiré deux bouffées, soyez clair, à la fin : vous-même, vous pensez que c'est vrai ou faux ?

– Vrai, mais pas comme vous le croyez. Car quelqu'un a pensé ces choses et cela suffit, d'une certaine façon, à les rendre vraies.

– « D'une certaine façon » ?

– Certaines choses qu'il vous a dites sont sans doute vraies. Par exemple, son Troisième Testament... C'est bien ainsi qu'il l'a appelé ?

– En effet.

– Il contient des vérités que nous connaissons autrement.

– Par exemple ?

Cha'kwaina lança un regard à Ewlyn, impassible, et enchaîna :

– Il y est question de la fin du quatrième essai de Dieu pour faire tenir le monde debout, n'est-ce pas ? Et cet essai serait encore une fois en train d'échouer. C'est bien cela ?

– Oui, c'est ce qu'il m'a déclaré.

– Nous croyons nous aussi que nous sommes à la fin du Quatrième Univers et à la veille d'un

Cinquième où les hommes bénéficieront d'une nouvelle chance.

C'était donc cela : Barshit lui avait servi des mythes hopis ! Addams hasarda :

— Vous êtes dans la quatrième époque de l'histoire du monde, c'est bien ça ?

— Il s'agit d'une très longue histoire. Ewlyn ne vous l'a pas racontée ?

— J'ai préféré te laisser faire, dit la jeune femme.

— Alors, préparez-vous à écouter. Vous discernerez mieux pourquoi j'ai tenu à vous voir. J'ai à poser à votre interlocuteur deux très importantes questions dont peut dépendre le sort de l'humanité. Mais vous ne pourrez les comprendre correctement qu'après avoir écouté l'histoire de l'arrivée de l'homme sur terre. Vous y reconnaîtrez des choses qui vous ont été dites par votre ami.

— Ce n'est pas mon ami !

— Ne vous en défendez pas ; écoutez plutôt. À l'origine du Tout, le Créateur, Taiowa, a demandé à son neveu, Sotuknang, de créer la matière finie. Car Taiowa, qui est infini, ne pouvait créer que de l'infini. Sotuknang obéit et transforma l'idée de Taiowa en réalité. Il imagina neuf univers. Un pour Taiowa, un pour lui, et sept en réserve pour la vie à venir.

— Cela, Ewlyn me l'a déjà expliqué.

— Très bien. Puis Sotuknang imagina les Eaux, l'Air, la Vie et Kokyangwuti, la Mère Araignée, sa compagne. Ensemble ils engendrèrent des jumeaux. L'un solidifia le monde en créant terres et montagnes, l'autre y propagea le son. La Mère mit ensuite au monde quatre couleurs (le violet, qui est mystère ; le jaune, qui est la vie ; le rouge, qui est l'amour ; le blanc, qui est la pureté), puis elle fit naître quatre races d'êtres humains avec de la salive et du sable. Mais, à la différence de ce que rapporte votre Bible, elle fit en même temps l'homme et la femme, en quatre couples de quatre couleurs.

Enfin, elle calma les vents et installa les êtres vivants dans le Premier Univers.

« Dans ce Premier Univers appelé Tokpela – ce qui veut dire "espace infini" ; sa direction est l'ouest, sa couleur est le jaune –, chacune des races a reçu une langue et une sagesse afin de comprendre la Terre et le Soleil. Tous savaient ce qu'ils avaient de commun : que la Terre était leur mère, que le Soleil était leur père. Le Grand Esprit les avait créés égaux à partir de l'Unité, dans la spiritualité et pour l'éternité. Il leur apprit les points d'ordre et de désordre du corps, qui correspondent à ceux de la Terre et de l'Univers. Le Grand Esprit leur donna des lois. Ils devaient vivre heureux selon ces lois dans l'Univers créé pour eux. Tout y était abondant. Le travail n'était pas nécessaire. La maladie et le chagrin étaient inconnus. Il les avait prévenus contre la tentation de certaines choses qui pourraient leur faire perdre ce mode de vie parfait. Longtemps les hommes vécurent là en harmonie avec les autres créatures animales et végétales. Puis ils écoutèrent un oiseau qui les persuada qu'ils étaient différents des autres êtres vivants. Ils se mirent à échafauder des artifices habiles mais insensés, ils cédèrent à la tentation et laissèrent le Mal triompher. Sotuknang décida alors de mettre fin à l'expérience. Il désigna un peuple élu, choisi parmi ceux qui n'avaient pas oublié leur Créateur, il annonça à ses membres qu'il allait détruire l'univers mais qu'eux-mêmes seraient sauvés s'ils savaient laisser ouvertes les portes au sommet de leur crâne.

– Ce qui veut dire : obéir à leurs intuitions, souffla Ewlyn.

– Un immense incendie détruisit alors l'Univers. Ce fut la Première Catastrophe, enchaîna le vieillard.

Addams sursauta. Il se rappela que, selon Barshit, la comète allait provoquer une « Quatrième Catastrophe ». Mais quel rapport entre ces mythes indiens et le délire d'un fou sur Internet ?

L'autre avait repris :

– ... Seuls les élus furent sauvés, car ils avaient deviné qu'il fallait se protéger des flammes en se réfugiant dans l'univers souterrain. Les fourmis les y accueillirent fort bien. Taiowa les fit revenir ensuite dans le Deuxième Univers, qu'on nomme Topka. Sa direction était le sud ; sa couleur, le bleu ; son métal, l'argent. Il était presque aussi beau que le premier, sauf que les animaux ne faisaient plus confiance aux hommes et qu'ils restaient séparés d'eux. Le Créateur avait puni les hommes en séparant leur âme de leur corps et le Bien du Mal. Le côté gauche est le Bien ; le droit est le Mal. Le gauche est maladroit et faible, mais sage. Le droit est habile et fort, mais manque de prudence. À l'image des fourmis, les hommes épargnèrent, échangèrent ; ils élevèrent des animaux et construisirent des villages. Les plus sages honorèrent Dieu.

« Mais, encore une fois, les hommes se disputèrent et oublièrent le Créateur. Alors celui-ci décida d'en finir avec ce second monde. À nouveau il conseilla à quelques sages de se réfugier chez les fourmis et ordonna aux Jumeaux, fils de la Mère Araignée, qui avaient la charge de faire tourner la Terre et le Ciel, de rompre l'équilibre des étoiles. Le monde bascula sur ses pôles et se couvrit de glace. Et ce fut la Deuxième Catastrophe. L'Univers gela. Seuls ceux qui s'étaient réfugiés à temps sous terre, chez les fourmis, survécurent.

Addams commençait à trouver fort belle cette histoire d'univers avortés que ces hommes juchés en haut de leurs plateaux désertiques devaient raconter à leurs enfants depuis deux millénaires.

– Et votre Dieu donna une autre chance aux survivants ?

– Les Jumeaux reprirent leur poste et les rescapés furent conduits dans un Troisième Univers,

Kuskurza – direction est, rouge et cuivre. Au début, cela s'est on ne peut mieux passé. Les survivants ont crû et se sont multipliés. Ils ont créé des villes, des civilisations. Mais, une nouvelle fois, les hommes ont eu du mal à se conformer au Plan du Créateur et à chanter des louanges à la gloire de Taiowa et de Sotuknang. Ils se sont fait la guerre. Ils ont inventé des forteresses et des boucliers volants capables d'attaquer des villes ennemies et de revenir sans même qu'on se rende compte qu'ils étaient partis. Sotuknang vint alors leur dire : « *Respectez-moi, respectez vos semblables. Et allez jusqu'au sommet des collines pour chanter harmonieusement !* » Mais ils ne l'écoutèrent pas. Les plus lucides, ceux qui avaient conservé la sagesse de l'émergence, comprirent que plus l'Homme se rend maître de la Nature, moins il respecte son Créateur. Plus il se croit lui-même puissant, plus il a tôt fait de s'autodétruire.

– Nous vivons encore dans cet univers ?

– Non, ce Troisième Univers fut à son tour anéanti, cette fois par des inondations : la Troisième Catastrophe. Toujours pleine de compassion pour ses enfants, la Mère Araignée entraîna ceux qui se souvenaient de leur Créateur au milieu des marais où ils trouvèrent refuge dans les tiges creuses des bambous. Ils laissèrent passer l'inondation. Puis ils émergèrent dans le Quatrième Univers, Tuwaquachi – le Monde achevé –, celui d'aujourd'hui. Au début, ils ne virent que de l'eau. Longtemps, ils durent ramer à contre-courant. Chaque fois qu'ils trouvaient un joli endroit, accueillant, la Mère Araignée leur recommandait de continuer d'avancer, car s'ils restaient là, dans le confort, ils ne manqueraient pas de retomber un jour dans le Mal et seraient annihilés une fois encore. Épuisés, les hommes finirent par ouvrir leurs portes et se laissèrent dériver vers une île austère. Là, ils débarquèrent sur une plage où Sotuknang les attendait. Il les répartit en quatre groupes.

— Les quatre principaux clans hopis ! intervint Ewlyn.

— Tu veux raconter à ma place ? grogna le vieil homme.

Elle sourit :

— Pas du tout, mais je lui ai déjà parlé de ces clans.

Addams s'étonna de leur relation. Visiblement, elle le respectait. Mais le vieillard semblait la craindre. Qu'est-ce que cela cachait ?

Cha'kwaina poursuivit :

— ... Il les divisa donc en quatre clans : l'Ours, l'Aigle, le Perroquet et le Blaireau. Le Blaireau contrôle l'âme qui forme le trône des nuages et attire la pluie. Le Perroquet parle au cœur et au vent. L'Ours annonce le temps des semailles. L'Aigle donne les plumes nécessaires aux prières adressées au Soleil. Et Sotuknang leur dit : « *Ici sera le monde complet. Vous trouverez pourquoi. Il est moins beau et moins facile que les précédents. Il a un haut et un bas, de la chaleur et du froid, de la beauté et de la laideur. À vous de choisir si vous suivrez le Plan de la Création ou si, une quatrième fois, il me faudra détruire l'Univers. Des esprits vous aideront. Laissez vos portes ouvertes et n'oubliez jamais ce que je vous ai dit. Au fond des mers gisent les fières cités, les boucliers volants, les trésors corrompus par le Mal. Et les gens qui ne trouvaient pas le temps d'élever des prières au Créateur depuis le sommet de leurs collines. Mais un jour viendra, si vous préservez la mémoire et la signification de votre émergence, où ces pierres remonteront au jour pour prouver que vous dites la vérité.* »

— Qu'est-ce que cela veut dire ? s'enquit Addams.

— Tu comprendras plus tard, murmura Ewlyn.

Cha'kwaina expliqua ensuite que chacun de ces quatre clans aurait à effectuer quatre voyages pour couvrir les quatre directions en « *suivant sa propre étoile jusqu'à un endroit où la Terre rencontre la Mer* ».

Ils devraient ensuite revenir à leur point de départ, dans leur résidence finale :

— Ici, exactement ici, précisa-t-il en désignant le sol sous ses pieds. Et c'est là qu'entrent en jeu les tablettes dont votre Barshit vous a parlé.

— Enfin !

— Avant de les laisser entamer ces voyages qu'il leur commandait d'entreprendre, Sotuknang leur remit des tablettes de pierre où étaient gravées des instructions, des prophéties, des lois qui devaient les guider, des avertissements les prémunissant contre leurs erreurs, des moyens de résister aux tentations. Ces tablettes avaient été gardées par les Jumeaux et avaient traversé les trois premiers univers pour arriver jusqu'à nous. Avant de la quitter, Sotuknang chargea les Hopis de garder la Terre jusqu'à son retour, « *car je suis le Premier et le Dernier* ». Puis il se retira. Il n'est plus revenu.

— Que sont devenues ces tablettes ?

— Patience ! Avec sa tablette, chacun des quatre clans s'en fut à travers ce que vous appelez l'Amérique, de l'Alaska à l'extrémité des Andes, suivant un trajet qui lui était propre, cependant que les Jumeaux émettaient les vibrations qui leur servaient à assurer et contrôler la rotation de la Terre. Puis les clans sont revenus un à un s'installer ici à leur retour de chacune des quatre directions. Le clan de l'Ours a fini le premier son voyage. Il s'est installé à Oraibi, sur la première *mesa* en venant de l'ouest. Depuis lors, le chef des Hopis est issu du clan de l'Ours. Puis le clan du Perroquet est arrivé par le sud, celui du Blaireau par le nord, enfin celui de l'Aigle par l'est.

— Ces tablettes existent-elles vraiment ? insista Addams.

— C'est un secret auquel tu ne mérites pas d'accéder, dit Cha'kwaina après avoir marqué quelque hésitation.

Il prit avec trois doigts un peu de farine dans le sachet accroché à son cou et la laissa couler sur le sol.

Addams s'obstina :

— Est-ce un secret dont vous refusez l'accès à tous les Blancs, ou bien spécialement à moi ?

Cha'kwaina tendit une pincée de farine à Ewlyn qui fit le même geste que lui. Puis le vieil Indien reprit :

— Je n'ai pas à vous répondre. Il convient d'abord que j'en sache davantage sur ce que veut ce messager.

— Je doute qu'il m'en dise plus long, grommela Addams. Il attend qu'on l'aide à écarter une comète ; c'est la seule chose qui l'intéresse.

— Et vous, murmura le vieillard, vous ne pouvez rien faire qui puisse chasser cette comète ?

— Une comète qui viendra dans un siècle ? Non ! Un an avant, on pourra peut-être lancer un énorme satellite bourré d'armes qui provoquera une explosion capable de la détourner de son orbite ; encore faudrait-il être à même de prévoir sa nouvelle trajectoire ; autrement, le résultat risque d'être pire.

— Il n'y aurait donc rien à faire ? Rien que votre science ne puisse faire ?

— Pourquoi cette question ? Attachez-vous de l'importance à cette annonce ? Craignez-vous vraiment la fin du monde — de ce Quatrième Univers — par une comète ?

Cha'kwaina consulta Ewlyn du regard. Addams avait de plus en plus le sentiment qu'il guettait son approbation avant de continuer à parler. Mais elle restait impénétrable.

— Aussi longtemps que le maïs poussera, je ne craindrai rien, parce que Taiowa sera avec nous. Mais la venue de cette comète pourrait être en effet une des façons de précipiter la fin du Quatrième Univers, d'annoncer le Jour de la Purification.

Purification ? Barshit aussi avait employé ce mot. Ce pourrait être un Hopi ? songea Addams.

– J'en doute fort, répliqua Cha'kwaina, exactement comme si Addams s'était exprimé à voix haute. Il ne se risquerait pas de la sorte. Et puis nos enfants ne sont plus capables de comprendre l'invisible. Même toi, Ewlyn... Sauf si...

Le vieillard se tourna vers Addams :

– Je vous demande de poser deux questions à ce Barshit. Vous lui direz que si ses réponses sont celles que j'attends, je lui remettrai les tablettes.

Était-ce donc si sérieux pour qu'il aille jusqu'à envisager de les lui confier ? Ou bien était-il complice ? Mais non, impossible...

– Je le ferai.

– D'abord, vous lui demanderez de vous en dire davantage sur le Troisième Testament. De vous en lire des passages, par exemple. En particulier sur la fin du Quatrième Univers. Vous lui demanderez : « Comment finit le Quatrième Univers ? » Ensuite, vous lui demanderez : « Es-tu proche de Pahanna ? » Vous avez bien entendu ?

– J'ai retenu, même si je n'ai pas compris. Qui est Pahanna ?

– Inutile que je vous l'explique. S'il ne sait pas qui est Pahanna, il ne pourra pas répondre et je ne ferai rien pour lui. Puisque personne n'a répondu à nos appels au secours, nous laisserons le monde disparaître.

– Vous êtes bien étranges...

– Si vous saviez qui nous sommes, vous nous laisseriez vivre à notre guise. Mais personne ne connaît rien de nous.

– Vous êtes si secrets que nul ne cherche plus à vous comprendre. Vous n'aimez pas qu'on vous rende visite, vous chassez les touristes, vous détestez que l'on parle de vous.

– Ce n'est pas exact. Nous ne voulons pas que l'on fasse commerce des idées hopies. Car ce serait comme vendre sa mère.

– On ne peut donc pas vous étudier, écrire sur vous ?

– Si c'est avec amour, on le peut. Au demeurant, si vous êtes prêt à vivre comme je le fais, vous pouvez vous installer ici avec moi.

– Difficile à imaginer ! s'esclaffa Ewlyn.

Ils quittèrent le village où l'agitation du matin était retombée. La jeune femme expliqua :

– Ils sont dans les kivas où ils s'occupent des serpents. Ils se préparent pour demain, le grand jour !

Ils roulèrent vers Winslow en silence. Au bout d'un long moment, elle dit :

– Quand j'étais petite, mon père me racontait que le Créateur avait installé les Hopis loin de toute rivière afin que l'eau ne vienne que de la pluie et ne résulte donc que du bon vouloir du Créateur.

– Pourquoi tenait-il tant à vous faire souffrir ?

– Mon père disait qu'à leur arrivée dans ce Quatrième Univers, les hommes trouvèrent différentes espèces de maïs de toutes couleurs. Chaque peuple choisit l'un après l'autre, en se disputant, les plus grands, les plus beaux. Notre ancêtre, le premier Hopi, laissa les autres peuples passer avant lui. À la fin, il prit le seul qui restait, un maïs rachitique, presque consumé. Il était heureux, car c'était celui qu'il avait déjà planté et récolté dans le Premier Univers, et parce que les anciens lui avaient confié que notre Terre promise serait un emplacement austère. « *Personne ne vous enviera*, disait la prophétie, *personne ne viendra donc vous prendre votre Terre.* » J'aimerais tant que cela soit vrai ! Sinon, pourquoi les Hopis seraient-ils si fiers de leur misère ?

— Il n'existe pas de livre où toute cette histoire serait consignée ?

— Il n'y a que des livres de Blancs, parfois plutôt honnêtes. Mais nous ne possédons pas de livres sacrés.

— Pourquoi ne pas écrire vous-mêmes ?

— Parce que les Hopis n'ont pas d'écriture et n'en veulent pas. Ils sont sages. Leur société n'a pu survivre qu'en gardant ses secrets.

— Pourquoi Cha'kwaina a-t-il dit que *même toi*, tu ne peux tout comprendre ?

Elle ne répondit pas. Il eut le sentiment qu'elle ne répondrait jamais à cette question.

TERRE

... L'homme remonte le temps de vie en vie comme il remonte une pendule : pour qu'il ne s'arrête pas.

Le fleuve est à la mer ce que la vie est à la mort : une nourriture.

Une flèche n'atteint la cible que si elle se convainc qu'elle est la cible.

Le temps ne s'écoule pas ; il déborde, puis se tarit.

Chaque vie est comme le sable qu'agite la vague en déferlant sur la rive.

Chaque homme n'est qu'un cauchemar de Dieu.

La vie est l'enfer de l'Invisible...

À l'aube, Addams eut du mal à émerger du sommeil. Il avait mal à la tête. Ses vertiges de l'avant-veille l'avaient repris. Quand il posa pied à terre, il ne put se redresser et retomba sur son lit. Sa vue se brouilla. Quelques instants plus tard, ayant recouvré ses esprits, il ressentit une immense et douloureuse fatigue, comme si tout un pan de lui-même lui avait été arraché. Il scruta l'ombre de la pièce. Quelque chose était tapi, là, au fond de sa mémoire, à l'attendre. Il se ressaisit. Ne pas se laisser aller. Se lever. Se fier à la routine. Il alla prendre la disquette qu'il dissimulait sous le carrelage de la cuisine. Sans réfléchir, il s'assit devant l'ordinateur et nota, comme chaque matin depuis le départ d'Annaël, les mots qui avaient affleuré à son esprit dans le demi-sommeil. Écriture quasi automatique qu'il ne relisait jamais.

Il décida aussi de retranscrire ce qu'il avait retenu des propos du chef indien.

Il se surprit à imaginer ce que pouvait être la situation là-bas, chez Barshit. Quelques hommes savaient qu'une comète allait débouler de derrière le Soleil pour anéantir la planète. Un savant marginal, qui se disait chasseur de comètes, avait prévenu les autorités, qui l'avaient mal reçu. Un haut fonctionnaire excédé avait dû s'adresser aux plus grands observatoires où l'on avait traité ces pronostics avec un haussement d'épaules : Swift-Tuttle passerait au loin, évidemment. Pourtant, la vie quotidienne des puissants qui avaient entendu le prophète de malheur devait se trouver un tantinet perturbée. Était-il aussi fou qu'on le disait ? Fallait-il tout à fait écarter l'hypothèse ? Sinon, quelles précautions prendre ? Fallait-il se démener pour que fût menée une étude plus approfondie, pour qu'on vérifiât encore ? Ou bien alerter la presse en prenant le risque de déclencher une panique planétaire qui aboutirait à interdire à qui que ce fût de chercher un abri ? Fuir le plus loin possible du point d'impact, vers l'Australie, avait-il dit ? Au moins mettre à l'abri sa famille ?

Car tel était bien le pire : si par malheur la prévision était fondée, et à supposer même qu'un chef d'État puissant en eût été convaincu, il n'aurait rien pu faire. Si toutes les forces de la planète avaient été conjuguées à temps, sans panique ni désordre, une solution aurait probablement pu être trouvée : par exemple, ainsi que Barshit l'avait suggéré, en lançant un appel général à découvrir les tablettes hopies, on aurait peut-être trouvé un moyen d'activer les armes mises en orbite. Mais un tel appel n'aurait fait que déclencher une débandade qui eût interdit toute action collective efficace. Aussi le chef de l'État, si puissant fût-il, se serait résigné à se taire ; à une semaine ou moins de la catastrophe, il aurait tiré la même conclusion que n'importe qui : mieux valait n'en pas souffler mot. Et attendre. Placer sa propre famille à l'abri. Espérer s'être trompé. Ou que quelqu'un, seul, passant outre à toutes les règles, réussisse à activer les armes et à les lancer. La pire des menaces, connue trop tard, est hors d'atteinte du pouvoir...

Puis Addams se secoua : mais non, impossible, une telle histoire n'avait aucun sens. Elle n'aurait jamais lieu. Elle n'était pas en train de se dérouler à l'autre bout du temps. Mieux valait chercher à identifier l'auteur et les motifs de cette facétie.

Pourtant, il n'arrivait pas à oublier ce que lui avait dit cet homme. Barshit connaissait son vrai nom ; et le marché qu'il lui avait proposé – la vérité sur les événements de Krasnoïarsk en échange des tablettes hopies – l'avait laissé interdit. Cette vérité, il savait pourtant que nul n'était à même de la connaître !

Personne ne pourrait savoir avant quarante ans, quand on ouvrirait enfin le cœur du réacteur, ce qui s'était vraiment passé. Il était sûr, lui, de ce qu'on y trouverait : sur le cadavre de chacun des cent onze hommes et femmes qu'il avait fallu abandonner là, l'ordre, paraphé par le directeur de la centrale, Victor Chaplimski, de pénétrer dans le cœur, et la trace écrite de l'opposition du professeur La Fontaine, venu à Krasnoïarsk pour aider au démantèlement d'une des plus dangereuses centrales que la Russie possédait encore. Comme la mort de Chaplimski, qui avait rejoint son équipe à l'intérieur du réacteur juste avant qu'il ne diverge, en avait fait un héros, c'était à La Fontaine qu'on avait fait porter la responsabilité de ces morts inutiles. On avait murmuré qu'il avait conseillé l'intervention et s'était lâchement tenu à l'écart de l'équipe de secours. Tout le monde avait accepté cette version officielle. Elle faisait de lui un pleutre, de ces morts des victimes du devoir, et de leur chef un héros de la nouvelle Russie et de l'industrie nucléaire. La vérité, qui aurait montré en Chaplimnski un prétentieux prêt à tout pour sa gloire, et en les centrales russes autant de bombes à retardement, ne convenait à personne. Il ne restait aucun témoin vivant de sa dispute avec Chaplimnski et les seules preuves, si elles n'avaient pas été détruites par le temps, étaient enfouies à l'intérieur du cœur du réacteur, inaccessible pour quarante ans.

Aussi les services américains, en accord avec les Russes, avaient-ils demandé au professeur La Fontaine de se faire oublier en échange d'une absence de mise en cause. Il avait hésité, puis accepté ; il n'avait pas eu le courage de risquer le déshonneur public, la prison peut-être. Deux ans plus tard, l'armée lui avait proposé de diriger sous un autre nom le vaste programme de prévisions énergétiques d'HP5.

Sans doute cette promesse de réhabilitation avait-elle joué un rôle dans sa décision d'entrer dans le jeu de Barshit et d'aller chercher ces tablettes indiennes. Non pour sauver les hommes du siècle prochain : à cette histoire il ne croyait pas. Mais pour faire au moins comme s'il pouvait agir et se laver du soupçon.

Il relut les deux questions que l'Indien lui avait demandé de poser à Barshit : *« Comment se termine l'univers, selon le Troisième Testament ? »* ; et cette autre, plus énigmatique encore : *« Es-tu proche de Pahanna ? »* Il n'avait pas la moindre idée de leur signification. Ewlyn, qui semblait en savoir beaucoup plus long qu'elle ne voulait bien le reconnaître, n'avait rien dit. Son silence était de plus en plus lourd et embarrassé. Qui était-elle vraiment ?

Une fois reporté dans son Journal ce dont il se souvenait de cette visite sur la *mesa*, il y consigna les événements qui avaient suivi leur retour, tard dans l'après-midi.

À leur arrivée à Winslow, il avait déposé Ewlyn devant le restaurant, juste à l'heure où commençait son service. Il se demandait si la nervosité de la jeune femme, pendant tout le trajet de retour, ne s'expliquait que par sa crainte d'être en retard. Puis il était rentré chez lui alors que le soleil se rapprochait des collines, à l'ouest. Il s'était précipité sur son ordinateur et y avait trouvé un bref message de Barshit : « **Avez-vous les codes ?** », « **Avez-vous les codes ?** », répété toutes les heures. Mais l'inconnu n'était plus sur le réseau et Addams n'avait pu lui poser les deux questions. Avait-il définitivement disparu ? Tout cela resterait-il comme un canular définitivement énigmatique ?

Pour tromper son impatience, il avait téléphoné à Wilfried Lemporius et lui avait conté son voyage sur la *mesa*. L'astronome avait d'abord plaisanté :

– Vous n'aviez rien de mieux à faire que d'aller écouter ces sornettes ?

– Les récits hopis, des sornettes ?

– Pas du tout ! Ce n'est pas ce que j'ai voulu dire. Ces Indiens sont des sages respectables. Je sais que leur connaissance de la nature est infinie. Mais jamais ils n'iraient en confier une parcelle à un Blanc. Aussi préfèrent-ils raconter n'importe quoi en échange d'une bonne bière. Ils sont comme les mendiants du ghetto de mon enfance, prêts à inventer une suite aux Dix Commandements pour qu'on s'intéresse à eux !

Lemporius avait néanmoins écouté en silence le récit de la rencontre de Walpi et, à la fin, avait murmuré :

– J'ignorais tout de ces histoires. Aussi belles que la Bible. Et, tout compte fait, pas moins invraisemblables. J'aime assez cette idée d'univers successifs.

Combien avez-vous dit ? Neuf ? Sept plus deux ? Et nous en serions au quatrième ? Nos sages y ont aussi pensé, mais ce n'est pas dans les textes... Étrange : on m'avait dit que ces Indiens perdus dans leur désert possédaient une culture intéressante, mais jamais je ne me serais douté qu'ils avaient inventé des mythes aussi riches. Encore moins qu'ils accepteraient de les raconter à un étranger ! Vous dites que ce chef indien a pris votre comète au sérieux ? Mais il ne doit même pas savoir ce qu'est Internet !

Tout en répondant au téléphone, Addams chercha sur son ordinateur si les logiciels de localisation avaient trouvé quelque chose. Toujours rien...

– Détrompez-vous ! Il en sait beaucoup plus long sur notre monde que nous n'en connaissons sur le sien. Il a aussi attaché beaucoup d'importance à Swift-Tuttle. À la réflexion, je pense même que, sans elle, il n'aurait pas consacré tant de temps à me répondre, alors qu'il paraissait quasiment mourant. C'était comme s'il avait trouvé là quelque chose qu'il attendait. Comme si ma visite comblait un manque dans quelque puzzle qui aurait occupé toute sa vie. Oui, c'est exactement cela : la pièce manquante d'un puzzle. Les similitudes entre les mythes hopis et le contenu des messages de ce Barshit...

– Quelles similitudes ? interrogea l'astronome.

– Cette « Quatrième Catastrophe » dont parle Barshit pourrait correspondre à la fin du Quatrième Univers hopi. Le vieil Indien avait l'air d'attendre quelque chose ou quelqu'un. Je pense qu'il souhaite vérifier si celui qui s'exprime sur le réseau n'est pas celui qu'il attend. Vous auriez dû voir la façon dont il m'a dicté ses deux questions... Détachant chaque mot avec l'application d'un maître d'école et la ferveur d'un jeune séminariste !

– Mais j'aurais été ravi de le rencontrer, si vous m'aviez proposé de venir avec vous.

Addams était embarrassé ; il avait espéré que Wilfried lui épargnerait ce reproche. Il posa un instant le combiné pour s'éponger le visage.

– J'y ai pensé, mais il souhaitait me voir seul et j'ai cru que...

À l'autre bout du fil, la voix du Lituanien se fit plus suave :

– Ne vous inquiétez pas. Je comprends fort bien. La prochaine fois, peut-être, s'il y a une prochaine fois... Vous a-t-il donné le sentiment qu'il croyait qu'on vous avait parlé depuis l'avenir ?

– Il ne me l'a pas dit. Mais, à y repenser, il est vrai qu'il n'en a pas paru surpris. Cela lui a même semblé la chose la moins étonnante de toutes.

– Vous avez donc posé ses deux questions à votre nouvel ami ? Quelles ont été ses réponses ?

– Je n'ai pas encore pu le faire. Il ne s'est pas manifesté depuis que je suis rentré.

– Eh bien, moi, pendant que vous faisiez du tourisme, j'ai réfléchi. J'aime de moins en moins cette histoire. Mon instinct me souffle que ce n'est pas un canular. J'ai d'abord songé à un fou. Quelqu'un qui revivrait certains livres qu'il a lus et voudrait vous entraîner dans sa folie. Puis j'ai écarté cette hypothèse : tout cela est trop sophistiqué pour être l'œuvre d'un hurluberlu ou d'un farceur...

– À quoi pensez-vous alors précisément ?

– On peut émettre plusieurs hypothèses. Votre homme pourrait jouer par exemple un certain rôle dans un complot dont vous seriez l'instrument ou le véhicule...

– Allons donc ! Comment cela ?

– Ce pourrait être un provocateur envoyé pour vous discréditer et, au-delà de votre personne, discréditer le centre de recherches le plus prestigieux d'Amérique, et jusqu'au Président.

– Me discréditer ? Mais je ne fais que l'écouter !

– Vous lui parlez. Si l'on vient à apprendre que le responsable de programmes nucléaires parmi les plus secrets de l'armée américaine dialogue sur Internet avec quelqu'un qui prétend lui parler depuis le siècle prochain, la nouvelle déclenchera un éclat de rire planétaire dont ce centre ne sera pas près de se relever !

— Je ne fais rien de mal ! Je suis disposé à courir le risque.

— Mais pourquoi ? Vous ne m'avez donc pas tout dit ?

Décidément, l'astronome était perspicace. Mais Addams décida d'ignorer sa question et chercha quelque prétexte pour raccrocher.

— Il faut que je vous laisse, maintenant. J'ai rendez-vous avec le général Lipschitz.

— Ah ! c'est vrai, j'oubliais. Soyez méfiant. Il a l'air sympathique, comme ça, mais il réussirait à traire du lait à un taureau. Connaissez-vous les trois règles d'or pour survivre à un interrogatoire ?

— Vous exagérez : je ne me rends pas à un interrogatoire. Je ne m'attends pas à être torturé !

— Vous verrez bien. En tout cas, vous me remercierez de vous les avoir apprises.

— Quelles sont donc vos trois règles ?

— Un : ne répondez qu'aux seules questions qu'on vous pose. Deux : parlez comme si votre interrogateur savait tout de vous, ce qui est probablement le cas.

— Mais s'il sait tout de moi, pourquoi m'interroge-t-il ?

— Pas pour apprendre quoi que ce soit, mais pour vérifier si vous ne lui mentez pas. Donc, ne dites peut-être pas tout, mais gardez-vous de mentir !

— Ce n'est nullement mon intention, mentit Addams. Et quelle est la troisième règle ?

— Ne croyez pas qu'il cherche la vérité. Il ne cherche qu'à se couvrir auprès de ses propres supérieurs, qui ont choisi depuis longtemps une vérité.

— Vous exagérez. Washington n'est pas Moscou !

– Vous avez raison : de notre temps, ils n'avaient pas Internet...

Wilfried éclata d'un gros rire et raccrocha.

Juste avant vingt et une heures, Addams se rendit à la convocation du général Lipschitz. Son aide de camp, le capitaine Rufio, qui ne le quittait pas plus que son ombre – y compris la nuit, disait-on... –, avait annoncé que le rendez-vous aurait lieu, privilège rare, à la petite villa qu'occupait le général dans l'enceinte même du Centre.

C'était la seconde fois qu'Addams rencontrait en tête à tête le responsable du grand projet, son inventeur même, en tout cas celui qui avait su en convaincre le Président. C'était un homme rondelet, court sur pattes, presque chauve, particulièrement soigné de sa personne, et qui mettait un point d'honneur à ne jamais être en retard. Il avait la réputation d'un administrateur hors pair plus que celle d'un grand militaire. On ne savait pas grand-chose de sa vie privée. Il avait fait toute sa carrière dans les bureaux de l'état-major où il s'était fait remarquer par le Chef de l'État alors que celui-ci n'était encore que vice-président. Il lui était entièrement dévoué et nul n'ignorait à Winslow qu'il pouvait même lui téléphoner directement en cas d'urgence.

Le Général avait reçu Addams un an plus tôt, à son arrivée à Winslow, dans son austère bureau de l'état-major d'HP5. Il lui avait expliqué les règles de sécurité du Centre avec une précision qui ne souffrait ni la contradiction, ni même la curiosité. Addams avait compris ce jour-là que cet homme se sentait investi d'une mission majeure et ne laisserait personne la mettre en péril. Le général avait fait une brève allusion au passé du nouvel arrivant, juste assez appuyée pour lui montrer qu'il n'en ignorait rien. Addams avait aussi cru entendre quelque chose qui aurait pu passer pour une allusion au départ d'Annaël, mais il l'avait écartée. Depuis lors, il n'avait revu le général que dans les réunions de département où celui-ci écoutait les comptes rendus d'avancement des travaux en prenant des notes, n'intervenant que rarement pour rappeler les échéances : il avait promis au Président un accomplissement total de sa mission dans les deux ans.

Ce soir-là, le capitaine Rufio introduisit Addams dans un vaste salon presque vide où s'égaillaient quelques pauvres meubles choisis sans goût. Il n'eut pas à attendre : Lipschitz vint le chercher et l'entraîna dans la salle à manger contiguë où il finissait de dîner seul.

Le Général lui fit d'abord comprendre qu'il avait lu la transcription de la totalité de ses conversations avec Barshit. Il semblait ne pas attacher beaucoup d'importance à ce qu'il traita à un moment de « canular », à un autre de « provocation ». Il pria seulement Addams, si l'autre venait à se remanifester, de ne pas lui donner le sentiment qu'il ajoutait foi à ses sornettes et d'éluder toute question sur son travail, sur le Centre, plus précisément sur la localisation des bâtiments.

— J'ai ordonné une enquête sur la sécurité des réseaux, continua le Général tandis que Rufio servait le café. Il n'est pas normal qu'on puisse pénétrer sur ce site et s'y promener comme il le fait. Cela prouve qu'il doit disposer de moyens considérables. Méfiez-vous même de ce qui pourrait vous apparaître comme une question anodine. Notre projet suscite beaucoup de jalousies au Congrès. On cherche à connaître nos résultats. Or, nous ne les devons qu'au Président. Alors, faites-le parler. Tâchez de découvrir qui il est, d'où il vient, quelles sont ses manies, ses tics de langage. Nous ne tarderons pas à le localiser. On me dit d'ailleurs que les logiciels viennent de détecter une faille dans son système de cryptage.

Le Général se leva. L'entretien était terminé.

— Je me demande seulement pourquoi il vous a choisi, reprit-il en regardant Addams fixement. Pourquoi vous plutôt qu'un autre ? Vous ne connaissez rien aux comètes...

— Peut-être justement parce que l'astrophysique n'étant pas ma partie, il a pu me penser plus crédule...

— Eh bien, prouvez-lui le contraire ! En attendant, restez chez vous, ne venez pas au Centre. Soyez disponible pour votre nouvel ami. Je vous rappellerai dans quelques jours. On fera le point.

En le raccompagnant jusqu'à sa voiture, le Général demanda aimablement où en était son travail sur les maladies génétiques liées aux radiations nucléaires. Il commenta les réponses d'Addams d'un « N'êtes-vous pas trop pessimiste ? », puis tourna les talons.

Ensuite, Addams avait passé des heures à attendre le retour de Barshit sur le réseau. En vain. Il s'était endormi devant l'écran.

Tous ces événements consignés, la disquette de son Journal remisée dans sa cache, il prit une douche, puis se prépara du thé qu'il but, brûlant, sur la terrasse. La chaleur était encore supportable. Pour la première fois depuis le départ d'Annaël, il lui sembla qu'un jour, peut-être, sa vie pourrait ne plus se dérouler comme à l'intérieur d'un cauchemar. Commençait quelque chose comme une convalescence.

Quelqu'un sonna. Il alla ouvrir. Un très jeune homme se tenait sur le seuil, en jean et chemise noire. Les cheveux longs, le nez épaté, le visage lourd, la silhouette souple : un Hopi. Il portait une caisse de bois blanc emplie de figurines en bois multicolores. Addams reconnut des katchinas, ces poupées qui faisaient la renommée mondiale de ce peuple. Un vendeur ambulant, pensa-t-il. Les sculpteurs sur bois descendaient régulièrement de leurs *mesas* pour vendre leur production aux boutiques de Winslow, de Gallup ou de Flagstaff. Il allait l'éconduire quand il reconnut le garçon qui, la veille, avait essayé de les empêcher de pénétrer dans Walpi, et qui, ensuite, les avait conduits jusqu'au chef indien. Ce matin, il n'avait pas l'air plus aimable. Addams se demanda comment il avait pu le retrouver. Ewlyn lui avait-elle fourni son adresse ? Pourquoi ? Elle devait savoir qu'il n'avait jamais manifesté le moindre intérêt pour ces poupées et qu'à la différence de beaucoup de gens du Centre il n'en possédait aucune. L'autre semblait embarrassé. Il toussa, puis dit en se dandinant :

— Mon nom est Dan Alkai. Nous nous sommes rencontrés hier, à Walpi. Vous souvenez-vous ? J'ai quelque chose à vous dire à propos de Cha'kwaina. Puis-je entrer ?

— Je vous en prie.

Addams le fit pénétrer dans le salon et l'invita à s'asseoir près de la grande table. Le garçon posa sa caisse sur le plateau d'ébène et s'assit au bord d'une chaise, l'air tendu.

— Je vous écoute.

— Voilà : Cha'kwaina est vieux et n'a plus toute sa tête. Cette histoire l'a beaucoup perturbé. Il ne faut pas le fatiguer. Laissez-le tranquille.

— Ah ? Il m'a pourtant demandé de revenir le voir.

— Je sais. Mais il ne faut pas. Nous sommes au milieu d'importantes cérémonies religieuses que vous troublez. Il pourrait vous dire certaines choses qu'il regretterait.

— Je vous remercie, mais je ne vois pas de quel droit vous pourriez m'empêcher de le voir.

L'autre se raidit. Sa voix se fit plus ferme :

— Aucun, si ce n'est que nos cérémonies sont interdites aux Blancs et que nous pourrions rendre votre séjour très désagréable...

— Des menaces ? Nous sommes en Amérique et je puis aller où bon me semble.

Le garçon hocha la tête et son regard devint grave.

— Pas du tout. Nous sommes Hopis. Nous étions là bien avant vous tous. Vous n'avez rien à faire chez nous.

Addams ne comprenait pas cette colère. On tenait décidément à l'éloigner. Il répondit :

— Cette terre appartient à tous ceux qui y habitent, pas seulement à ceux qui y sont arrivés les premiers. Tous ont le droit d'y aller et venir. Tous ont le droit de vote. Et de circuler librement.

Le garçon s'énervait, agrippé au rebord de sa caisse posée sur la table. Il riposta :

— Et les aigles ? Et les jaguars ? Et les fourmis ? Ils ont le droit de vote, eux ? On ne leur demande pas leur avis, alors qu'ils ont autant de droits sur cette terre que ceux que vous appelez les Américains. Si on les consultait, le monde serait d'ailleurs bien différent ! Mais je ne suis pas venu vous parler politique. Seulement vous dire ceci : laissez-nous en paix ; et laissez-le en paix, lui. Ne revenez pas le voir. Vous risqueriez de vous trouver pris dans une tempête qui vous emporterait avant même que vous n'en ayez compris l'origine.

Addams s'étonna du contraste entre la force des propos et la placidité de la voix de son très jeune interlocuteur. Il décida de ne pas se fâcher et se leva.

— Je vous remercie. Je ferai ce que je dois.

L'autre rougit, se leva à son tour et bredouilla, soudain presque un enfant :

— Nous ne voulons pas de querelle avec vous. Surtout pas aujourd'hui, dernier jour de Serpent-Antilope. Puis, après une hésitation : Voulez-vous, s'il vous plaît, accepter un cadeau ?

– Un cadeau ?
– Oui, choisissez une katchina.

Et il déballa avec soin une dizaine de poupées qu'il posa délicatement sur la table. Addams ne savait trop comment choisir entre le clown zébré porteur d'une courge, le coureur aux ailes d'aigle, le guerrier paré d'une ramure de cerf ou le dresseur de serpents. L'autre le dévisageait intensément. Presque au hasard, il prit une figurine jaune et marron à la tête recouverte d'une parure faite d'oiseaux de bois, dansant à cloche-pied.

L'autre hocha la tête :

– Merci. Vous avez fait le choix que j'espérais.
– Je ne comprends pas...

Le jeune Indien remballa très vite les autres pièces, ramassa sa caisse, gagna la porte et murmura en sortant :

– Ah !... et puis, éloignez-vous aussi d'Ewlyn. Elle ne vous attirera que des ennuis !

Addams regarda le jeune homme monter dans une vieille guimbarde découverte où s'empilaient des caisses dépareillées. Que signifiait cet avertissement ? Était-il jaloux ? Quelle signification avaient ces poupées ? Il examina celle qu'il avait gardée, sans rien y découvrir de spécial. Une énigme de plus.

Il revint à son bureau où un texte était en train de s'inscrire sur l'écran de l'ordinateur. Il se précipita et lut :

– Avez-vous obtenu les codes, Professeur ?

Il s'assit devant le clavier et répondit :

– Pas encore. J'ai vu des Hopis. J'ai même rencontré leur chef. Mais il ne veut rien me dire avant que je ne lui aie rapporté votre réponse à deux questions.

– Des questions ? Il va donc vous falloir y retourner ? Je n'aurai donc pas la réponse avant demain ? Bon. Ça va encore. Il me reste quatre jours... Quelles questions ?

– D'abord, il m'a prié de vous demander : « *Es-tu proche de Pahanna ?* »

Un long silence suivit.

– Ah, il veut savoir cela... Que vous dire ? Je cherche une étincelle d'humanité dans notre enfer... Telle est ma réponse. J'espère qu'elle le satisfera, car je n'en dirai pas davantage là-dessus. Et quelle est sa seconde question ? Vite, les heures sont comptées !

– Il souhaite savoir comment le Troisième Testament décrit la fin de l'Univers.

Un nouveau silence, puis :

– C'est aussi pour en savoir un peu plus sur Pahanna... Fort bien, je vais répondre. Mais ce sera plus long. Il faut que je vous raconte d'abord comment le Troisième Testament décrit la création de l'Univers, car sa fin ne peut être comprise autrement. Vous noterez tout et retournerez en faire part à votre Hopi. Mais vite, n'est-ce pas, Professeur ? J'espère d'ailleurs que je n'accapare pas trop votre temps. Au fait, votre travail ne souffre-t-il pas de mes intrusions ? Vous avez encore un peu de temps pour moi ? Vos recherches sont sûrement très absorbantes...

Tiens, songea Addams, ne serait-ce pas le piège qu'annonçait Wilfried ? Le genre de questions que redoutait le général Lipschitz ?

– Ne vous souciez pas de mon travail. Je vous écoute.

– Bien. Écoutez et notez. Voici l'histoire de la création de l'Univers et celle de sa destruction, écrite par la Femme de Paix conseillée par les anges :

« *La création du monde se fit à l'intérieur du premier jour dont parle la Genèse. Et voici ce que fut ce premier jour :*

« *Dans le Néant, il apparut d'abord un Parfum. Puis vinrent la Lumière, la Matière et enfin le Temps. Ensemble ils créèrent les Tempêtes. De leur union naquirent les Dieux qui voulurent tuer leurs parents, mais ne les trouvèrent pas. Alors ils créèrent l'Esprit, vide et muet, qui circule partout sans se lasser. Et* l'Esprit créa le désordre, puis un œuf infini, moitié or, moitié argent. Il devint corbeau et organisa les univers, ensembles de boules de couleurs torsadées reliées par un mât.

« Chaque univers existera l'un après l'autre. À la fin de chacun d'eux, l'Esprit détruit tout et recommence, passant à la boule suivante.

« Entre chaque univers, il y a une nuit et un silence.

« Dans le premier, le Parfum créa une femme avec de l'argile et s'unit à elle pour créer les premiers hommes. D'abord un homme de bois, noyé par un déluge, puis un homme d'argile qui finit par se dessécher. Puis deux jumeaux qui réussirent à créer des jaguars. Puis l'homme de chair sortit enfin au grand jour, emmenant la femme avec lui pour assister à la naissance du Soleil.

« Quand cet univers fut mangé par le Vent, d'autres vinrent.

« Après celui du Parfum, celui de la Lumière, qui fut rappelé par la Foudre.

« Le Troisième, celui de la Matière, fut noyé par un Déluge qui dura cinquante-deux ans.

« Puis vint un Quatrième, celui du Temps, le nôtre. Au début, il flotta au-dessus d'un océan épais et huileux. L'Esprit limita alors l'espace au nord par la Glace et au sud par le Feu. Un aigle déposa six œufs d'or. Les jaunes étaient le Soleil, les blancs, la Lune, les éclats de coquille les étoiles. L'Esprit alla chercher la boue au fond de l'eau ; il en fit une île. Un vieillard vint, la détruisit, creusa un trou dans l'eau et plongea pour y attirer les morts. Des deux côtés, l'Esprit fit couler des fleuves qui remplirent l'abîme. La Terre fut alors comme un radeau placé sur la mer, comme une île plate entourée par un océan universel avec un En-Haut et un En-Bas, le tout flottant dans un ciel arrondi. Puis l'Esprit chargea deux génies, féminin et masculin, flottant sur l'océan, de créer les vies. La Terre s'était faite belle pour séduire le Ciel qui l'arrosa de sa semence, d'où revint la vie. Lors de la cérémonie de leur mariage, *le génie féminin dit d'abord son consentement, ce qui constituait une erreur. Les deux se querellèrent. L'Esprit décida alors d'en finir avec eux car ils risquaient par leurs disputes de provoquer la fin de l'Univers. Il fallut tout recommencer.*

« Deux nouveaux génies prirent dans le Ciel une lance de jade, errèrent neuf ans, puis sculptèrent la Terre tout en se disputant eux aussi. L'Esprit, las, n'eut pas la force de tout recommencer et les laissa faire. Les tremblements de terre sont leurs scènes de ménage. Lacs et collines sont leurs plaies et bosses. La Terre n'était alors habitée que de nains pétris dans la chair des génies. Des gouttes d'eau, dérivant sous l'effet du vent du sud, formèrent le corps d'un géant, fils des génies dont les yeux furent les volcans. De sa sueur naquirent deux autres génies, puis enfin un homme, l'homme du Quatrième Univers, notre ancêtre.

« Il fut revendiqué par trois dieux : le Noble, l'Ouvrier et le Silencieux. Il est désormais entre les mains du Silencieux. Ainsi s'acheva le premier jour... »

Voilà ce qui s'est passé à l'intérieur de ce que la Genèse appelle le premier jour de la Création. Avez-vous tout noté ?

Addams était saoulé de mots. Il se demandait pourquoi le vieil Indien tenait à connaître un tel récit. Et comment lui-même en était venu à écouter avec soin un récit mythologique prétendument venu du siècle prochain... Récit qui prétendait compléter la Bible en détaillant ce qui était censé s'être produit durant le premier jour de la Création, au cours duquel l'Univers aurait été créé et détruit par trois fois ! Telle était peut-être la raison, se dit Addams : comme les Hopis, d'après ce prétendu complément à la Bible, nous serions nous aussi dans un Quatrième Univers...

– J'ai tout noté, pianota-t-il. Mais ce n'est pas ce qui m'a été demandé. Les Hopis souhaitent savoir comment votre Testament décrit la fin du monde.

– Je sais, j'y viens. Il fallait d'abord vous raconter cela pour que la suite vous soit intelligible. La voici :

« *La vie maintient encore pour un temps l'unité du Quatrième Univers. La Création est comme une séparation par quoi chaque chose est mise en ordre. Le Néant, ombre de Dieu et avenir du monde, y est comme un îlot de silence entouré d'un océan d'horreur. Chaque acte de chaque vie y résume la vanité des ambitions. Le plus démuni y est le plus proche de la pureté. Il n'y est d'espoirs que dans la vermine. Chaque homme y est le cauchemar d'un inconnu. La vie y est comme l'enfer de l'Invisible. Et si Dieu-Néant en a assez de sa Création, il la détruira une fois de plus. Il la détruira par une lumière infinie qui viendra de nulle part.*

« *Et ce sera comme l'aube d'un Septième Feu.*

« *Le Quatrième Univers disparaîtra alors dans les entrailles de l'Esprit, recouvert par une pluie de cendres envoyée par la Matière.*

« *Ils mourront tous, sauf ceux qui pourront trouver un passage vers le Cinquième Univers. Ceux-là seront épargnés. Ils auront à vivre dans la conscience des univers futurs et le souvenir des souffrances antérieures. À moins qu'un sauveur parvienne à détourner la lumière...* »

Barshit avait récité de façon monocorde. Un long silence s'installa.

Addams relut sur son écran les dernières lignes :

« *Il la détruira par une lumière infinie qui viendra de nulle part. Et ce sera comme l'aube d'un Septième Feu.*

Ainsi le Troisième Testament annonçait la menace de destruction de la Terre par quelque chose d'analogue à une comète !

« *Le Quatrième Univers disparaîtra alors dans les entrailles de l'Esprit, recouvert par une pluie de cendres envoyée par la Matière.*

« *Ils mourront tous, sauf ceux qui pourront trouver un passage vers le Cinquième Univers. Ceux-là seront épargnés. Ils auront à vivre dans la conscience des univers futurs et le souvenir des souffrances antérieures. À moins qu'un sauveur parvienne à détourner la lumière...* »

« *Une lumière infinie qui viendra de nulle part...* » Il allait interroger Barshit sur ce point quand la voix reprit :
— Je suis sûr que cela intéressera beaucoup votre ami. Vous ajouterez à son intention que la Femme de Paix dit aussi quelque part : « *Dans ce Quatrième Univers, le Néant décida de se révéler simultanément à toutes les croyances sous le nom de Néant. Et, par ma voix, Femme du Vent et de l'Aube, le Néant proclame qu'aucune foi ne vaut si elle ne le reconnaît pas comme unique source de tout. Dieu, Bouddha et Sotuknang sont mes plus belles formes...* »
Dites aux Hopis que telle est ma réponse à leurs questions, et que j'attends leur réponse à la mienne. Ici le pire est au détour du Soleil. Dites-leur aussi que le Troisième Testament a inexorablement prédit mille et un faits qui sont advenus exactement comme il les avait annoncés.

Addams ne savait trop que répondre. Pour se donner le temps de réfléchir, il demanda :
— Vous connaissez donc tous ces textes par cœur ?
— Ici nous sommes nombreux à pouvoir réciter tout le Troisième Testament. Nous sommes nombreux à croire en l'Éveilleur quand il dit que les trois Testaments sont la vérité et qu'il nous faut leur obéir.
— L'Éveilleur ? Qui est l'Éveilleur ?
— Un prédicateur français qui fait parler de lui depuis longtemps. Si vous avez besoin d'en savoir plus...

Barshit disparut soudain. Toutes les tentatives pour le retrouver demeurèrent vaines. La comète était-elle tombée plus tôt que prévu ? Addams sourit : il se surprenait de nouveau à y croire !

Il resta longtemps à relire ces lignes. Pourquoi lui semblaient-elles si familières, si plausibles ? Comme si, derrière chaque phrase, chaque mot, se cachait un passage secret débouchant sur un labyrinthe où se jouait le sort du monde.

En tout cas, quelques phrases au moins étaient explicites. Celle qui soulignait l'importance du message hopi : « *Dieu comme Bouddha et Sotuknang sont mes plus belles formes.* » Et cette autre qui annonçait qu'une lumière infinie, venue de nulle part, détruirait un jour le monde. La comète, à l'évidence. Cette autre, enfin, annonçant qu'un sauveur viendrait peut-être la détourner.

Addams s'en voulut : voilà qu'il prenait à nouveau cette histoire au sérieux ! Alors que tout cela n'était sans doute qu'un canular astucieux ou le message abscons de quelque secte en mal de recrutement.

Pourquoi éprouvait-il toujours le sentiment déplaisant d'avoir oublié quelque chose d'essentiel, quelque chose qui se tenait à l'affût, là, juste en deçà de sa mémoire ?

Trois heures plus tard, il attendait encore le retour de Barshit sur le réseau quand il entendit le moteur d'un véhicule peiner sur le chemin. Il sortit sur la terrasse et reconnut le vieux break noir d'Ewlyn. Vêtue d'une très courte jupe blanche et d'un châle bariolé noué en guise de blouse, plus belle que jamais, elle gravit les marches. Elle semblait préoccupée. De loin, elle l'interrogea :

– Tu as la réponse de Barshit ? Cha'kwaina est très anxieux.

– Parce qu'il lui viendra en aide en échange de sa réponse ?

Elle pénétra dans le salon et s'assit dans un des fauteuils disposés face à l'entrée.

— Je ne crois pas. Pourtant, depuis le premier instant où je lui ai raconté ton aventure, il ne doute pas que ce Barshit dise la vérité. Ou, plutôt, une certaine forme de vérité.

— Il pense qu'il parle depuis 2126 ?

Elle hésita à confirmer.

— Pour lui, ceci est bien l'annonce de la destruction imminente de notre monde. Il l'attendait. Tous les Hopis l'attendent.

— Tous les Hopis attendent quoi ?

— De savoir quand et comment sera détruit notre univers. Les précédents ont été anéantis respectivement par un incendie, par l'inversion des pôles, par un déluge. Celui-ci pourrait fort bien l'être par une comète. Et Cha'kwaina n'a aucune envie de l'empêcher.

— Comment ? Il serait prêt à laisser tout disparaître ?

— Il est tranquille. Il pense que les meilleurs des Hopis seront mis à temps à l'abri par le Créateur et se prépareront sereinement au passage dans le Cinquième Univers, comme lors de la destruction des univers précédents. Il attend un message qui guidera les élus, les gens d'honneur, vers un abri et un passage. Il ne fera rien pour sauver les autres, car le Créateur aura pensé qu'ils ont mérité de mourir. Et il n'est pas dans les habitudes des Hopis de contrarier le Créateur.

Addams sourit. Il s'était campé devant elle, bien décidé à ne rien lui passer.

— Bravo ! Et tu me dis ça aussi paisiblement ? Je ne suis pas Hopi, moi ! Je n'ai donc aucune chance...

Elle haussa les épaules :

— Sois sérieux, pour une fois ! D'une part, tu ne crois à rien de tout cela ; d'autre part, dans un siècle, de toute façon, tu seras mort.

— Il n'y a donc que son peuple qui compte aux yeux de ton chef ? Le reste de l'humanité, il s'en moque ?

— L'humanité ne mérite pas qu'on s'évertue à la sauver. Au reste, voilà déjà un bon bout de temps qu'elle fait tout pour se suicider. Cela te préoccuperait, toi, si elle disparaissait d'ici un siècle ?

— Bien sûr !

Elle se leva, alla se servir un verre d'eau et revint. Comment pouvait-elle être à la fois si futile et si grave ?

— Pourquoi ? Ah ! je vois... Tu prends sa prédiction au sérieux ?

— Comment cela ?

— Tu crois que tes enfants ou les enfants de tes enfants seront encore là ?

Son ton moqueur lui déplut.

— Ce n'est pas la question. Enfants ou pas, je ne pourrais tolérer l'idée que l'humanité s'abîme du jour au lendemain dans le néant, que toutes les œuvres d'art disparaissent, que tous les savoirs humains se trouvent engloutis, que les enfants de mes amis et les miens soient rayés de la surface du globe. Mais toi, cela ne te ferait rien ? Tu auras toi-même des descendants, à cette époque. Cela ne te gênerait pas de savoir qu'ils mourront tous ?

Elle haussa les épaules.

— Mais ils mourront tous, de toute façon !

— Bien sûr, mais pas tous ensemble... Pas comme cela... Pas sans laisser de traces, de descendance pour se souvenir d'eux...

Elle le regarda dans les yeux avec reproche.

— Ce qui te préoccupe surtout, n'est-ce pas, c'est qu'il n'y ait plus personne pour penser à toi, pour parler de toi... Tu as tort. De toute manière, chacun oublie tout le monde et ne s'occupe que de soi-même.

— Comment peux-tu en être certaine ? Ces gens-là ne sont même pas nés. Tu ne peux l'affirmer.

Elle avait tourné la tête vers l'écran de l'ordinateur, sursauta et tendit la main :

— Tu as vu ? Quelque chose est écrit, là !

Addams se retourna : rien de neuf ; les textes qu'il avait déjà lus.

— En effet, il m'a répondu.

— Et tu ne me disais rien ?

— Mais tu ne m'en as pas laissé le temps. Attends, je vais l'imprimer, tu pourras mieux lire.

Elle se cala dans son fauteuil et attendit. Il sentit qu'elle examinait tout autour d'elle. Il s'en voulut du désordre de la pièce qui en disait long sur ce qu'il aurait voulu cacher : son désarroi, sa solitude. Elle avait sûrement remarqué la katchina qu'avait laissée le jeune Indien tout à l'heure. Il la regarda à la dérobée. Ewlyn avait détourné les yeux et s'était emparée d'un crayon et d'un bloc de papier sur lequel elle traçait des traits incohérents. On aurait dit à peu de chose près les mêmes que la veille, au restaurant.

Décidément, il aimait sa présence dans cette maison où Annaël n'avait pas même passé une seule nuit. Ewlyn était si fragile, si pathétique. Il se demanda quel secret l'habitait. Pourquoi s'identifiait-elle tant aux Hopis ? Qui était sa mère ? Toutes ces questions, il devinait qu'il n'oserait jamais les lui poser.

Il sortit les feuilles de l'imprimante et les lui tendit. Elle reposa sur la table ses griffonnages et se cala confortablement dans le fauteuil, comme si ç'avait été là sa place habituelle.

Quand elle eut fini de lire, elle dévisagea longuement Addams. Elle souriait. On aurait juré qu'elle avait trouvé évidente la signification de ce déluge de mots. Elle se leva, presque joyeuse :

— Il faut retourner voir Cha'kwaina. Tout de suite ! Ce sont bien les réponses qu'il attend, même s'il risque d'être un peu déçu.

Il la suivit sans hésiter. Pour la seconde fois en deux jours, ils prirent le chemin des *mesas*. Trois heures de route avec Ewlyn : ne fût-ce que pour cette raison, l'aventure valait la peine. À peine eurent-ils emprunté la longue ligne droite qui filait vers le nord qu'il remarqua dans le rétroviseur une grosse voiture rouge qui les suivait. Celle-là même qu'il avait déjà croisée en rentrant chez lui. Il la signala à Ewlyn, qui sourit. Elle jeta à son tour un coup d'œil, sans ralentir, et murmura :

– Ceux-là ne vont pas être déçus...

Quand ils arrivèrent deux heures plus tard, en fin d'après-midi, au croisement des trois routes, au pied des *mesas*, il constata qu'y régnait une agitation plus vive encore que la veille. Ewlyn saluait d'un sourire ou d'un geste les groupes qu'ils rencontraient. Elle expliqua :

– De nombreux Hopis qui vivent en ville reviennent dans leur village pour les fêtes. Aujourd'hui, c'est une fête très importante : c'est le dernier jour de Serpent-Antilope.

Il le savait déjà par le jeune Hopi, mais se retint de parler de sa visite.

– Tu as encore de la famille là-haut ?

Elle se crispa, comme chaque fois que ses questions se faisaient personnelles.

– Non. Mon père est mort, ma mère vit encore dans le Nord. Du moins je le crois...

– Comment ça, *je le crois* ?

– Elle nous a quittés lorsque j'avais cinq ans. Elle ne nous a jamais donné de ses nouvelles.

– Pas de frère, de sœur ?

L'air buté, Ewlyn semblait regarder plus loin que la route.

– Il y avait un frère...

Il n'insista pas.

– À quel âge es-tu arrivée ici ?

– Quand ma mère nous a quittés, mon père a décidé de venir s'établir à Walpi. Je ne connaissais rien de son monde.

– Tu parlais sa langue ?

– Oui. Il ne m'avait jamais parlé qu'en hopi, mais il ne m'avait encore rien dit des traditions. Mon premier souvenir, à notre arrivée ici, ce furent les katchinas. Comme celle que tu as chez toi.

Son regard se fit interrogateur. Il ne broncha pas. Elle poursuivit :

– On nous apprenait à les reconnaître. Ce n'était pas très facile : il y en a des centaines, avec des costumes différents. J'aimais bien ces poupées, mais les vraies katchinas me terrifient.

– Les vraies ?

– Les poupées ne sont là que pour apprendre aux enfants à distinguer les esprits qu'elles représentent. Les vraies katchinas sont cousines des nuages, elles viennent des autres univers, des trois d'avant et des trois d'après. Elles ont voyagé depuis des étoiles si lointaines que leur lumière ne nous parvient pas. Elles vivent maintenant sur les monts San Francisco, avec les nuages et les morts. Elles visitent les villages chaque année entre Soyal, en novembre, et Niman Katchina, en juillet. Elles viennent donc juste de repartir au pays des nuages. Certaines sont très gentilles, d'autres sont des diables mortels. Mais toutes me faisaient peur.

– Mais tu n'y crois pas vraiment ?

– Aujourd'hui, je sais que ce ne sont que des adultes déguisés. Mais, quand j'étais enfant, je l'ignorais. La nuit, en hiver, on nous faisait descendre dans une kiva, une sorte de cave profondément enfouie sous la place principale du village. On s'y engouffrait par le toit à l'aide d'une échelle. On y restait blottis les uns contre les autres toute la nuit, dans les ténèbres et le froid. Nous avions peur et sommeil. Des gens marchaient au-dessus et tapaient sur le toit. Nous étions terrorisés, mais aucun d'entre nous n'aurait osé pleurer. Puis les katchinas descendaient par l'échelle, le corps recouvert de peintures multicolores, arborant des masques terrifiants, vociférant et brandissant des fouets. Certaines nous frappaient pour de bon sous prétexte de nous inculquer les bonnes manières. Là, les plus petits n'y tenaient plus et se mettaient à sangloter.

Il s'indigna.

– Comment peut-on faire ça à des enfants !

Elle lui lança un regard oblique tout en restant attentive aux groupes qui traversaient dans un sens ou dans l'autre en affichant un mépris souverain pour les automobiles.

– C'est un de mes meilleurs souvenirs ! J'ai ainsi appris à distinguer les aigles des buses, les renards des blaireaux. À reconnaître chaque esprit au bruit de ses pas, les choses à leur arôme. J'ai été imprégnée par la nature. Grâce à cela, rien qu'en voyant une feuille portée par le vent, je peux dire combien de chemin elle a déjà parcouru depuis sa chute.

Ils bifurquèrent dans la côte de Walpi. La grosse voiture rouge les doubla. Il distingua deux silhouettes d'hommes à son bord. Des Blancs. Après tout, eux aussi pouvaient avoir leurs raisons de monter jusqu'aux *mesas*.

– J'ai également appris, continua Ewlyn, à connaître les portes de notre corps.

– Les portes du corps ?

– Laisse-moi t'expliquer. Il te faut au moins connaître cela de nous. Il y en a sept. Au sommet du crâne est la porte la plus importante, celle du Créateur ; c'est par là qu'Il entre et sort. Les autres se trouvent entre les sourcils, dans la gorge, au cœur du cœur, au nombril, et les deux dernières encore plus bas. Sept en tout !

Ils roulaient à présent sur la piste escarpée au milieu d'une foule de plus en plus dense qui remontait en riant vers le village comme au retour d'un spectacle. À gauche, un ravin vertigineux. Ewlyn serrait la paroi de la falaise en évitant de regarder le ravin. La voiture rouge les précédait.

– C'est tout le temps comme ça ? s'étonna Addams en désignant la foule.

– Non. Je te l'ai dit, c'est le dernier jour de Serpent-Antilope.

– Le même genre de cérémonie qu'hier ?

Son ton se fit plus grave :

– Non. Aujourd'hui, c'est beaucoup plus sérieux. Cette année, c'est même particulièrement important, car la sécheresse est terrible. Si la pluie ne tombe pas dans les huit jours, il y aura une famine cet hiver. Or, aucun des rites précédents n'a fait venir la pluie, ni Powamu qui a amené les katchinas, ni Niman Katchina qui les a raccompagnées dans leurs montagnes, ni la cérémonie de la Flûte. Voilà pourquoi la cérémonie d'aujourd'hui est celle de la dernière chance.

– Tu ne crois tout de même pas que ce genre de rituels peut faire vraiment pleuvoir ?

Elle haussa les épaules :

– Bien sûr que si ! Depuis plus de mille ans, toutes nos cérémonies ont rendu possibles la survie de l'homme et celle de l'Univers. Toutes visent d'une façon ou d'une autre à faire tomber la pluie. Elles ne seraient pas pratiquées depuis si longtemps si elles n'étaient pas efficaces. Le rituel d'aujourd'hui est vraiment celui de la dernière extrémité. On cherche à faire venir la pluie par le Serpent.

– Le Serpent ? Quel rapport ?

– Cha'kwaina te l'expliquerait beaucoup mieux que moi : le Serpent symbolise l'éclair, nécessaire à la pluie.

– Personnellement, je n'aime pas du tout les serpents ! Je préfère la pluie !

Elle soupira :

– Dommage ! La cérémonie a commencé ce matin par une course partie du désert jusqu'au sommet de la *mesa*, comme hier. Elle s'est poursuivie tout à l'heure par des danses rituelles. La danse est pour nous un exercice très sérieux, un moyen de changer le monde, et la moindre erreur dans la chorégraphie peut faire échouer une cérémonie. Tout à l'heure a été célébré un mariage entre une fille du clan du Serpent et un garçon du clan de l'Antilope.
– Un vrai mariage ?
– Si possible.
– Il est terminé ? Je regrette de ne pas y avoir assisté.

Sans quitter du regard la route qu'entrecoupaient sans relâche des groupes rieurs, se gardant de tourner la tête vers l'à-pic, elle murmura :
– Je ne suis pas sûre que nos coutumes te plairaient.
– Pourquoi donc ?
– Parce que, chez nous, c'est la femme qui choisit l'homme...

Il grommela, quelque peu amer :
– Ce n'est pas si différent ailleurs...
– L'homme vient loger chez la femme. Elle peut le renvoyer quand elle veut. Il lui suffit de poser ses affaires devant la porte pour qu'il n'ait plus le droit d'entrer.
– Donc, quand une fille a choisi un garçon, elle va le lui dire et c'est réglé ?
– C'est beaucoup plus compliqué... Il lui faut respecter toute une étiquette. Elle doit d'abord l'inviter à déjeuner et lui annoncer qu'il y aura des rouleaux de maïs comme plat principal. Tout garçon qui sait vivre comprend cela comme une demande en mariage. S'il vient au rendez-vous, c'est qu'il souhaite accepter la proposition. Il doit alors s'habiller du mieux possible, planter des plumes d'aigle dans ses cheveux et se peindre le

visage à la poudre d'or. Si la jeune fille lui tend un rouleau de maïs, cela vaut engagement.

– Un homme ne peut pas prendre l'initiative de dire à une femme qu'elle lui plaît ?

– En principe, non. Il ne peut ni lui faire la cour, ni lui proposer le mariage. Mais il y a des façons de tourner cette règle. Par exemple, si un garçon tend à une fille un lièvre qu'il vient de tuer, cela revient à inviter la fille à lui faire une proposition.

– Je comprends. Toi, est-ce que l'on t'a déjà apporté un lapin mort ?

Il crut voir ses mains se crisper sur le volant. Mais peut-être était-ce à cause du virage serré qui s'annonçait. Elle dit :

– Pourquoi me demandes-tu cela ?

– Parce que j'ai reçu ce matin la visite de quelqu'un qui semblait attacher beaucoup de prix à ce que je te laisse tranquille.

– Ah ! Dan est venu...

– Il s'appelle Dan ?

– Il est comme mon frère, rien de plus.

Il n'insista pas. Ils arrivaient au village. Le soleil déclinait. Beaucoup d'habitants étaient juchés sur le toit des maisons, comme dans l'attente du début d'un spectacle. Un long banc barrait la rue. On les laissa passer, cette fois sans les faire attendre, puis on referma la rue derrière eux. Addams constata que la voiture rouge qui les filait depuis Winslow avait été refoulée.

– Tu vois, on barricade même les rues pour éviter de laisser pénétrer les esprits malveillants. Aucune intrusion maléfique ne doit venir troubler cette journée.

– Je suis le premier Blanc à y assister ?

– Non ! Très longtemps, les étrangers sont venus ici en foule. C'était même une des plus extraordinaires attractions d'Amérique, et les Hopis n'y voyaient pas malice. Mais les Blancs faisaient du bruit, parlaient entre eux, prenaient des photos.

Maintenant, c'est interdit. Dépêchons-nous, le jour tombe et Cha'kwaina nous attend dans la kiva du Serpent.

Ils laissèrent leur véhicule au milieu d'une foule de plus en plus dense. Sur la place, Addams découvrit une bâtisse qu'il n'avait pas remarquée la veille, comme une grange à demi enfouie dans le sol.

– La kiva du Serpent, expliqua Ewlyn.

Elle monta sur le toit et lui fit signe de lui emboîter le pas.

Elle ôta ses chaussures. Il l'imita et la suivit sur une échelle qui dépassait d'un orifice ouvert dans le toit. Quand il se fut accoutumé à l'obscurité, trouée çà et là par l'ouverture du toit et l'éclat de quelques lampes, il put distinguer une quinzaine d'hommes qui chuchotaient en petits groupes séparés par des rangées de jarres obturées à l'aide d'un morceau de cuir. Dans un renfoncement en contrebas, Cha'kwaina semblait sommeiller. Ils s'approchèrent.

– Tu as l'air fatigué, murmura Ewlyn. Tu préfères qu'on revienne demain ?

– Surtout pas ! Tu sais bien qu'aujourd'hui n'est pas un jour comme les autres. Il faut qu'il soit là. Et puis, demain, sans doute aurai-je rejoint le Grand Mystère d'où viennent les enfants.

– Mais non, protesta Ewlyn, tu vas rester encore longtemps avec nous ! J'ai besoin de toi.

Le vieil homme secoua la tête :

– Je ne me fais pas d'illusions. Tous les signes sont là. Je perds la mémoire. Quand un guerrier entre sur le chemin de son retour, l'Esprit efface ses traces derrière lui. Mais c'est bien ainsi ; j'en ai assez vu.

Il se tourna vers Addams avec un beau sourire :

– Vous êtes ici dans un endroit où, à ma connaissance, aucun étranger n'a jamais pénétré, ni un Navajo, ni un Blanc. Ce n'est pas un lieu ordinaire. En entrant ici, on cesse d'être un homme et on devient le contemporain des katchinas. Mentir peut y avoir des conséquences épouvantables. Ewlyn me dit que vous avez les réponses de votre correspondant ? Racontez-moi. Qu'a-t-il dit de Pahanna ?

Cha'kwaina semblait agité d'un tremblement de la main gauche qu'Addams ne lui avait pas remarqué la veille. Il respirait mal et devait reprendre haleine entre chaque phrase, ce qui donnait une allure hachée à son discours.

– Seulement ceci : « *Je cherche à l'infini une étincelle d'humanité dans notre enfer.* » C'est peu...

Le vieillard marmonna quelque chose qu'Addams n'entendit pas. Ce dernier se tourna vers Ewlyn qui murmura :

– Je ne suis pas sûr d'avoir bien compris. Je crois qu'il a dit : « *Pahanna n'a pas de raisons de se montrer bavard.* »

– Qui est donc Pahanna ?

Ewlyn regarda à la ronde puis s'écarta.

– C'est le fils aîné du chef du clan de l'Arc, répondit à sa place le vieillard. Celui que nous attendons. Quand nous sommes arrivés dans le Quatrième Univers, celui où nous nous trouvons, il est parti vers le Soleil levant afin de purifier le monde. Il voyage encore. Il doit revenir ici nous amener la paix, la sagesse, la connaissance. Nous ne devons donc changer ni nos costumes, ni nos coiffures, afin qu'il puisse nous reconnaître. Lorsqu'il sera de retour, les hommes pourront parler le même langage, le Soleil deviendra notre allié, la Terre refleurira, l'humanité retrouvera l'harmonie, et tous les malades seront guéris.

– Vous attendez en quelque sorte un messie, c'est bien cela ?

– C'est ce que disent vos prêtres, mais Pahanna n'a rien à voir avec votre Jésus. Il ne veut pas sauver les hommes, mais les faire changer d'univers.

Addams ne put s'empêcher de sourire :

– Comment fera-t-il ?

– Il détruira cet univers-ci pour conduire les hommes de bonne volonté dans le prochain.

– Il détruira la Terre ?

L'autre hocha la tête.

Ewlyn était revenue avec un verre d'eau qu'elle fit boire au mourant.

Enfin ! se dit Addams. Voici le premier point commun entre les messages diffusés sur Internet et les croyances de ces Indiens. Le vieil homme croit que j'ai affaire à leur Messie !

Autour d'eux, on s'affairait. Des hommes entraient, d'autres sortaient, toujours par le toit. Certains avaient le torse couvert de teinture rouge, une bande blanche peinte au-dessus du front, le reste du visage noirci. D'autres, peints en gris cendre, arboraient des lignes blanches sur la poitrine et jusqu'au bout des doigts. L'un d'eux déplaça quelques jarres avec beaucoup de précautions afin de les regrouper. Addams se demanda quelle précieuse liqueur elles pouvaient contenir. Il répéta :

– Il détruira la Terre ?

– Notre prophétie, répondit le vieil Indien, dit que cet Univers-ci sera détruit le jour où *« les gens, corrompus, ne respecteront plus les lois naturelles et où leurs conditions de vie s'inspireront de celles de ce monde souterrain que nous avons fui il y a bien longtemps. Le corps sacré de la femme ne sera plus respecté, le Bouclier sera devenu vulnérable et l'humanité aura succombé à des tentations sexuelles illicites. Pour la plupart, les gens auront la sensation de vivre une époque extraordinaire, mais ils se dépraveront les uns les autres et leurs dirigeants ne sauront plus à quelle boussole se fier. Il sera bien difficile de décider qui suivre... »*. Nous ignorons ce qui provoquera sa destruction, sauf que la Terre sera secouée par un épouvantable séisme, des raz de marée bouleverseront les saisons et recouvriront les plaines. La nature nous fustigera à travers le souffle du vent. Une nouvelle guerre mondiale sera déclenchée par un de ces peuples d'Orient qui reçut la lumière en même temps que nous, au début des temps. Puis surviendra une accalmie qui ne durera guère, puis un nouveau conflit, une nouvelle accalmie, et ces forces se mettront en mouvement pour la troisième fois. Les États-Unis seront alors détruits, Blancs et Indiens de peu de foi disparaîtront à jamais. Leurs cheveux et leurs vêtements seront éparpillés sur toute la surface du globe. Notre peuple, comme les autres, sombrera dans le désespoir.

– Nul ne survivra ?

– La prophétie dit que « *ceux qui détiennent le savoir renfermant les instructions sacrées devront être à tout moment sur leurs gardes. Sans faillir, ils devront rester fidèles aux commandements, car le destin de notre monde reposera sur leurs seules épaules...* » Pahanna leur apprendra comment revenir sur leurs pas, retrouver les traces anciennes en remontant loin dans le temps. La plupart des Anciens au front serein et aux lèvres silencieuses les accompagneront dans le monde nouveau. Ce sera le commencement du Cinquième Univers.

– À quoi le reconnaîtra-t-on ?

– Il ne se fera pas connaître. Les Hopis devront le deviner. S'ils ne sont pas là pour l'attendre quand il surviendra, il devra patienter cinq ans avant de reparaître. Mais si nul ne le distingue encore cette fois-là, il sera venu pour rien.

– Que se passera-t-il alors ?

– Les gens d'honneur mourront avec le reste de l'humanité et il n'y aura jamais de Cinquième Univers.

Addams se convainquit que Barshit devait bien être à ses yeux ce Pahanna.

– Mais si un imposteur se faisait passer pour Pahanna, que feriez-vous ?

En passant, un des hommes bouscula une jarre qui se renversa. Le brouhaha cessa aussitôt.

— Notre prophétie nous conseille de nous méfier. Elle nous annonce qu'un peuple viendra réclamer notre monde et essayer de changer nos modes de vie. En nous tentant par sa langue fourchue, il nous proposera d'utiliser des armes. Il se fera passer pour Pahanna. Mais nous ne tomberons pas dans son piège.

Cha'kwaina semblait fasciné par la jarre qui venait de se renverser. Un homme se précipita pour la redresser. Il reprit :

— Et qu'a-t-il répondu à ma seconde question à propos du Troisième Testament ? Comment se passera la fin du monde dans sa prophétie ?

Addams lui lut le récit de Barshit, qu'il avait apporté : le Parfum et le Vent, les catastrophes et les géants, les oiseaux d'argent, les tempêtes du Septième Feu...

Cha'kwaina écouta. On aurait dit qu'il grelottait. Il l'interrompit :

— Il a vraiment parlé d'un « Septième Feu » ?

— Oui, vous savez ce que cela veut dire ? Vous attendez vous aussi un Septième Feu ?

— Il y a en effet quelque chose que nous nommons de la sorte...

— Il m'a pourtant dit ne rien connaître à vos secrets. Il s'agit peut-être d'un hasard...

— Le hasard n'existe pas ; c'est une invention des Blancs.

— En quoi ce Septième Feu est-il si important ?

— Nos Anciens disaient que lorsque viendrait le Septième Feu, une nouvelle génération d'hommes apparaîtrait et annoncerait Pahanna. Continue.

Addams lut la fin du récit. Il éprouvait du plaisir à prononcer ces mots énigmatiques qui résonnaient profondément en lui, comme si, à les réciter, il pouvait se pénétrer de leur sens. Ou comme s'il les avait rédigés lui-même :

— *« ... Et ce sera comme l'aube d'un Septième Feu. Le Quatrième Univers disparaîtra alors dans les entrailles* de l'Esprit, recouvert par une pluie de cendres envoyée par la Matière.

« Ils mourront tous, sauf ceux qui pourront trouver un passage vers le Cinquième Univers. Ceux-là seront épargnés. Ils auront à vivre dans la conscience des univers futurs et le souvenir des souffrances antérieures. À moins qu'un sauveur ne réussisse à détourner la lumière...

« Dans ce Quatrième Univers, le Néant a décidé de se révéler simultanément à toutes les croyances sous le nom de Néant. Et, par ma voix, Femme du Vent et de l'Aube, le Néant proclame qu'aucune foi ne vaut si elle ne le reconnaît comme unique source de tout. Dieu comme Bouddha et Sotuknang sont mes plus belles formes... »

Dans l'ombre presque totale, parmi les hommes peints monta une lente mélopée. Elle paraissait venir d'un recoin situé derrière eux et se répandit bientôt dans toute l'enceinte de la cave.

Le vieil homme se mit à pleurer longuement. Puis il se reprit, hésita, consulta du regard Ewlyn qui lui fit signe de parler. Étrange, se dit Addams : a-t-il besoin de son autorisation pour me révéler quelque secret ?

– « *Il sera détruit par une lumière infinie qui viendra de nulle part...* » Je vais te confier un grand secret : d'après nos Anciens, la fin du Quatrième Monde commencera avec l'apparition dans le ciel de Saquasohuch. Quand il arrivera sur la place du village, apparaîtra à l'ouest une gourde de cendres dont chaque goutte fera bouillir la Terre et la détruira.

Addams n'était pas sûr d'avoir bien entendu car la mélopée couvrait maintenant la voix de Cha'kwaina.

– Qui est Saquasohuch ?

C'est Ewlyn qui répondit :

– Une étoile. Ou bien une comète.

Il resta pétrifié : voilà donc la raison pour laquelle tout cela les intéressait de si près ! Depuis toujours les Hopis avaient pensé que la fin du monde viendrait par une comète ! Qui que fût ce Barshit, il devait en savoir très long sur ces Indiens, au point de pouvoir ajuster son histoire à leurs plus intimes croyances. Le vieux chef allait-il lui remettre à présent les tablettes ? Comme s'il avait une fois de plus entendu ses pensées, Cha'kwaina grogna :

– Si vous ne mentez pas, si vous n'avez pas inventé tout cela, ce Barshit est Pahanna, qui seul pourra nous conduire dans le Cinquième Univers. Pour cela même, il nous faut lui remettre ce dont il a besoin. Voici donc ce que j'ai décidé : je vous montrerai les tablettes... pourvu que la cérémonie du Serpent se passe bien...

Ewlyn tressaillit. Elle allait protester quand le vieil Indien reprit :

– Tu sais fort bien qu'il n'y a pas d'autre solution. Je ne peux m'en défaire à aucun moment, d'aucune façon, à moins qu'il ne surmonte cette épreuve.

– De quoi s'agit-il ? s'enquit Addams.

– Il exige que tu participes à la cérémonie du Serpent. Il te remettra les tablettes à la fin.

– Est-ce dangereux ?

Elle hésita :

– Tu n'as vraiment pas inventé cette histoire de messages sur Internet ?

– Évidemment non. Pour qui me prends-tu ?

– Alors, tu ne cours aucun risque.

– Que devrai-je faire ?

– Rien. T'asseoir ici et regarder. C'est tout.

L'Indien fixait des yeux un point situé comme au-delà du monde. Il murmura :

– Béni soit le désastre ! Puisse-t-il concevoir en rêve le prochain univers.

Cha'kwaina prit dans sa poche une petite boîte en écorce, qu'il tendit à Ewlyn. Elle en sortit une sorte de pâte verdâtre à l'odeur âcre et en enduisit le visage et les bras d'Addams. Il constata que tous les hommes s'étaient assis en rond dans la pièce et se barbouillaient de la même pâte.

— Qu'est-ce que c'est ? interrogea-t-il.
— Une protection contre les serpents. Mais tu n'en auras nul besoin, le rassura Ewlyn.

Il n'y avait rien au monde qu'il détestait davantage que les serpents. Leur évocation suffisait à le glacer. Il se mit à trembler. Seule la présence de la jeune femme l'empêcha de déguerpir. Elle le guida vers les Indiens assis en cercle. Il s'assit parmi eux, jambes croisées, les genoux touchant ceux de ses voisins. Elle s'assit en tailleur derrière lui. Elle seule rendait ce cauchemar tolérable.

Précédées par la lente mélopée chantée maintenant à mi-voix par tous les hommes assis, deux files de jeunes Hopis apparurent sur l'échelle de la kiva, les uns parés de peaux de renard et de plumes d'aigle, le visage et le torse couverts de noir de suie, le menton enduit d'argile blanche, les autres vêtus de cuir noir et la tête coiffée de cornes d'antilope.

Un silence compact s'installa.

C'est à ce moment-là qu'il entendit les serpents.

Des hommes s'étaient levés et avaient ôté les peaux de chevreuil qui couvraient les jarres. Des dizaines de serpents mêlés en nœuds inextricables s'étaient répandus sur le sol où ils rampaient à présent en tous sens.

Addams allait se redresser pour s'enfuir, mais Ewlyn posa la main sur son épaule et murmura :

— Ne bouge surtout pas. Sinon, ils vont se précipiter sur toi, et tu es mort. Ne bouge surtout pas, tout se passera bien. Pense à la vérité.

Les hommes continuaient à fredonner leur chant monocorde tout en se balançant. Les nœuds de reptiles se défirent et se dispersèrent en direction des hommes immobiles. Un crotale s'approcha d'Addams et se lova sur le sol, juste devant lui. Ewlyn tendit la main et caressa le serpent à l'aide d'une plume qu'elle avait extraite de son corsage. Elle chuchota :

– Tu vois, il ne faut jamais empoigner un serpent quand il est enroulé. Il faut d'abord le faire se dérouler en le caressant...

De fait, le serpent se déroula.

– Prends-le, maintenant. N'aie pas peur. Tends la main, lui dit-elle.

Il saisit le crotale de sa main gauche et faillit s'évanouir à son contact. Ewlyn continuait de caresser le reptile.

– C'est bien, reprit-elle. Les crotales ne vont que sur les hommes purs.

En une fraction de seconde, le serpent lui avait échappé et s'était lové contre lui. Addams ferma les yeux. Il ne bougeait plus, pris entre sa peur panique et l'envoûtement de la musique. Il savait que sa vie pouvait s'arrêter d'un instant à l'autre, mais il n'aurait donné sa place pour rien au monde. Tous les serpents avaient maintenant rejoint les hommes assis. Il resta longtemps ainsi, au bord du vertige, immobile.

Puis des hommes en gris vinrent s'emparer des serpents pour les replacer dans les jarres. Ils prirent le crotale lové sur sa cuisse et le remisèrent avec dextérité parmi ses congénères. Addams respira. C'était fini.

Les hommes se levèrent et sortirent de la kiva, une file après l'autre, des plumes d'aigle à la main. Addams les suivit.

La nuit était tombée. On entendait un grondement sourd. À la mélopée s'étaient mêlés des tambours. Ewlyn entraîna Addams un peu à l'écart et lui étreignit le bras tout en chuchotant :

– Je t'aime.

Sur la place entourée d'une foule au mutisme impressionnant s'avançaient maintenant deux groupes de douze hommes frappant le sol de leurs pieds nus. Ils se disposèrent en ligne face à face :

d'un côté les hommes Antilopes, de l'autre les danseurs Serpents qu'il avait côtoyés dans la kiva.

Les hommes Antilopes ondulaient tout en chantonnant. Les danseurs Serpents dansaient par paires.

Un des danseurs Serpents revint vers la kiva et en ressortit en tenant un petit serpent entre ses dents. Derrière lui, un autre danseur distrayait le reptile avec un fouet de plumes. Le premier recracha le serpent au centre de la place dans un cercle de maïs dessiné sur le sol, puis s'en retourna en chercher d'autres. Le second danseur Serpent s'approcha de l'animal qui s'était enroulé sur le sol, le caressa jusqu'à ce qu'il se fût déroulé, le porta alors à bout de bras et le tendit à l'un des hommes Antilopes qui continua de chantonner tout en caressant le reptile, puis le rejeta dans le cercle.

Un autre danseur Serpent apparut et fit de même, cette fois avec trois serpents dans une main et un autre dans la bouche.

Longtemps les hommes dansèrent de la sorte autour de la place, certains tenant jusqu'à cinq serpents entre leurs dents. Puis ils les rejetaient, les hommes Antilopes s'en saisissaient avant de les relancer à leur tour à l'intérieur du cercle de maïs.

Quand tous les serpents grouillèrent au milieu de la place, la danse s'arrêta. Les danseurs les ramassèrent et coururent les jeter au bas de la *mesa*.

– Voilà, c'est fini, murmura Ewlyn. On les rend à la nature, porteurs de notre prière.

Addams alla vomir tripes et boyaux contre le mur d'une maison. Ewlyn le regardait avec tendresse. Cha'kwaina avait tout observé du toit de la kiva où on l'avait hissé. Il leur fit signe d'approcher et les fit s'asseoir à ses côtés.

– Es-tu satisfait de lui ? demanda Ewlyn.

– Il s'est bien conduit, répondit le vieillard.

– Alors, demanda Addams, es-tu prêt à me remettre ces tablettes ?

– Et vous, les lui donneriez-vous ?

Addams fut surpris d'entendre cette question qu'il ne se posait même plus. Depuis la cérémonie des serpents, les mots de Barshit résonnaient si profondément en lui qu'il se devait de leur obéir. Il ne pensait certes pas qu'ils lui venaient de l'avenir, mais, d'une façon ou d'une autre, c'était bel et bien l'avenir qui se jouait là. Il éluda :

– Je ne sais pas. De toute façon, je ne les ai pas.

– En êtes-vous si sûr ?... J'ai décidé de vous montrer ces tablettes. Vous pourrez recopier leurs dessins.

– Ce sont vos pierres sacrées ?

Il sourit :

– Comme tout dans la nature. Celles-là sont simplement plus sacrées que d'autres.

Cha'kwaina fouilla le sol derrière lui et découvrit une sorte de trou. Il en sortit quatre pierres plates de tailles et de couleurs différentes. Trois d'entre elles étaient faites d'une pierre grisâtre. La première, la plus petite, portait d'un côté un damier irrégulier pareil à un puzzle ; de l'autre côté, deux dessins identiques représentaient des pattes d'animal. Sur la seconde était gravée d'un côté un pied de maïs entouré d'animaux, eux-mêmes encadrés par deux serpents et quatre hommes disposés aux quatre coins ; de l'autre côté, une silhouette d'homme. Sur une face de la troisième tablette étaient gravés six hommes, les mains croisées sur leur sexe, entre deux rectangles ; sur l'autre, des croix, des soleils, des épis de maïs, des serpents, des pattes d'ours, dans un agencement qui ne pouvait être dépourvu de signification. Cha'kwaina prit alors, enveloppée dans un châle, une dernière tablette ébréchée, en pierre noire. D'un côté, un homme sans tête entouré d'un trait onduleux ; de l'autre, plusieurs cercles et une sorte de croix. Il crut y reconnaître des dessins qu'il avait déjà vus... mais où donc ?

– Qu'est-ce que tout cela veut dire ?

– Les trois premières tablettes, expliqua Cha'kwaina, sont celles du clan de l'Ours. L'une indique la répartition des terres et confie à l'homme la responsabilité des animaux. La seconde indique les limites du territoire hopi. La troisième énumère les six clans principaux : Maïs, Nuage, Lune, Étoile, Serpent, Trace d'Ours. La plus petite est la tablette du clan du Feu ; elle prédit qu'il sera dominé par un peuple étranger auquel il ne faudra pas résister, afin d'attendre Pahanna qui viendra nous délivrer.

Addams demanda pourquoi la tablette du clan du Feu était ébréchée. Cha'kwaina se borna à répondre que cette tablette avait beaucoup voyagé et qu'elle attendait Pahanna, celui qui viendrait se faire connaître....

Il recopia les dessins. Il ne remarqua pas combien Ewlyn était pâle.

Ils s'en retournèrent peu après à Winslow, toujours filés par la voiture rouge, relayée pendant un moment par un véhicule plus discret. Ewlyn ne souffla mot de tout le trajet. Il devina combien elle se sentait mal à l'aise. Elle lui avait dit « Je t'aime ». Il ne voulut pas en parler de peur qu'elle n'en éprouvât du regret. Il la déposa chez elle. Elle l'embrassa avec fougue, comme pour lui transmettre quelque message impossible à mettre en paroles.

Arrivé chez lui, Addams trouva sa maison à nouveau fouillée de fond en comble, son ordinateur allumé et ouvert. Rien n'avait été dérobé. Les visiteurs n'avaient pas non plus découvert la cache contenant la disquette de son Journal.

Sur l'écran, Barshit avait inscrit :

– Ce que je craignais est en train d'advenir : la nouvelle commence à filtrer. Certains journaux disent qu'une comète va frôler le Soleil et perturber gravement notre climat. D'autres affirment qu'elle va même modifier la trajectoire de la Lune. Tout cela est un leurre lancé par ceux qui savent, pour masquer le pire : la comète tombera bel et bien sur la Terre, même si cela est explicitement démenti par le gouvernement occidental. Seul un des réseaux d'information de la Civilisation islamique l'a suggéré. Il a expliqué que l'arrivée de la comète était une vengeance de Dieu contre les infidèles et qu'il fallait que les hommes se préparent à rencontrer leur Créateur. Les journaux américains en ont fait leurs titres, ce matin, certains avec dérision, en général avec prudence. Et moi, je me tais. Il ne servirait à rien de contredire ces outres officielles. La question a été posée cette nuit par le Vanuatu au Conseil de sécurité des Nations unies. En Asie, beaucoup de gens commencent à y croire. Certains expliquent que la Terre va exploser en un instant. Les Églises ne savent quelle attitude adopter. Il y a déjà eu quatre suicides de masse aux États-Unis, et cinq au Japon. D'aucuns projettent de tuer leurs enfants plutôt que de les abandonner à pareille agonie. D'autres escomptent partir. Mais où ?

L'Éveilleur explique que tout cela était écrit depuis longtemps. La comète, dit-il, est « *la lumière infinie* » dont il est question dans le Troisième Testament. Il demande qu'on en tire les conséquences et prie pour que les âmes soient sauvées, comme il est dit, lorsque viendra cette lumière infinie. Il est très convaincant. Hier, des millions de gens sont venus l'entendre à Londres. Il sera ce soir à New York et demain à Djakarta. La tragédie avance à toute allure, même si c'est sur la pointe des pieds...

Addams s'installa devant l'écran et inscrivit :
– J'ai ce que vous m'avez demandé.

Le décalage, puis la voix et enfin le texte :
– Bravo ! J'espère que cela n'a pas trop empiété sur votre travail ?

Encore ! Et si tout cela n'était rien d'autre qu'une provocation destinée à ridiculiser le Centre, comme le craignait Wilfried ? Comme s'il avait compris sa bévue, Barshit écrivit :

– Vous ne me croyez pas ? Pourtant, vous ne risquez rien à me transmettre ces dessins. Et si vous êtes encore sceptique, allez donc constater le désastre que peut provoquer une comète, allez voir le trou qu'un minuscule caillou a creusé juste à côté de chez vous, au canyon du Diable. Allez-y demain, juste avant vingt-trois heures dix-sept, et vous comprendrez. Peut-être vous enverrai-je alors un signe qui vous convaincra que je ne plaisante pas. Vous regarderez bien dans le ciel et m'y verrez.

Addams hésitait encore.

– Et maintenant donnez, donnez vite ! Pensez à Krasnoïarsk !

Il transmit les huit dessins. Il le fit avec calme et méthode, sans excitation particulière.

Il était décidé à obtenir de l'autre ce qu'il savait de Krasnoïarsk, même s'il ne pouvait rien en connaître.

Il venait à peine de finir de transmettre et il allait lui poser la question quand une voix nouvelle se fit entendre sur le réseau le plus secret d'Amérique :

– Non ! Ne lui donnez rien ! Méfiez-vous de lui ! Tu m'entends, Barshit ? Je suis sûre que tu m'entends ! Je suis Alfer. Te souviens-tu du son de ma voix ? Tu ne réussiras pas ! Je t'en empêcherai !

OISEAUX

Enfin, pensa Addams ! Ils n'ont mis que trop longtemps à intervenir ! Cette voix ne pouvait qu'être celle d'un des agents du général Lipschitz, un de ceux venus par deux fois perquisitionner chez lui et qui le suivaient depuis deux jours. Ils devaient estimer que la plaisanterie avait assez duré. Sans doute avaient-ils espéré localiser l'intrus sans se manifester, mais ils avaient échoué.

La voix continua :

– *Ne lui donnez pas ces dessins ! Il est une force du Mal. Il ne peut les utiliser que pour commettre un crime. Il n'est capable que de cela. Je le connais mieux que personne...*

La voix était devenue un peu plus audible : une voix de femme. Voilà maintenant qu'on prenait tout cela au sérieux ? Ces dessins faisaient-ils vraiment partie d'un code ? De toute façon, il était trop tard : il les avait transmis.

Mais quelque chose ne collait pas : si cette voix était celle d'un service à l'écoute, celui-ci devait avoir constaté que les dessins avaient déjà été communiqués. Pourquoi intervenir après coup pour demander de ne pas les transmettre ?

– Qui êtes-vous ? interrogea Addams.

– *Ne l'écoutez pas, Professeur ! Je la connais, ce qu'elle dit n'a aucun intérêt. Alfer ? Je te croyais* morte ! Ah, tu es coriace ! Comment as-tu fait pour parvenir jusqu'ici ? Je ne pensais pas que tu pourrais trouver ce chemin-là. Tu as fait des progrès depuis que je ne m'occupe plus de toi. Bravo !

– Qui êtes-vous ? répéta Addams sans même relever l'intervention de Barshit.

– *Peu importe qui je suis,* reprit la voix après un long silence. *Vous pouvez m'appeler Alfer si vous tenez à tout prix à me donner un nom. Je parle du même temps que lui. Que vous a-t-il raconté ? Pourquoi veut-il ces tablettes ?*

Une autre voix du siècle prochain ? Addams ne chercha même plus à comprendre quel piège pouvait dissimuler une telle mise en scène. Il entra dans le jeu :

– C'est une longue histoire. Il prétend parler depuis 2126. Vous seriez là, vous aussi ?

La voix s'impatienta :

– *Mais oui, mais oui ! Pourquoi veut-il ces dessins ?*

– Il prétend qu'ils lui permettront d'utiliser des armes nucléaires placées sur orbite, pour écarter une comète menaçante.

– *Malheureux ! Était-on donc aussi naïf de votre temps ? Comment avez-vous pu le croire ? Aucune comète n'est annoncée par aucun observatoire. Il vous a dit comment on l'appelle ? L'Éveilleur ! Il se prend pour un messie. Il essaie de semer la panique pour grossir le nombre de ses adeptes.*

Le gourou dont parlait Barshit, c'était donc lui-même ? Voilà une des rares hypothèses auxquelles Addams n'avait pas pensé ! La voix continua :

– *Pourquoi veut-il ces dessins ? Il doit bien avoir une raison !*

– Pour déclencher des armes nucléaires, les dernières à exister encore, placées sur orbite, après ce qu'il a appelé une Guerre d'Épouvante et une Grande Purification. Mais je suppose que cela aussi, il l'a inventé ?

– Pas du tout, cela est vrai. Peut-être a-t-il effectivement identifié un code de lancement de ces vieilles armes, interdites depuis le Grand Désastre. Mais s'il vous a demandé ces tablettes, c'est qu'il en a un usage de mort. Je ne sais pas lequel. En tout cas, ce n'est pas pour sauver la Terre d'un danger imaginaire. Mais sans doute pour la détruire. Il est assez fou pour cela. Cet homme rumine un grand crime depuis longtemps. Pour sa seule gloire.

– Ne l'écoutez pas. Elle n'y connaît rien !

– Je n'y connais rien ? Fort bien : peux-tu alors m'expliquer pourquoi personne n'y croit, à ta comète ?

Addams écoutait ce dialogue avec stupeur : ces deux-là parlaient-ils vraiment entre eux en l'an 2126 ? Même si, comme cela était probable, ce n'était pas le cas, n'avait-il pas été imprudent en transmettant ces tablettes ?

Barshit avait repris :

– Ne l'écoutez pas, Professeur ! La comète existe bien ; elle croisera l'orbite de la Terre dans trois jours, dix heures et sept minutes. Mais vous pensez bien que les vestiges des pouvoirs en place font tout pour ne pas effrayer les peuples qui les supportent encore. Et qu'ils ne vont pas ajouter foi aux prévisions d'un pauvre chasseur de comètes, bien moins diplômé que leurs astronomes officiels.

– Êtes-vous vraiment l'Éveilleur ?

– Quel mal y aurait-il à cela ?

– Pourquoi me l'avoir caché ?

– Pour ne pas tout compliquer. Il y avait déjà tant de choses à vous faire admettre ! Je ne pouvais vous demander trop à la fois. Et je sais de quoi je parle : je suis expert en croyances !

– Alors, ce que vous m'avez raconté sur votre passé était faux de A à Z ?

– Non, c'était la vérité... à quelques détails près. Par exemple, je suis vraiment chasseur de comètes. Je sais donc mieux que personne l'importance des prophéties du Troisième Testament. Mais, je vous en supplie, allons à l'essentiel : la comète va arriver et en finir avec l'homme. J'en suis sûr. Si personne ne veut le reconnaître, c'est que les pouvoirs n'aiment terroriser les peuples que lorsqu'ils disposent aussi d'un moyen de les rassurer. Or ce n'est pas le cas aujourd'hui. Et la vérité, la voici : les dirigeants de la Civilisation occidentale, qui sont encore les seuls à savoir, parce que je le leur ai dit, que la collision est imminente, se sont mis à l'abri, du moins le pensent-ils. Ils partiront cette nuit pour la Tasmanie et les îles du Pacifique. Illusion ! Ils crèveront six mois après les autres, la belle affaire ! Dans vingt-deux heures, Swift-Tuttle apparaîtra sur les écrans des meilleurs observatoires de la planète. Tous les savants du monde pourront alors calculer sa trajectoire. Ils comprendront que j'avais raison. Ils préviendront les autorités – ou ce qu'il en restera –, qui réuniront des états-majors. Douze heures plus tard, la comète apparaîtra dans l'hémisphère Nord, derrière le Soleil, comme un bolide au sortir d'un virage. Elle sera visible à l'œil nu. Les peuples s'étonneront ; les pouvoirs diffuseront toutes sortes de messages rassurants. On assistera à un beau désordre. La chaleur montera vite. Les mers déborderont. Tout le monde quittera son emploi : à quoi servirait-il encore de travailler ? Ruée sur les banques pour en retirer son argent : pourquoi épargner ? Suicides en série : pourquoi ne pas aller au-devant de la mort ? Beaucoup viendront à moi. Enfin, dans deux jours, plus personne ne pourra dissimuler que la collision aura lieu vingt-quatre heures plus tard. La panique deviendra alors universelle. Les gens se marcheront dessus et s'entre-tueront pour s'éloigner au plus vite du point d'impact supposé... Voilà du moins ce qui se serait passé si vous ne m'aviez donné les moyens de détourner la comète. Mais, à présent, j'ai le code et je vais m'en servir. Grâces me seront rendues. Quant à toi, Alfer, il ne te reste plus qu'à prier que je réussisse. Sinon, nous partirons tous pour Epsilon Indi...

De quoi parle-t-il ? Il délire ! pensa Addams.

– *Vous le lui avez donné ? Fou que vous êtes !* s'exclama la voix de femme.

– Vous avez fait ce que vous pouviez pour sauver l'humanité. Je vous laisse, j'ai encore beaucoup de travail devant moi. Je reviendrai vous remercier quand tout sera réglé... Et n'oubliez pas ce que je vous ai suggéré : soyez ce soir dans le canyon du Diable, à vingt-trois heures dix-sept exactement. Je ne serai pas loin de vous...

Un long silence, puis :

– Ah ! encore un détail : vous direz aux officiers du Pentagone à qui vous communiquez sûrement toutes nos conversations qu'ils feraient mieux de changer les codes de leurs armes nucléaires embarquées sur sous-marins.

– Pourquoi ?

– Parce que je vais maintenant les inscrire sur le réseau. Juste pour leur prouver que je ne plaisante pas !

Une longue série de chiffres et de lettres s'inscrivit sur l'écran. Aussitôt, l'autre voix sanglota :

– *Barshit, reviens ! Ne le laissez pas disparaître ! Parlez-lui ! Oh ! qu'avez-vous fait ? Tout cela n'aura donc servi à rien ? Barshit !*

Puis les deux voix s'éloignèrent comme si leur conversation se poursuivait ailleurs.

Addams ne savait que penser. Il ne voyait plus qui pouvait avoir intérêt à ce genre de manipulation. Il resta longtemps prostré, à relire ces phrases pour tenter d'y trouver un indice qu'il savait là, devant lui, lui crevant les yeux.

Bien plus tard dans la nuit, il téléphona à Wilfried, qu'il réveilla. Il lui conta les événements de la journée : les dialogues avec Barshit, la cérémonie des serpents, les conversations avec Cha'kwaina et l'irruption d'Alfer. L'astronome grogna :

— Tout cela devient extrêmement sérieux. Je dois en parler au Général.

— Voilà que vous vous en remettez aux autorités, maintenant ? Cela ne vous ressemble guère !

— Je ne leur fais pas confiance ; je les utilise ! Le Général a évidemment déjà pris connaissance de tout ce que ce Barshit vous a écrit. Il m'a d'ailleurs demandé, hier soir, ce que j'en pensais ; je lui ai répondu qu'il n'avait qu'à brancher mon téléphone sur le système d'écoutes. Il n'a pas apprécié. Toute l'armée américaine et peut-être la Maison-Blanche doivent à présent suivre vos conversations en direct. Si cela continue, on les lira demain *in extenso* dans le *Washington Post* ! Le Pentagone doit avoir déjà vérifié si les codes que ce cinglé vient de vous donner sont bien les codes des sous-marins nucléaires. Mais s'il s'est permis de les lâcher dans la nature, c'est que ce sont les vrais. Là, on quitte le terrain de la plaisanterie. Car les gens qui sont censés les connaître se comptent sûrement sur les doigts d'une seule main.

— Vous pensez encore que cela puisse être une provocation ?

— Plus que jamais. Je suis de plus en plus convaincu qu'il y a une explication rationnelle à tout cela, sans qu'il soit nécessaire d'aller chercher des gourous et des comètes du XXIIe siècle !

— Il m'a demandé d'aller au canyon du Diable pour me persuader qu'il dit vrai. Vous viendriez avec moi ? Demain soir, a-t-il précisé, à vingt-trois heures dix-sept.

Il sentit Lemporius hésiter à l'autre bout du fil.

— Il est une heure du matin. C'est donc ce soir. Je connais l'endroit. Tous les astronomes le connaissent depuis un siècle. Que voulez-vous qu'on y découvre de nouveau ?

— Vous m'y accompagneriez ?

– Si cela peut vous faire plaisir... Mais, en attendant, je vais réveiller le Général. Je vous assure, c'est dans votre intérêt. Je le connais ; il est capable de tout. L'exercice du pouvoir pourrit plus que l'alcool ; au moins, lui, il réchauffe ! Vous ne devez plus considérer cette histoire comme une affaire personnelle. Elle vous dépasse. Je suis convaincu qu'il s'agit d'une manipulation de services secrets.

– Allons donc ! Dans quel but ?

– Peut-être pour éclabousser le Président, dont le nom est attaché à ce Centre.

– Mais pourquoi passer par moi spécialement ?

– Est-ce que je sais ? Pour vous faire avouer quelque chose. Il y a toujours un maillon faible quelque part...

Addams n'osa lui avouer qu'il avait visé juste. Que lui dire ? Ses angoisses, ses textes griffonnés au petit matin, ses invraisemblables réminiscences ? La tragédie de Krasnoïarsk ? Tout cela bouillonnait depuis si longtemps dans sa tête. Il hésita, et se tut. Wilfried raccrocha. Addams eut du mal à trouver le sommeil.

Une heure et demie plus tard – il était deux heures du matin –, le téléphone le réveilla en sursaut. C'était l'aide de camp du général Lipschitz. Le blondinet lui annonça d'un ton qui ne souffrait aucune réplique que son chef l'attendait dans son bureau. Immédiatement.

À son arrivée, il fut introduit sur-le-champ. Wilfried était là, en grande conversation avec le Général. Décidément, il était beaucoup plus proche des autorités qu'il ne voulait bien l'admettre. Lipschitz était en robe de chambre, le visage livide, méconnaissable. Il expliqua qu'à Washington on prenait maintenant toute cette histoire très au sérieux. Dès la première minute, évidemment, on avait été prévenu de l'irruption d'un intrus sur le réseau. Les Pénitents – nom de code désignant les quelques dirigeants en charge d'HP5 – s'étaient réunis dans le bureau ovale du Président. On avait aussitôt pensé à un Braconnier, l'un de ces informaticiens travaillant pour le compte des cartels et qui s'étaient fait une spécialité de forcer l'accès aux réseaux les plus secrets des États-Unis pour détourner de grandes masses financières ou faire chanter les entreprises. Mais on avait écarté cette hypothèse car, jusque-là, aucune localisation de Braconniers n'avait résisté plus d'un jour aux logiciels de la CIA. Le plus inquiétant était que les codes de lancement des missiles sous-marins que le dénommé Barshit venait de diffuser étaient les bons. Or, ceux-là, très peu de gens pouvaient les connaître. Donc, de deux choses l'une : ou bien toute son histoire était vraie, ce qui était à l'évidence impossible. Ou bien il était l'un des cinq hommes au courant des codes des sous-marins nucléaires. Cinq, en comptant le Président et le vice-président. Ce qui était également impossible...

La veille, tôt le matin, à la demande de la CIA, le Conseil national de sécurité avait pour la première fois inscrit ce problème à son ordre du jour. Les représentants des « services » s'étaient mutuellement renvoyé la responsabilité de ces fuites et le conseiller à la sécurité du Président, Oliver Talist, avait dû intervenir pour calmer le jeu. Cet ancien professeur de Sciences politiques à Yale, dont le Président avait admiré le livre consacré aux zones de conflits à venir, s'était révélé un redoutable organisateur. Le rôle du Conseil, avait-il conclu en levant la séance, était de fournir au Président des réponses, pas des questions. Depuis lors, le Conseil s'était réuni à trois reprises pour étudier tous les autres aspects de l'affaire. Une heure auparavant, on y avait longuement disserté sur les conséquences de la divulgation d'un des codes les plus secrets de l'Amérique et de l'impossibilité de localiser l'intrus.

Il y avait une demi-heure, Oliver Talist s'était résigné à mettre le Président au courant de l'« Hopi Hope » – tel était le nom de code qu'on avait donné à l'affaire. Le rapport qu'il lui avait fait tenir – le général Lipschitz avait été le destinataire d'un des six exemplaires – était archicomplet : des extraits des conversations d'Addams et de Barshit, des analyses d'informaticiens, d'experts du Net, de linguistes, de théologiens, en particulier celle du meilleur spécialiste de la religion de ces Indiens d'Arizona, qu'on était allé déranger dans sa retraite au Portugal. La conclusion du rapport du conseiller était plutôt embarrassée : ayant examiné toutes les hypothèses, il en déduisait que le plus vraisemblable était que tout cela se résumait au canular ultra-sophistiqué d'un expert en informatique, en astronomie et en théologie – oiseau rare, il en convenait –, fomenté en liaison avec un groupe d'officiers généraux cherchant à ridiculiser un centre de recherches vital pour la sécurité du pays et qui passait pour une création personnelle du Président.

Néanmoins, dans une longue note annexée à son rapport, cosignée par plusieurs services, mais qu'il n'avait pas osé signaler de vive voix au Président, il évoquait une autre hypothèse : à savoir que les messages de ce Barshit – au demeurant globalement invraisemblables – pourraient contenir quelques bribes de vérité :

« *Il n'est pas exclu*, avait-il écrit, *que, dans un siècle, la comète de Swift-Tuttle menace la Terre. Il serait d'ailleurs utile de profiter de cette ahurissante histoire pour mettre en œuvre une réflexion sur ce qu'il conviendrait de faire si le risque se présentait vraiment un jour. On ne peut non plus exclure qu'à l'avenir, des armes nucléaires soient codées à partir des tablettes des Hopis. Ces tablettes, en effet, ont fait partie de la longue liste – ultra-secrète, elle aussi – de codes possibles, arrêtée il y a quelques mois par le Pentagone, ainsi que le Président en a été récemment informé. De surcroît, comme le Président en a été également avisé par un autre rapport ultra-secret, il est désormais sérieusement envisagé de placer des armes thermonucléaires en orbite. En conclusion, si invraisemblable que cela puisse paraître, les auteurs de cette note se sont sentis tenus d'informer le Président que, malgré cette hypothèse absurde à laquelle ils s'interdisent naturellement d'ajouter foi, il n'est pas impossible que l'humanité soit menacée d'être anéantie dans un siècle, que ce soit par un fou dangereux disposant du code d'activation d'armes placées en orbite ou par une collision avec la comète de Swift-Tuttle... »*

Le rapporteur concluait en demandant au Président l'autorisation de financer des recherches sur ces divers points en attendant que l'on eût démasqué le plaisantin. Ces recherches pourraient en effet se révéler fort utiles, notamment si l'on parvenait à mettre ces pseudotechniques de communication avec le passé au service de l'Amérique.

Le général Lipschitz finissait d'expliquer cela d'une voix haletante, comme s'il était menacé directement. Mais en quoi ?

— Tout cela n'est que du verbiage de bureaucrates, grommela Wilfried. Je me demande si quelqu'un à Washington sera assez stupide pour prendre ces élucubrations au sérieux, alors qu'il suffirait d'écarter à jamais l'usage des tablettes hopies de tous usages militaires pour que l'incident soit clos.

— On y a bien pensé, lâcha le Général en renouant les cordons de sa robe de chambre, mais cela n'écarte pas tous les dangers. D'abord, cela n'élimine nullement l'hypothèse de la comète.

— Parce que vous y croyez ? éructa Wilfried. Elle ne nous touchera pas !

Lipschitz marmonna quelques mots à l'oreille de son aide de camp qui disparut d'un pas fébrile.

— C'est vous, le spécialiste, professeur Lemporius, riposta le Général. Pourtant, à Washington, certains de vos collègues, consultés, considèrent le risque comme non nul. Ils prétendent que si, pour une raison ou pour une autre, la comète a deux heures de retard, la collision est inévitable.

Piqué au vif, Lemporius répliqua :

– Allons donc ! Foutaises ! Au surplus, cela ne prouve en rien que ce type parle depuis 2126. Des tas de gens peuvent épiloguer sur cette comète à partir d'un minimum de connaissances en astrophysique. Les sectes s'y adonnent tous les jours. Le vrai danger résiderait plutôt à mon avis dans les armes : les hommes d'ici-bas sont plus dangereux que les corps célestes. Et quelqu'un a appris que les codes de ces armes allaient s'inspirer de symboles hopis. Et ce quelqu'un se balade dans la nature... Moi, je vous dis qu'il suffirait d'exclure les dessins hopis des codes disponibles pour écarter tout risque sérieux.

– Cela n'empêcherait pas que quelqu'un vienne rechercher plus tard ce code chez les Hopis...

Le Lituanien haussa les épaules :

– Encore cette façon d'écrire l'histoire au futur antérieur ! Vous n'y croyez tout de même pas ?

Lipschitz hésita, puis marmonna :

– Certains logiciens ont expliqué au Président que si quelqu'un pouvait venir de l'avenir nous dire à l'avance comment un événement se déroulera, aucune action tentée dans le présent ne pourra l'empêcher.

– Loufoque ! protesta Wilfried. Vous avez maintenant des experts qui croient aux tables tournantes ? On perd la tête, à Washington ! Au demeurant, même dans cette prétendue « logique », l'avenir ne détermine en rien le présent. Ce Barshit lui-même a d'ailleurs expliqué à quel point il dépendait du comportement d'Addams.

Rufio rentra, porteur d'un pot de café et de trois tasses.

– Comment cela ? interrogea le Général.

— Eh bien, si l'on se place dans l'hypothèse absurde où il s'agirait d'un extraterrestre ou de quelqu'un s'exprimant depuis l'avenir, le fait qu'il ait demandé à Addams de lui transmettre ces dessins hopis prouve qu'il était dans l'incapacité d'en disposer en son temps.

— Justement, fit Lipschitz en faisant pivoter son siège vers Addams. Certains Pénitents pensent que vous n'auriez pas dû communiquer ces dessins. Non parce qu'ils croient que ce Barshit parle depuis l'avenir, mais parce que, s'il s'agit d'un farceur qui souhaite nous ridiculiser, cela donne le sentiment que vous prenez les dires de ce type au sérieux et cela risque de discréditer notre Centre. Je ne suis pas loin de partager leur avis.

— Je suis désolé, mais je pensais que...

Le Général se leva et se mit à marcher de long en large.

— Ne vous en faites pas. La majorité des Pénitents ont conclu que, pour pouvoir remonter le fil de cette histoire, il était tout compte fait nécessaire de transmettre ces éléments de codage. C'est pourquoi on vous a laissé agir.

C'était l'évidence : il n'aurait pu les communiquer sans un « feu vert » au plus haut niveau. Ceux qui l'« écoutaient » étaient en mesure d'interrompre ses dialogues quand ils le voulaient.

Le Général se rassit, se servit un café, en proposa à ses deux interlocuteurs et murmura :

— Non, la seule solution qui reste...

Il hésita. C'est Wilfried qui compléta :

— ... consisterait à faire disparaître tous les Hopis et toute trace de la culture hopie afin que personne ne puisse plus jamais se servir de leurs dessins sacrés comme d'un code.

— C'est une mauvaise plaisanterie ! s'indigna Addams.

— Pas du tout, répondit posément le Général en souriant à l'adresse de l'astronome. Le professeur Lemporius a raison, il connaît bien les hommes.

Certains Pénitents ont en effet suggéré d'éliminer tous les Hopis et tout ce qui a pu être écrit à leur sujet.

– La tête me tourne..., murmura Addams.

Il se souvint que Barshit s'était dit dans l'incapacité de contacter les Hopis depuis son époque. Il n'avait jamais voulu lui expliquer pourquoi. On les aurait donc fait justement disparaître à la suite de son intervention ? Ce qui se disait aujourd'hui entre eux trois aurait des conséquences funestes pour la survie de tout le peuple hopi ?

Addams avait du mal à voir clair dans ce jeu de miroirs entre passé et avenir. Pourtant, tout se déroulait comme si l'hypothèse la plus invraisemblable n'était plus impossible. Même à Washington, on prenait donc à présent tout cela au sérieux ?

Le Général se leva et se dirigea vers la porte. Avant qu'il n'en eût effleuré la poignée, le capitaine Rufio l'ouvrit et entra. Lipschitz tendit la main à Addams :

– Très bien. Allez-y, maintenant. Mon devoir était de vous prévenir. Vous êtes surveillé. Soyez prudent. Beaucoup vous guettent, à Washington et sans doute ailleurs. Continuez de parler avec ce fou. Allez voir le canyon du Diable, puisqu'il vous a demandé de vous y rendre. Il doit avoir ses raisons. Elles nous apprendront peut-être quelque chose. Nous nous reverrons demain. Je vous ferai savoir quoi lui dire. Le général serra la main d'Addams et dit à Lemporius :

– Vous, Professeur, restez un instant, je vous prie.

Le capitaine guida Addams vers la sortie.

– Le Général est très fatigué, vous n'auriez pas dû le déranger aussi tard...

Il arborait un air soucieux. Près de l'entrée, Addams entr'aperçut dans un placard béant une grosse malle noire dont débordaient des dossiers entassés en vrac.

Wilfried le rejoignit quelques minutes plus tard. Il avait l'air bouleversé.

— C'est sérieux, ce qu'il a dit ? questionna Addams. Ils songent vraiment à exterminer les Hopis ?

Lemporius haussa les épaules.

— Peut-être, même si ce n'est pas pour tout de suite. Mais, d'ici quelques années, il y a gros à parier que cela reviendra sur le tapis.

— Et c'est moi qui en serai responsable ?

Ils arpentaient le parking, chacun raccompagnant l'autre à tour de rôle jusqu'à sa voiture...

— Mais non, voyons ! Vous n'y serez pour rien.

— Si je n'avais pas parlé avec ce Barshit, ils ne se trouveraient pas menacés d'extermination. Il faut que je les prévienne, qu'ils fuient...

— Enfant que vous êtes !... Vous vous retrouvez d'une certaine façon dans la même position que votre chasseur de comètes.

— Comment cela ? interrogea Addams.

— Il sait l'humanité menacée, tout comme vous savez à présent que les Hopis le sont. Et vous voulez tous deux les aider à échapper à une catastrophe.

— Parce que vous y croyez, maintenant, à son histoire ?

Wilfried ouvrit la portière de sa voiture, se mit au volant et lui lança :

— Non, bien sûr. Mais vous, si !

Le vieux savant avait proféré ces mots d'une voix moqueuse.

— Qu'est-ce qui vous fait dire cela ? s'irrita Addams.

L'astronome referma sa portière et abaissa sa vitre :

— C'est évident. Sinon, vous ne lui auriez pas transmis ces dessins. Et votre Cha'kwaina doit y croire, lui aussi : autrement, il ne vous les aurait pas révélés. Or, s'il y croit, c'est une raison de plus pour qu'on lui accorde quelque intérêt.

— Expliquez-vous ! Vous m'avez dit que les Indiens ne racontent que des bêtises !

— Je vous ai expliqué en effet qu'ils ne disent que des sornettes aux Blancs. Justement pour protéger leurs savoirs. Les très vieux peuples en savent beaucoup plus long que nous sur les forces de la nature. Ils savent en particulier communiquer depuis très longtemps avec des énergies dont nous ignorons tout.

— Vous, le positiviste à tous crins, vous osez avancer cela ?

— Mais oui ! Nous ignorons tant de choses... Et ces peuples, au long de millénaires d'observation, ont compris tant de phénomènes. Par exemple, les Hopis vous ont bien raconté que, pour faire disparaître leur Deuxième Univers, des Jumeaux ont fait basculer les pôles, n'est-ce pas ?

— Et alors ? Vous n'allez pas me dire que vous prenez cette légende au sérieux ?

— Quand vous me l'avez rapportée, ce détail m'a frappé. La science occidentale a mis très récemment en évidence que le champ magnétique de la Terre s'est inversé à plusieurs reprises. Exactement de la façon dont votre Hopi le raconte. La dernière fois, c'était il y a huit cent mille ans. Peut-être est-ce à cet événement que les Hopis se réfèrent quand ils parlent de la fin du Deuxième Univers.

— Mais ils ne peuvent le savoir !

— Ils ne le peuvent pas, en effet. N'empêche : ils le savent. Et ils parlent aussi d'un axe autour duquel tournerait l'Univers. Voilà qui est une hypothèse émise tout récemment pour expliquer de manière séduisante l'absence d'homogénéité de l'espace : l'Univers aurait un axe, de la constellation du Sextant à celle de l'Aigle, et donc un haut et un bas, un sous-sol et un ciel. Exactement comme le disent vos Hopis.

— Il faudrait donc prendre tous leurs mythes au sérieux ?

Wilfried mit son moteur en marche.

— Il faut en tout cas les considérer sérieusement. Autre chose : les Hopis vous ont précisé qu'un corps céleste risquait d'anéantir cet Univers-ci, le Quatrième, n'est-ce pas ? Comment l'ont-ils appelé, déjà ?

— Saquasohuch.
— C'est ça. Eh bien, les Hopis ont pu voir depuis belle lurette le cratère qui se trouve non loin d'ici : le canyon du Diable où Barshit vous a précisément donné rendez-vous. Bien avant les Blancs, ils avaient compris qu'un météorite pouvait provoquer ce genre de catastrophe.
— Est-ce pour cette raison que Barshit m'a demandé d'y aller ?
— Nous verrons bien. Je viendrai vous chercher ce soir. Ou plutôt tout à l'heure, car il est déjà trois heures du matin. D'ici là, essayez de dormir un peu.

Addams rentra chez lui. Il n'avait nullement sommeil. Il espérait trouver un message de Barshit. Avait-il utilisé les dessins ? Était-il parvenu à détourner la comète ? Ou bien, au contraire, s'était-il dévoilé et avait-il communiqué toutes leurs conversations à la presse afin de dénoncer par ce canular la crédulité d'un chercheur du Centre le plus secret d'Amérique ?

La crainte du ridicule ne l'habitait pas. Depuis qu'il avait traversé l'épreuve des serpents, il se sentait libre et léger.

Pour la première fois, il n'attendait plus de nouvelles d'Annaël.

Il ne trouva sur l'écran qu'un message maintes fois répété d'Alfer. Elle s'inquiétait de savoir où était passé Barshit, ce qu'il avait fait des tablettes hopies. Il se sentit contaminé par sa panique. Avait-il donc commis une énorme bourde en divulguant les dessins sacrés ? Allait-il déclencher par là quelque cataclysme ? Mais par quel jeu de bifurcations perverses des symboles hopis eussent-ils pu influencer le destin de l'humanité ? Il fallait se secouer, ne pas se laisser emporter par ces divagations.

Il ne pouvait pourtant s'empêcher de songer à ce que Barshit avait promis de lui révéler à propos de Krasnoïarsk. Annaël l'avait quitté parce qu'elle le croyait coupable. À présent, il lui en voulait de ne pas lui avoir fait confiance. Désormais, il allait peut-être savoir... Mais non, personne n'était encore en situation de savoir...

Il s'assoupit enfin.

Il se réveilla à une heure tardive. Il alla observer l'avancée du soleil sur le désert, puis chercha la disquette de son Journal pour y consigner une nouvelle fois les phrases qui lui étaient revenues à son réveil. Il avait besoin de s'épancher, de se délivrer de cette façon.

> *Est aveugle celui qui ne peut voir au-delà de nulle part.*
> *Le naufragé s'agrippe aux cordes du vent.*
> *Le fétu de paille se figure que c'est contre lui que la mer se déchaîne.*
> *Les énigmes de Dieu me plaisent davantage que les réponses des hommes.*
> *La vie n'est qu'une brève halte entre deux orages.*
> *On ne peut rien trouver que l'on n'ait en soi.*
> *Seul l'ignorant se fâche.*
> *Si on réussit à oublier un malheur assez longtemps, il devient jubilation.*
> *Même la branche coupée repousse, même la Lune disparue réapparaît.*
> *Aimer ouvre un manque. Ne pas aimer dresse un mur.*
> *L'amour n'apaise pas le désir, comme l'eau salée n'apaise pas la soif.*
> *La plupart des hommes meurent sans que qui que ce soit ait eu le projet de les faire naître.*
> *La vie est le ciment qui fait tenir l'univers ; elle doit être vécue comme si chaque instant était le premier et le seul, un îlot d'éternité entouré d'une mer de néant.*

Il tressaillit ; comme un chuintement de parasites se faisait entendre, sourd et ténu : le bruit, devenu familier, annonçant l'arrivée imminente de Barshit sur le réseau. Il vit s'inscrire en surimpression de son propre texte, en même temps qu'il percevait la voix aux accents métalliques :

– L'Indien s'est moqué de vous, Professeur. Il vous a remis des dessins incomplets. J'ai essayé de mettre en marche les fusées, non pour les lancer, car il est encore trop tôt, mais afin de vérifier les codes. J'ai pu les orienter en direction de la comète, je pourrais aussi les lancer – elles sont en parfait état de marche –, mais le processus de mise à feu des armes avorterait dix secondes avant le décompte final. Les codes comportent une lacune. Avec ce que j'ai, je pourrais embarquer à bord d'une fusée et tenter de partir très loin ; mais pas sauver la planète. Pourtant, ce qui me manque doit tenir au plus en deux lignes... Mais il ne reste que deux jours et six heures. Il faut que vous retourniez là-haut ! Les délais deviennent très serrés...

– Cela ne servirait à rien. J'ai vu les tablettes : trois pierres grises et une noire. J'en ai recopié moi-même les dessins. Je vous ai transmis exactement tout ce que vous m'aviez demandé. Si c'est incomplet, vous n'avez à vous en prendre qu'à vous-même. Il y a peut-être autre chose, dans ce code, en sus de ces dessins ?...

Toujours le même décalage entre le texte et la voix :

– Non. Le testament de l'amiral Goussiline ne saurait être contesté. Le code des armes en orbite n'a été composé qu'à partir des tablettes hopies. Avez-vous gardé une partie de ces dessins pour vous ?

– Qu'en ferais-je ? Je vous ai tout communiqué.

– Alors, c'est que le vieux sorcier vous en a caché une partie. Pourquoi ? À quoi joue-t-il ? Retournez le voir !

— Trois jours de suite ? Je ne pense pas que, cette fois, il me réserverait bon accueil !

— Dites-lui que nous allons tous périr, ici. Que personne ne saura plus comment passer d'un univers à l'autre. Lui seul peut nous sauver. Veut-il voir l'humanité disparaître ? Veut-il que son peuple ne puisse plus passer dans le prochain univers ? Dites-lui que nous en sommes au quatrième jour, le Jour des Oiseaux. Vous avez bien entendu ? *Le Jour des Oiseaux*. Dites-lui qu'un oiseau ne sait pas qu'il sait voler tant qu'on ne l'a pas lâché depuis le bord d'une falaise.

— Je ne comprends pas...

— Il comprendra. Peut-être connaît-il quelqu'un qui possède le morceau manquant ? Je vous en prie, courez le revoir. Il croit que je suis qui je ne suis pas. Parlez-lui des oiseaux. Dites-lui que, si je calcule bien, la partie manquante de la tablette doit être tout près de lui, de même qu'un oiseau ne sait pas qu'il sait voler avant d'avoir essayé.

Addams risqua :

— Vous m'aviez promis de me dire ce que vous saviez à propos de Krasnoïarsk si je vous livrais les dessins. Vous les avez. Alors, je vous écoute !

— Je vous le confierai lorsque j'aurai la certitude que le code de lancement est bien complet. Dites-moi : Alfer n'est pas revenue vous ennuyer ?

Il mentit :

— Non, elle ne m'a pas recontacté. Pourquoi ? Vous avez peur de ce qu'elle pourrait me raconter ?

— Moi, peur ? Je vous rappelle que, là où je suis, nous avons d'autres raisons, beaucoup plus sérieuses, d'avoir peur. Quand retournerez-vous là-haut ?

— Je ne sais pas. Je ne vois pas pourquoi le vieil homme me donnerait aujourd'hui ce qu'il ne m'a pas remis hier... Un instant : je vais voir ce que je peux faire.

Addams s'éloigna de l'ordinateur pour téléphoner à Ewlyn, au restaurant. Il expliqua :

– Je suis en ligne avec Barshit. Il me dit que le code est incomplet. Il veut que nous retournions voir ton chef.

– Pas question. Il est trop fatigué. Cela suffit, maintenant !

Addams fut surpris par la violence de sa réponse. Elle reprit :

– Dis à ce type de se débrouiller. Moi, je n'y retourne pas. Laisse-moi, j'ai du travail.

– Je t'en prie : on pourrait au moins lui téléphoner...

Au bout d'un long silence, elle acquiesça :

– Bien, attends-moi. Je viens dès que je peux.

Il s'en retourna devant l'écran. Barshit y avait inscrit :

– Je n'ai pas pu vous attendre, Professeur, excusez-moi. Car la nouvelle vient d'être rendue officielle par la Civilisation occidentale : Swift-Tuttle surgira de derrière le Soleil d'ici trente heures et frôlera la Terre. Plus exactement, la Terre et elle convergent vers le même point, comme si elles avaient rendez-vous. Au contraire de ce que je croyais, la nouvelle n'a pas déclenché de panique. En tout cas, pas là où je suis. Un grand silence s'est abattu. Dans les rues, les gens sont abasourdis. Ils ne comprennent pas ; ils ne veulent surtout pas comprendre. Ils regardent le ciel et ne voient rien encore. L'humanité semble se faire à l'idée de disparaître. Elle a l'air comme résignée. C'est bien cela : résignée. Je m'attendais à une tout autre réaction. De révolte, de terreur, de colère. Pas de résignation. Cela ne va pas durer. Un vent de panique va se lever. Et le chaos paralysera tout. Car nul n'est à l'abri... Il faudra bien qu'il se passe quelque chose. Dépêchez-vous ! Allez chercher ce qui me manque. Je saurai tenir mon rôle et faire ce que j'ai promis. Je sauverai ce qui mérite d'être sauvé. Dites à votre Indien qu'il nous faut savoir comment les oiseaux ont grimpé jusqu'au ciel. Dites-lui que nous aurons besoin d'eux pour nous hisser jusqu'au Cinquième Univers, tout comme il en a eu besoin pour accéder au Quatrième. Vous lui demanderez également comment les siens ont été guidés jusqu'à leur territoire. Je reviendrai dans cinq heures, le délai devrait vous suffire.

Ewlyn arriva moins d'une heure plus tard. Elle était accompagnée de Wilfried Lemporius. Addams en fut surpris : il n'ignorait pas qu'ils se connaissaient, puisqu'il allait parfois dîner au restaurant en compagnie de l'astronome, mais il ne pouvait imaginer qu'ils pussent se rencontrer hors de sa présence. Cela faisait-il partie du piège dans lequel il était tombé ? En voyant son air étonné, Ewlyn avait détourné la tête. Wilfried expliqua, quelque peu embarrassé :
– Elle s'inquiète pour vous. Elle trouve que vous prenez cette histoire trop à cœur. Je suis bien de son avis.
Addams se leva ; la colère le faisait trembler.
– Écoutez-moi, tous les deux. Je ne sais pas ce qui vous rapproche, mais je peux vous jurer que je le trouverai ! Je ne me laisserai pas balader comme ça sans comprendre... Pour l'instant, il faut que j'aille revoir Cha'kwaina. Ou du moins que je lui parle. Sinon...
– Calmez-vous une seconde, sourit Wilfried. Peut-on lire ce que votre homme vous a raconté, cette fois-ci ?
Addams lui tendit le texte. Wilfried et Ewlyn le lurent ensemble, debout devant la fenêtre. À plusieurs reprises, la jeune femme blêmit et il la crut sur le point de s'évanouir. Quand ils eurent terminé, Addams murmura :
– Pourquoi parle-t-il autant des oiseaux ?
Ewlyn baissa les yeux. Wilfried répondit :

– Je ne sais pas. À moins que...
– Quoi ?
– Non, ce n'est pas possible.
– Parlez ! Expliquez-vous ! Vous comprenez quelque chose à ce rébus ?
– C'est une hypothèse assez folle, je vous préviens. Mais tout cela pourrait renvoyer à la Bible...
– Qu'en savez-vous ? Vous connaissez quelque chose à la Bible ?

Lemporius vint s'asseoir à côté de la tablette et remarqua la katchina, dont il s'empara.

– Il n'y a pas que l'astrophysique dans ma vie ! J'ai quelque peu étudié les textes, dans ma jeunesse. À Tallin, il y avait un vieux rabbin ; Nathan Gardelis était son nom. Ivre en permanence et coureur de jupons. Excellent danseur. Mauvaise haleine mais parlant d'or. J'ai beaucoup appris à ses côtés. J'ai aussi beaucoup oublié, mais il m'en reste assez pour comprendre que ce Barshit – ou l'Éveilleur, comme il faudra l'appeler – fait souvent référence à la Bible.
– Qu'est-ce qu'elle viendrait faire là-dedans ?
– Cela crève les yeux. C'est au quatrième jour de la Genèse que les oiseaux ont été créés. C'est aussi au quatrième jour que furent créées les étoiles. Et il y a quatre jours que ce Barshit vous a parlé pour la première fois...
– Et alors ? Nous ne sommes pas au quatrième jour de la Création !

L'astronome hésita. Il examinait attentivement la coiffe de la katchina, faite d'oiseaux de bois, comme s'il y cherchait quelque indice. Ewlyn ne le quittait pas des yeux. Puis Wilfried finit par lâcher :

– Il pourrait s'agir d'un compte à rebours...
– Quoi ?
– Je plaisante, bien sûr ! murmura le vieux savant en reposant la poupée.
– Au reste, pourquoi Barshit me demanderait-il de citer la Bible à un Hopi ?

– Il ne vous est pas venu à l'esprit que l'histoire des Hopis ressemble par beaucoup d'aspects à celle des Juifs ?

Addams haussa les épaules :

– Non, pas vraiment. Je ne vois pas le rapport.

– N'ont-ils pas la même conviction d'être le peuple élu et martyr dont dépend la survie de l'humanité ?

Ewlyn souriait comme si elle approuvait. Wilfried continua :

– Leurs récits sacrés racontent des histoires voisines : les uns comme les autres ont fui dans un désert en quête d'une Terre promise. L'un et l'autre peuple prétendent avoir été choisis par leur dieu pour sauver l'humanité grâce à leurs prières et leur conduite. Tous deux attendent un sauveur, Messie ou Pahanna.

– D'accord. Mais, dans la Bible, il n'y a qu'un univers. Pas neuf !

Ewlyn paraissait maintenant mal à l'aise. Addams pressentait qu'elle aurait souhaité que la conversation tournât court. Elle saisit à son tour la katchina, comme avec respect, puis la reposa sur la feuille de papier où elle avait dessiné la veille.

– Rien de moins certain, objecta Wilfried. Selon le Talmud raconté par Nathan Gardelis, vingt-six tentatives ont précédé le monde actuel. Toutes ont échoué. Nathan prétendait d'ailleurs qu'en créant cet univers, Dieu se serait écrié : « Pourvu que celui-ci réussisse ! » Il traduisait parfois le premier verset de la Bible non par : « *Au commencement...* », comme vous le trouvez dans toutes les éditions du Livre, mais ainsi : « *Par une série de recommencements...* » Il avait lu cela dans Rachi, disait-il. Ce qui signifie, expliquait-il, que nous ne sommes pas dans le Premier Univers.

– Vous tenez vraiment à me convaincre que ce que raconte ce Barshit est vraisemblable, contre toutes les évidences de la science !

– Mais les deux ne sont pas incompatibles. La Bible...

– Je vous parle de science et vous me répondez par la Bible !

Lemporius s'emporta :

– Parce que les grandes questions sont les mêmes et que les réponses de la Bible, tout comme celles de vos amis hopis, méritent d'être entendues.

– Regardez ! s'écria Ewlyn en tendant la main vers l'écran.

Un texte s'y inscrivait sans qu'aucune voix ne se fît entendre.

Addams murmura :

– C'est Alfer !

– *Je vous ai enfin retrouvé ! J'ai eu peur de ne plus réussir à revenir. Il faut que je me dépêche, car il m'est désormais interdit, à moi aussi, de parler au passé. C'est ma punition pour vous avoir alerté. Je perds mon travail...*

– Votre travail ?

– *Je fais partie de la garde chargée de déjouer et stopper ces irruptions dans le passé.*

– C'est interdit ? pianota Wilfried.

– *Diverses tentatives malheureuses ont entraîné des catastrophes. La Guerre d'Épouvante a été provoquée par des interférences de l'avenir dans le passé. L'année dernière, des gamins de Stockholm ont voulu jouer à des jeux de stratégie non plus dans le monde virtuel, mais avec des hommes bien réels. Ils sont remontés soixante ans en arrière, se sont fait passer pour des généraux transfuges de la Civilisation islamique, et ont suggéré une guerre préventive de l'Occident pour éviter une attaque surprise. De ce fait, alors qu'ils étaient tranquillement dans leur salon à s'amuser à des jeux de stratégie, une vraie guerre a éclaté cinquante ans avant leur naissance !*

– La Guerre d'Épouvante a donc eu lieu en 2065 ? interrogea Wilfried.

– Exactement ; il y a soixante et un ans. C'est ainsi qu'à notre époque le passé n'est plus ce qu'il a été du vôtre, dans la mesure où beaucoup, ici, se sont divertis à le transformer. Ou du moins à transformer le passé accessible par un voyage virtuel dans les réseaux, en remontant jusqu'à la création d'Internet. Mais pas avant... Puis ce genre de pratiques fort déstabilisantes ont été interdites. C'est cela, la Grande Purification : le passé est devenu un sanctuaire. Nul n'a plus le droit d'y toucher. C'est pourtant ce que veut faire Barshit. Il est un des rares à savoir encore transgresser les barrières. Et qui l'ose, car cette infraction est parfois punie de mort. J'ignore ce qu'il cherche, mais je sais que vous n'êtes que des pions dans son jeu. Le plus vraisemblable est qu'il veuille créer dans le passé un sentiment de panique tel qu'il puisse s'en servir pour infléchir progressivement l'Histoire et être reconnu comme le grand esprit du Temps. Vous devriez chercher pourquoi il a tant besoin de ce code. Mais si vous trouvez ce qui lui manque, ne le lui remettez pas ! Car la comète...

La communication s'interrompit là.

– Il faut tirer cette affaire au clair, dit Addams. Il n'y a que Cha'kwaina qui puisse nous y aider avant que...

– Avant qu'il ne meure ? Avant que la planète ne disparaisse ? Ou avant que les Hopis n'aient été exterminés ? sourit Wilfried.

– Qu'est-ce que vous chantez là ? s'étonna Ewlyn.

– Rien, protesta Addams. C'est son genre d'humour. Il est pourtant le seul à en rire. Il faudra t'y faire... Retournons là-haut !

– Ne pourrait-on lui téléphoner, hasarda l'astronome. Ça irait plus vite !

Addams regarda Ewlyn. Tous deux pouffèrent.

– Oh, c'était juste une idée, reprit le vieux savant, mais je n'ai rien contre le fait d'aller là-haut. Je n'ai jamais vu de chef indien. Ça m'intéresserait de parler de l'avenir de l'univers avec lui, j'ai sûrement beaucoup à en apprendre. Mais le téléphone me paraît tout de même plus rapide. À moins qu'il ne sache pas s'en servir ?...

Ewlyn haussa les épaules et acquiesça :

– Pourquoi pas, après tout ? Je crois qu'on peut essayer. Je vais appeler Dan afin qu'il nous organise cela.

Un quart d'heure plus tard, elle avait Cha'kwaina en ligne. Elle tendit l'appareil à Addams en chuchotant :

– Il parle à voix très basse. C'est la fin, je crois. Ne le fatigue pas trop.

Addams recouvrit le combiné de sa paume :

– M'entendez-vous ? Je suis désolé d'utiliser cet instrument, mais il nous fera gagner du temps...

La réponse du vieil homme fut à peine audible :

– Mais pas du tout, c'est moi qui suis pressé de savoir ! La curiosité s'aiguise avec l'approche de la mort. Alors, qu'a-t-il dit de nos tablettes ?

– Il m'a dit qu'il manquait un morceau.

– Alors, ce n'est donc pas lui !

– Qui ?

– Pahanna.

– Pourquoi ? Expliquez-moi.

– Pahanna détient le coin qui manque à la tablette du clan du Feu. Si celui qui vous parle dit qu'un morceau lui manque, c'est qu'il n'est pas Pahanna. J'avais pourtant espéré...

Addams s'en voulait de fatiguer le vieillard, mais il fallait absolument qu'il sache. Il insista :

– Quoi donc ?

– Nos Anciens disent que si quelqu'un prétend un jour être Pahanna, nous devrons lui demander s'il possède le morceau manquant. S'il l'a, nous poserons alors ce morceau à côté de la tablette du clan du Feu, et s'ils s'emboîtent, ce sera le début de la fraternité universelle, de l'abondance et de la vie éternelle. Il est écrit dans nos prophéties que beaucoup prétendront être Pahanna et qu'il sera bien difficile de savoir lequel suivre. Nous essuierons de nombreuses déceptions. La seule façon de ne pas nous tromper consiste à rester fidèles à ce qui nous a été enseigné et de continuer à attendre en guettant vers l'Est.

– Il a ajouté que ce qui manque est tout près de vous. Ce Pahanna vit peut-être à côté de vous ?

– Je ne sais. Un long silence. Je ne peux savoir... Il n'a rien dit d'autre ?

– Si : « Nous en sommes au quatrième jour, le jour des Oiseaux » ; vous sauriez ce que cela veut dire.

Le vieillard parut suffoquer à l'autre bout du fil :

– Mais qui est-il pour savoir tout cela ? Le quatre est en effet le plus sacré de nos nombres ; non seulement nous avons quatre points cardinaux, mais quatre jours d'abstinence par lunaison, et quatre fois quatre sortes de maïs ; un esprit passe quatre jours dans la tombe avant de partir pour son voyage dans l'autre monde, qui dure quatre jours. Mais en quoi cela devrait-il m'aider à trouver Pahanna ?

– Là-dessus, je ne puis vous aider. Il a insisté sur les oiseaux. Il a dit que nous en aurions besoin pour passer au Cinquième Univers tout comme vous en avez eu besoin pour accéder au Quatrième. Il a répété : « La partie manquante de la tablette est près de vous, tout comme un oiseau ne sait pas qu'il sait voler tant qu'on ne l'a pas lâché du bord d'une falaise. » Cela veut peut-être signifier qu'un habitant de votre village, qui connaît bien les oiseaux, possède le morceau manquant ?

– Cet homme connaît décidément les plus secrets de nos enseignements !

– Que voulez-vous dire ?

Le vieil Indien parut hésiter. On devinait des voix derrière la sienne. Était-on en train de contrôler ses réponses ?

— L'histoire du passage du Troisième au Quatrième Univers est plus complexe que je ne vous l'ai racontée.

— Peut-être pourrait-on y trouver réponse à ces questions, et la trace de votre Pahanna ?

— Personne ne le souhaite plus que moi. Je n'aimerais pas mourir sans savoir qui conduira mon peuple dans le Cinquième Univers.

— Racontez. Nous verrons bien !

Dans l'écouteur, une voix s'était mêlée à celle du vieillard. Une conversation s'engagea en hopi. Addams passa le combiné à Ewlyn qui parut se mettre en colère, mais sans élever la voix. L'homme qui avait voulu interrompre la communication sembla se retirer. Cha'kwaina reprit :

— Je vous ai déjà raconté que quelques hommes avaient été protégés du Déluge en se réfugiant chez les fourmis. Il y avait là des sages, mais aussi des individus indignes qui avaient réussi à se faufiler parmi eux. Une fois le Déluge terminé, la Mère Araignée vint leur signifier que leur nouvel Univers se trouvait sur le toit de leur cachette. Ils n'avaient pas la moindre idée de la façon de monter aussi haut. Jusqu'à ce que l'un d'eux, parmi les gens d'honneur, eût l'idée de créer des oiseaux en mêlant de la poussière et de la salive et en débitant prières et incantations magiques. D'abord un faucon et un moineau, pour leur vigueur et leur rapidité, s'envolèrent vers le plafond de leur cachette. Mais ils ne parvinrent pas à trouver le moindre passage. Alors fut créée la hulotte, qui valait surtout pour sa débrouillardise. En dépit de son vol lourd et maladroit, elle réussit à se frayer un passage de l'autre côté du ciel, jusqu'au lieu magnifique où elle rencontra le dieu de l'endroit, dénommé Maasa'u, qui était en train de préparer son repas. La hulotte lui expliqua qu'elle était l'envoyée des hommes qui avaient survécu à la destruction de l'Univers précédent. « *Ils souhaitent s'établir ici,* dit-elle, *et vivre avec* vous, car leurs manières d'en bas ont été corrompues. *Ils aspirent à recommencer une nouvelle vie ici.* » Maasa'u répondit : « *Ils peuvent venir.* » La hulotte redescendit porter la bonne nouvelle. Mais nul ne savait comment un être humain pourrait atteindre ce nouveau monde : ils n'étaient pas des oiseaux. Les survivants se remirent à fumer et à prier. Ils eurent alors l'idée de planter un chêne qui monta très haut grâce à leurs prières ; mais il ne perça jamais le ciel. Ils essayèrent ensuite avec un pin, mais lui aussi échoua. Certains parmi les plus sages eurent l'idée de planter le végétal le plus fragile et a priori le moins capable d'atteindre le ciel : un roseau. Il grandit mieux que les arbres les plus puissants et perça le ciel. Les plus sages parmi les gens d'honneur furent seuls informés de ce succès et, se glissant à l'intérieur du roseau, grimpèrent de nœud en nœud jusqu'au ciel et accédèrent ainsi au monde nouveau. Tout en montant, ils avaient obturé le conduit derrière eux afin d'empêcher les hommes indignes de les suivre, mais certains d'entre ceux-ci réussirent à se frayer un chemin et ce sont eux qui menacent aujourd'hui notre Univers...

Ils s'entre-regardèrent, le téléphone au milieu d'eux. La déception se lisait sur leurs visages. Addams ne parvenait toujours pas à comprendre d'où lui venait cette impression que quelque chose d'essentiel affleurait à sa mémoire sans qu'il pût jamais le formuler.

– Qu'en pensez-vous ? demanda-t-il.

– Voilà qui ressemble fort à ce qui se passe dans le monde de Barshit où quelques-uns cherchent à échapper à la catastrophe, répondit Wilfried.

– Que voulez-vous dire ? s'étonna Addams.

– Votre inconnu est semblable à celui qui cherchait à percer le ciel. Il attend qu'on vienne lui dire comment s'échapper et grimper jusqu'au-delà du ciel. Peut-être veut-il que vous lui trouviez quelqu'un qui sache parler aux oiseaux et se serve d'eux une nouvelle fois comme de messagers.

— Pourquoi pas ? Ce pourrait être quelqu'un qui ne sait pas qu'il sait le faire... Barshit a souligné qu'un oiseau ne sait qu'il sait voler que dès l'instant où on l'a poussé du bord d'une falaise.

— Celui qui possède ce secret ignorerait qu'il en est le détenteur ? interrogea Wilfried.

Addams acquiesça. Il se demandait où le conduisait ce faisceau de questions sans réponses : Qui pouvait posséder le coin disparu de la tablette hopie ? Comment le vieil Indien pourrait-il contraindre quelqu'un qu'il ne connaissait pas à se démasquer ? Comment Barshit pouvait-il être au courant de tout cela, à l'autre bout du temps ? Comment avait-on réussi à coder une arme avec des dessins inconnus de tous ? Et, comme tout cela était manifestement faux, où était la vérité ?

Il reprit le combiné.

— Laissons-le poursuivre son histoire, nous verrons bien... Vous êtes toujours là, Cha'kwaina ? Barshit nous a également dit que vous devriez expliquer comment vous avez été conduits jusqu'à vos terres.

— Si vous y tenez... Il pense que cela fera venir Pahanna ? Il doit avoir ses raisons... Après leur première nuit dans le Quatrième Univers, Maasa'u divisa les hommes en plusieurs groupes, chacun pourvu d'un chef. Il donna un nom à chaque groupe. Il baptisa le dernier « Hopi », ce qui signifie à la fois « pacifique » et « qui obéit aveuglément aux instructions de Maasa'u ». Il répartit ensuite les Hopis en plusieurs clans, les nomma puis leur donna l'ordre de se déplacer jusqu'aux quatre coins du nouvel Univers et d'y laisser des empreintes afin de montrer qu'ils étaient bien tous originaires d'en bas. Il les réunit donc et leur tint un long discours : « *Quiconque n'obéira pas au mode de vie hopi en perdra le nom. Vous devrez suivre les instructions de vos chefs et accomplir vos voyages dans l'ordre prévu, avant de revenir ici où je vous attendrai. Le clan qui aura achevé le premier tous ses voyages deviendra le chef de ceux qui suivront.* » Cela dit, il disparut. Nous avons alors erré longtemps aux quatre coins de ce nouvel Univers en y laissant nos marques, ainsi qu'il nous l'avait prescrit. Notre premier chef fut celui du clan de l'Arc. Mais il choisit de nous quitter près de la rivière Colorado pour retourner vers le centre de l'Univers. Nul ne sait ce qui l'y poussa ; nous savons seulement que ce départ avait à voir avec le futur. Beaucoup d'entre nous l'imitèrent et cherchèrent à rétablir là-bas la vie du monde précédent, se détruisant ainsi eux-mêmes. Seuls les détenteurs des tablettes sacrées conservèrent leurs vertus et continuèrent leurs pérégrinations jusqu'à retrouver ici le Grand Esprit, tout près d'Oraibi.

Ewlyn n'écoutait plus. Elle paraissait loin, sereine.

– Cela signifie peut-être que le morceau manquant n'est nulle part ailleurs que dans notre esprit, hasarda Wilfried.

– Comment donc ? fit Addams.

– Reprenez toute l'histoire. Ce sont les hommes qui, pour communiquer avec le Créateur, ont inventé les oiseaux, puis le roseau, lesquels manquaient jusque-là pour assurer le salut de l'humanité. Ce sont eux qui ont accompli des voyages dont seuls les plus purs ont réchappé. Cela veut peut-être dire que nul n'a le morceau manquant, et qu'il faut l'imaginer.

– Mais il ne faut pas l'imaginer ! Il faut le retrouver ! s'exclama l'ingénieur.

– C'est exactement cela : *le retrouver* ! articula le vieil astronome. À nous de le faire.

On entendit la voix lointaine dire :

– Celui qui vient de s'exprimer et que je ne connais pas parle d'or. Si l'homme venu de demain s'est adressé à vous, c'est que vous pouvez l'aider.

Ce qui lui manque n'est peut-être pas un dessin, mais un simple mot, quelque chose que tel ou tel possède ou sait sans même s'en douter. Il faut que vous réfléchissiez. Vous devez le trouver. Moi, je ne le pourrai pas. J'ai attendu toute ma vie et il n'est pas venu... Mais votre ami qui sait tant de choses, qui est-il ?

Ewlyn s'approcha de l'appareil et murmura :

— Un astronome, il étudie l'Univers.

Addams remarqua combien elle était blême. Depuis un moment, elle avait dû s'asseoir, au bord de l'évanouissement. Elle lui fit signe qu'il ne s'inquiétât pas, que tout allait bien.

— Ah ? Il sait donc où en est notre monde ? Il peut donc dire s'il va bientôt finir ?

La même question que celle posée à Barshit, nota Addams. Décidément, le Hopi était hanté par cette peur.

— Nous ne savons rien de tel, répondit Wilfried. Personne ne sait quand il va mourir.

— Savez-vous au moins s'il vieillit, s'il s'affaiblit, s'il approche de sa fin ?

Lemporius sourit :

— Cela non plus, on ne peut le dire. On sait seulement qu'il est en expansion, qu'il grandit, si vous préférez : il double de volume en sept milliards d'années. Vous comprenez ?

— Vous n'allez pas nous infliger maintenant un cours d'astrophysique, marmonna Addams. On n'a pas le temps !

— Attendez, chuchota Wilfried. Ses questions sont autant de réponses. Par elles, il nous guide quelque part... Laissez-le parler...

Le vieil Indien avait repris :

— En expansion ? C'est une vérité si simple que je me demande pourquoi vos savants ont mis si longtemps à y songer. Vous ne connaissez donc pas grand-chose. Finalement, beaucoup moins que nous. Avez-vous au moins une idée de la manière dont s'est déroulé le Commencement ?

— Pour nous, l'Univers est né en même temps que l'espace et le temps... Mais nous ne savons rien du début. Nous n'en connaissons l'histoire qu'à partir de la fin de son premier milliardième de seconde d'existence...

— Et avant, rien ? Il n'y aurait jamais eu qu'un seul univers ? Racontez-moi votre fable ! Je vais vous démontrer à quel point elle est idiote.

— D'abord se sont formées des particules, et quatre forces qui existent encore aujourd'hui.

— Oui, quatre ! Pour nous aussi.

— La température était alors de cent millions de degrés. Puis elle a très vite baissé. Au bout de trois minutes, elle n'était déjà plus que d'un million de degrés. D'autres particules plus complexes se sont alors formées. Et, à partir de légers défauts d'homogénéité, d'accidents mineurs, se sont constituées ce qu'on appelle des galaxies. Depuis lors, l'Univers est comme un ballon qui se gonfle peu à peu.

Addams se demandait à quoi rimait ce cours d'astrophysique administré par téléphone à un vieux chef indien à l'agonie. Pourtant, Ewlyn paraissait quant à elle l'écouter fort attentivement, tout en caressant la katchina posée devant elle.

— Dans quoi grandit-il, votre ballon ? demanda la voix.

— Pardon ? fit Wilfried, interloqué.

— C'est pourtant simple ! Quand un ballon grandit, c'est dans une pièce ou en plein air. Si un enfant grandit, c'est parce qu'il a la place de grandir. Alors je vous pose la question : dans quoi votre Univers grandit-il ?

— Dans rien... L'expansion crée un espace-temps dans lequel se meut l'Univers...

— Vous voyez bien : votre fable est incohérente. On ne peut croître dans le Néant. À moins d'être soi-même le Néant.

Le vieil astronome opina du chef, admiratif : Cha'kwaina n'était pas un élève commode.

— Comment m'expliquer mieux ? L'Univers est comme la surface du ballon en train de se gonfler, et les galaxies comme des taches à sa surface.

— Dans ce cas, on pourrait faire le tour de l'Univers comme on fait le tour d'un ballon ?

— Oui, mais pour faire ce tour en un temps fini, il faudrait aller plus vite que la vitesse de la lumière. Ce qui est impossible.

L'Indien éclata de rire, soudain revigoré :

— Vous voyez : une contradiction de plus ! Je vous avais bien dit que je vous démontrerais que votre explication ne tient pas debout ! Juste une dernière question : quand votre Dieu a fabriqué l'Univers, avait-Il le choix, pouvait-Il faire autrement ?

Ewlyn s'était remise à grelotter. Wilfried cherchait à comprendre où l'autre voulait l'entraîner.

— Mon seul dieu, c'est la théorie. J'ignore s'il existe autre chose.

— Mais elle, qui l'a créée ? Qui a inventé les lois de la Nature ?

— Peut-être bien personne...

— Impossible. Même votre fable, que vous baptisez « théorie », a besoin d'un Créateur !

— Vous voulez parler de celui qui l'a découverte ?

— Non, de celui qui la rendra réelle !

— Je ne comprends pas.

Le vieil Indien soupira. Il paraissait estimer que les facultés intellectuelles de l'astrophysicien étaient bien limitées.

— Une théorie, comme vous dites, aussi vraie soit-elle, ne se matérialise pas toute seule. Il a fallu ou il faudra que « quelque chose » la transforme en une réalité. C'est simple : pas de ballon sans quelqu'un pour le gonfler. Pas de récit sans conteur ! Est-ce clair ça, au moins ?

— Je crois comprendre où vous voulez en venir.

Une autre voix intervint. C'était Dan :

– Laissez-le, maintenant ; vous l'avez assez fatigué, avec vos histoires. Il faut qu'il se repose.

Cha'kwaina protesta : il voulait continuer. On raccrocha. Ils restèrent muets, les yeux rivés sur le combiné. Ewlyn était livide. Wilfried murmura enfin :

– Il veut nous dire par là qu'il faut chercher quelqu'un qui crée l'Histoire depuis le futur : « Pas de récit sans conteur. » Cela me fait penser à quelque chose... Je reviens vous chercher vers vingt-deux heures, pour votre rendez-vous...

Wilfried et Ewlyn s'en allèrent. Le soleil était encore haut dans le ciel. Addams attendit devant l'écran, puis s'assoupit.

Quand il se réveilla, toujours avec le sentiment d'avoir oublié quelque chose d'essentiel, l'après-midi était déjà avancé et Barshit avait écrit :

– Chacun peut voir la comète. On ne parle plus que d'elle. Les experts officiels, ces bouffons, expliquent qu'elle coupera la trajectoire de la Terre dans cinq jours, mais que notre chère planète sera déjà passée sans encombre à cet endroit. D'autres astronomes se montrent beaucoup moins affirmatifs, mais nul ne les laisse parler. Là où je suis, il n'y a pas encore de panique, mais on murmure qu'il ne reste plus une place dans aucune auberge de Tasmanie. Ni sur aucun vol conduisant à Hobart. Les riches et les puissants convergent vers le Pacifique Sud. Pourront-ils garder longtemps le secret ? Si la comète ne nous touche pas, il y aura bien des comptes à régler, après ! Certains agitateurs, au Bangladesh, jurent que tout cela n'est qu'une manœuvre de la Civilisation d'Occident destinée à restaurer sa domination. À Washington, des généraux ont eu l'idée d'envoyer une navette spatiale afin d'étudier comment détourner le monstre. Trop tard : ils n'auraient même pas le temps de préparer son lancement ! Certaines civilisations se serviront peut-être des armes nucléaires qu'elles ont conservées en secret, mais il n'y en aura pas assez. La seule solution est la mienne, mais personne n'y a songé, et si quelqu'un vient à y penser, il conclura que c'est impossible. Personne ne sera en possession des codes. Quand je le ferai, je serai le Sauveur !... Est-ce qu'Alfer est revenue ? Je ne l'ai pas revue ici, j'imagine qu'elle est en train de se carapater, comme les autres. Mais on ne peut fuir une comète !... Bon. Avez-vous ma réponse ? J'attends toujours. Nous n'allons pas échouer, si près du but ! Trouvez celui qui sait sans savoir qu'il sait. N'oubliez pas d'aller, tout à l'heure, voir la trace de la comète. Je serai là, moi aussi. Vous verrez. Faites vite !

Addams se dit que ce Barshit écrivait parfois ce que lui-même n'aurait jamais osé formuler.

Il voulut lui répondre, mais l'autre n'était déjà plus là. Il avait sans doute autre chose à faire qu'à rester planté devant son ordinateur. Au fait, s'agissait-il bien d'un ordinateur, de l'autre côté ?... Sans doute Barshit l'Eveilleur était-il en train de rassembler des foules énormes ? Mais dans quel but, si la comète venait tout détruire ? Où était-il passé ? Avait-il des enfants ? Addams se rendit compte qu'il n'avait jamais songé à le lui demander.

Son œil se posa par hasard sur la katchina. Qu'avait-elle de si particulier ? Étaient-ce les oiseaux de bois qui ornaient sa coiffe ? Pourquoi Ewlyn avait-elle tressailli en la voyant, pour la reposer ensuite avec soin sur le bloc de papier où elle avait griffonné ?

Puis il comprit tout, brusquement. Ce n'était pas la vue de la katchina qui avait fait sursauter Ewlyn, mais ses propres dessins. Sur deux feuillets se trouvaient nettement crayonnées les deux faces de la tablette du clan du Feu, entière, avec les traits manquants. Oui, ce qui manquait, les traits nécessaires pour compléter la tablette, était justement là, dessiné par Ewlyn, deux jours auparavant, sur le bloc traînant sur la table.

Il resta pétrifié. Elle avait tracé ces croquis par deux fois devant lui : une première fois au bar-restaurant ; la seconde fois ici, chez lui. Et il n'avait rien remarqué, rien compris. Sans cette katchina, donc sans Dan...

Qui était vraiment Ewlyn ? Voulait-elle qu'il remît ces dessins à Barshit ? Lui parlerait-il, ensuite, de Krasnoïarsk, comme promis ? Et Dan, quel rôle jouait-il ?

Il ramassa les deux feuillets, les plia et les fourra dans sa poche.

Vers vingt-deux heures, Wilfried le trouva dans la même posture, incapable de proférer un mot. Addams n'avait pas avalé un morceau de la journée. Il ne souffla mot au vieil astronome de sa plus récente découverte.

Ils roulèrent une heure vers l'est en direction de Santa Fe. Il était vingt-deux heures cinquante quand ils atteignirent le canyon du Diable. Addams n'avait toujours pas desserré les dents. Ils descendirent de voiture devant une immense excavation de basalte.

— Vous êtes bien silencieux, remarqua Wilfried.

— Je suis fatigué.

— Nous sommes arrivés. Regardez ! Voici le trou creusé il y a cinquante mille ans par un météorite de nickel de plus de soixante mètres de diamètre, pesant cent millions de tonnes. Laissez-moi faire le guide... Ce trou fait 1 200 mètres de diamètre et 183 mètres de profondeur. Le choc a dû dégager une énergie égale à celle de l'armement nucléaire d'un sous-marin. Il a apporté ici les vestiges des matériaux les plus primitifs de l'Univers, les éléments du Big-Bang.

– Tout cela est fort intéressant, mais pourquoi Barshit nous aurait-il donné rendez-vous ici ?

– Sans doute pour que vous mesuriez les dégâts que peut provoquer une comète. Imaginez : Swift-Tuttle est dix mille fois plus grosse que ce caillou ! Elle ferait l'effet d'un milliard de fois la bombe d'Hiroshima !

Addams regarda tout autour de lui. Le paysage était désertique, la nuit claire, semée d'étoiles.

Il secoua la tête :

– Il doit y avoir une autre raison. Il a tenu à ce que nous soyons là à un moment précis : vingt-trois heures dix-sept.

– C'est dans cinq minutes. Attendons. Nous verrons bien.

– Y a-t-il de nombreux cratères de ce genre de par le monde ? demanda Addams.

– Au moins cent ! En Australie, en Estonie, en Mauritanie, en Arabie Saoudite, en Argentine, en Slovaquie, au Canada, que sais-je ? Il tombe un météorite de plus de dix mètres tous les dix ans ; un ou deux comme celui que nous voyons là tous les mille ans. Le cratère de Ries, en Bavière, par exemple, fait 25 kilomètres de diamètre ; il a été creusé il y a quinze millions d'années par un astéroïde de 1 500 mètres de diamètre. En 1908, un météorite de cent mètres est tombé à proximité de la rivière Tunguska, en Sibérie ; il s'est désintégré au contact de l'air, provoquant une déflagration équivalente à celle de la bombe d'Hiroshima explosant en altitude. On l'a entendue à plus de mille kilomètres à la ronde. En 1947, encore en Sibérie, sur les montagnes de Sikhote Alin, un caillou de 150 tonnes a atteint le sol à une vitesse supérieure à celle du son ; il s'est fracassé en plus de cent morceaux, dispersés sur deux kilomètres carrés. En 1992, un météore a traversé le ciel du Kentucky et une pierre de douze kilos est tombée sur New York.

– Il y a de quoi avoir peur !

— Rassurez-vous : le ciel ne nous tombera pas sur la tête ! Les hommes ont depuis toujours associé ces cailloux célestes à leurs terreurs. Les comètes ont fait figure d'annonciatrices de mauvaises nouvelles. On a cru voir une comète juste avant la mort de César. Napoléon y attachait la plus grande importance. En 1456, le pape Callixte III a excommunié la comète de Halley et, en 1835, on l'a accusée d'avoir tout à la fois causé un incendie à New York, la guerre des Boers et le massacre de Fort Alamo !

— Rien que ça !

— Ce n'est pas tout. Quand elle est repassée, en 1910, des escrocs ont vendu des pilules anti-comètes pour se protéger d'un gaz mortel qu'elle était supposée dégager ! Certaines sectes prétendent aujourd'hui que les comètes sont de simples leurres dissimulant des vaisseaux spatiaux qui les guident.

— C'est pourquoi je pense que, derrière Barshit, se cache sans doute une secte.

— Possible. En tout cas, il n'y a aucune trace, dans aucune archive, d'un individu qui ait été tué ou simplement amoché par un météorite. Ils sont en général tombés dans la mer ou sur des terres inhabitées, comme la Sibérie. En fait, il y a beaucoup moins de risques d'être victime d'une comète ou d'un astéroïde que de n'importe quel autre phénomène naturel. Mais ce qui frappe les imaginations, c'est que, pour peu que son impact soit malencontreusement situé, une très grosse comète ferait des dégâts considérables : la collision de celle de Shoemaker-Levy 9 avec Jupiter, à une vitesse de 200 000 kilomètres/heure, en juillet 1994, y a soulevé des boules de feu plus grosses que la Terre !

— Vous estimez donc que notre planète peut être détruite par Swift-Tuttle ?

— La Terre elle-même, non. La vie sur Terre, oui, bien sûr, c'est physiquement possible. Mais, mathématiquement, c'est tout à fait improbable. Donc je n'y crois pas.

Addams désigna un point dans le ciel : une longue lueur blanche, suivie d'un halo tirant sur le vert, traversa le ciel dans toute sa largeur à très grande vitesse. Il s'écria :
— Regardez !
Wilfried s'immobilisa, pétrifié.
— Oui, une grosse étoile filante, ou bien une comète. Très remarquable.
Addams lorgna son poignet.
— Il est vingt-trois heures dix-sept. Il a dit : « Vous regarderez dans le ciel et vous me verrez. »
— Cela ne prouve qu'une chose : c'est qu'il connaît le calendrier de passage des comètes.
— Celle-ci est-elle connue ?
Wilfried bredouilla :
— Pas de moi, en tout cas, mais je m'en vais contrôler.
Ils rentrèrent à Winslow. Cette fois, c'est le vieux Lemporius qui demeura silencieux tout au long du trajet. En prenant congé, il promit à son compagnon d'aller vérifier si la boule de feu qu'ils avaient vue était bien répertoriée.

Devant chez lui, vers une heure du matin, Addams trouva Ewlyn endormie, pelotonnée devant sa porte. Il la souleva et l'emporta.
Pour la première fois, ils firent l'amour. Ce fut comme s'ils avaient cherché à aller là où les mots n'ont pas leur place.
Puis, sans qu'il lui posât de questions, elle lui parla de sa mère et de son frère. Elle raconta la fuite de l'une, la mort de l'autre. L'énigme de son père, Indien hopi né à l'Est, revenu et tenu toute sa vie à l'écart de son propre peuple.
Maladroit, il se mit alors à lui reparler de Barshit, à évoquer l'expédition au canyon du Diable et la comète que Wilfried et lui avaient vue traverser le ciel. Elle s'ébroua :

– Le passé seul compte, parce qu'il est plus réel que tous les avenirs possibles.

Boudeuse, elle se leva et s'en fut sans un mot de plus.

Désemparé, il s'attabla devant l'ordinateur et inscrivit machinalement :

> *Je resterai énigmatique. Comme si je ne pouvais rien deviner. Comme si tout m'était aussi imprévisible qu'à d'autres...*

POISSON

Le général Lipschitz disparut durant cette nuit-là. Au petit matin, livide et mal rasé, le capitaine Rufio vint raconter aux quelques officiers déjeunant au mess que le patron d'HP5 avait reçu, passé minuit, un coup de téléphone qui l'avait passablement inquiété. Il s'était alors enfermé dans son bureau et avait passé plusieurs appels à l'étranger ; il avait rédigé un long rapport sur son ordinateur personnel, dont il avait ensuite effacé toute trace. Deux heures plus tard, un avion militaire venu d'une base voisine l'avait conduit d'urgence au Pentagone « pour consultation », se borna à lâcher l'officier d'ordonnance. Pressé de questions, le capitaine Rufio reconnut ignorer qui le Général était allé voir et quand il rentrerait. La plupart ne crurent pas un traître mot de ce récit. Ce n'était pas le genre de Lipschitz de se précipiter à une convocation bureaucratique sans en aviser ses adjoints ni organiser son intérim : HP5 était toute sa vie et il aurait au moins laissé des consignes écrites, un message, un signe. On ne trouva rien. Une heure plus tard, la rumeur courait dans les couloirs que le patron d'HP5 s'était suicidé en apprenant que la presse était sur le point de révéler le coût réel de ce programme et comment il avait été maquillé. D'autres prétendaient que la vraie raison de son suicide était d'ordre sentimental et qu'il avait fallu quelques heures et plusieurs communications avec la Maison-Blanche pour mettre au point une version présentable de sa disparition. L'air hagard de Rufio pouvait accréditer cette version.

En tout cas, vers dix heures du matin, des ouvriers vinrent effacer le nom inscrit sur la porte du bureau du directeur général et en déménager les meubles. Au même moment, le capitaine Rufio filait vers l'aéroport de Flagstaff.

En fin de matinée, un gros hélicoptère de la Marine se posa dans la cour du Centre. L'amiral Cordobés en descendit.

Tout le monde connaissait, de réputation au moins, l'amiral Cordobés. Grand, mince, brun aux yeux sombres, avec un accent du Sud très prononcé, il était l'adjoint d'Oliver Talvits, le conseiller du Président pour la Sécurité nationale. Fier de ses origines mexicaines, Cordobés était apprécié des médias. Chacun le savait lié au vice-président, dont la propre femme était mexicaine, et il avait toutes chances de grimper dans la hiérarchie, voire d'être désigné un jour à son tour comme vice-président. Un tour de force, pour le rejeton d'un immigré clandestin ! Cassant, professionnel, peu intéressé par les spéculations intellectuelles, il était tout l'opposé d'Oliver Talvits, le professeur à Yale, qui n'avait que mépris pour les baroudeurs. Imposé comme son adjoint par le vice-président pendant la campagne électorale, l'Amiral guettait et comptabilisait depuis lors les bévues de l'intellectuel.

Son arrivée à HP5 plongea tout le monde dans la stupéfaction. Ses deux valises à peine posées, il fit rassembler les officiers et les principaux chercheurs dans l'amphithéâtre du bâtiment principal. Il se présenta d'emblée comme le nouveau directeur général du Centre. Un grondement monta de l'assistance : quel crime justifiait la disgrâce de Lipschitz ? Pourquoi un homme aussi en vue que Cordobés venait-il s'enterrer dans ce trou ? L'Amiral expliqua que cette succession était prévue de longue date, ce que personne ne crut. Il ajouta que rien n'était changé « pour l'heure » au programme de travail de chaque département ni à l'importance que le Président attachait à la mission du Centre, importance dont sa propre nomination témoignait d'ailleurs. Cependant, il ne fit pas mystère du désagrément que lui causait une telle mutation, laquelle l'éloignait fâcheusement de Washington au moment où il était engagé dans une tâche du plus haut intérêt. Il leva la séance après avoir ajouté qu'il recevrait bientôt un à un les chercheurs de ce Centre dont l'activité l'intéressait particulièrement, tout en laissant entendre que c'était surtout par curiosité personnelle.

Tout, dans son attitude, démentait qu'il pût avoir la moindre « curiosité personnelle ». Il était évidemment là pour remettre de l'ordre, régler une affaire. Mais laquelle ? Il n'avait soufflé mot de son prédécesseur, ce qui blessa ceux qui avaient fondé le Centre à ses côtés. Non, vraiment, personne ne comprenait ce changement.

Addams, lui, eut tôt fait de comprendre.

À l'heure du déjeuner, il fut convoqué par le nouveau patron dans le bureau de son devancier où s'étalaient déjà photos et médailles. L'Amiral ne prit pas de gants : il savait tout et imaginait bien qu'Addams savait qu'il savait. Il avait sous les yeux, rangée dans un petit dossier de cuir vert qu'il feuilletait sans cesse, la totalité des comptes rendus des échanges intervenus sur Internet. Il en connaissait la teneur presque par cœur. Tout en prenant soin d'enregistrer ostensiblement leur conversation, il interrogea d'abord longuement Addams sur ses dialogues avec Barshit et ses voyages chez les Hopis. Si on savait à Washington qu'il s'était rendu à deux reprises à Walpi, on ne savait rien de ses conversations avec Cha'kwaina, hormis ce que l'ingénieur en avait rapporté à Barshit et la teneur de son coup de fil de la veille, évidemment enregistré. Addams dut d'abord rendre compte de tout ce qu'il avait entendu de la bouche du chef indien. En l'écoutant, l'Amiral parut passer d'une ironique incrédulité à quelque chose comme une vague panique. Il posa cent questions pour amener Addams à se contredire, comme s'il le soupçonnait de complicité dans quelque énigmatique forfait.

Puis Cordobés raconta à son tour. Le récit qu'il fit de ce qui se passait à Washington se révéla, sur plusieurs points essentiels, radicalement différent de celui qu'en avait fait Lipschitz la veille. Seulement la veille !...

Addams comprit d'abord que dans la capitale on n'en savait pas plus long que lui sur celui qui se faisait appeler Barshit. Les ordinateurs les plus puissants du Pentagone n'avaient pu le localiser. Personne ne croyait évidemment qu'il parlait depuis le futur, mais le fait qu'il eût réussi à rester masqué si longtemps défiait toutes les imaginations et toutes les expertises. Cordobés expliqua que ce n'était pas là un problème de cryptage, car la localisation d'un interlocuteur sur ce site était liée *ipso facto* à sa présence sur le réseau. Sur le plan technique, son indétectabilité était donc aussi impossible que l'eût été celle d'un sous-marin au beau milieu du bureau ovale ! De surcroît, bien des choses inquiétaient le Pentagone dans les propos délirants de Barshit. L'Amiral confirma d'abord à Addams que les symboles hopis faisaient vraiment partie d'une longue liste de systèmes de codage envisagés pour équiper de futures armes nucléaires. Parmi eux figuraient aussi les dessins de l'abbaye de Toussaint, à Châlons-sur-Marne, en France, dont Barshit avait parlé. On n'avait retenu pour l'instant que le principe d'utiliser ces symboles, mais nul ne s'était encore préoccupé concrètement de se les procurer. Plus préoccupant encore, cette liste avait été arrêtée dans le bureau du Président, en présence de six personnes seulement, en même temps qu'avaient été décidés plusieurs autres programmes ultra-secrets, tels le plan de mise en orbite des futurs satellites tueurs et les fréquences d'émission de divers satellites d'observation. Ces programmes figurant au cœur du système de défense des États-Unis pour les décennies à venir, il était vital de débusquer le fou qui se mêlait d'en parler sur Internet.

Quant aux codes de lancement des ogives des sous-marins nucléaires lanceurs d'engins, que Barshit avait cités, ils étaient eux aussi parfaitement authentiques. Or, ceux-là, même le vice-président ne les connaissait pas !

Enfin, il y avait le *Poséidon IV*. Cela, c'était le plus ahurissant. Le code que Barshit avait mentionné pour ce sous-marin n'était pas en service ; c'était celui que le Président venait de choisir sans en avoir jusqu'ici fait part à personne. « Même pas à ma brosse à dents ! » avait-il déclaré aux Pénitents stupéfaits.

Par ailleurs, certains analystes à la CIA avaient été particulièrement impressionnés par l'irruption d'Alfer sur le réseau. Que quelqu'un prétendît s'exprimer du même endroit – de la même époque ? – que le fou pour mettre en garde contre ses méfaits, avait de quoi effrayer. Mais d'où – ou de quand ? On avait tout étudié. Les habitudes des principaux groupes terroristes avaient été scrupuleusement scrutées puis écartées les unes après les autres. Un cartel ? Une secte ? Un État ? Un Braconnier ? Un spécialiste du virtuel ? Toutes les hypothèses s'étaient successivement effondrées.

Après de longues réunions dans le bureau ovale, au cours desquelles les différents experts s'étaient longuement contredits devant des ministres perplexes et un Président silencieux, ce dernier avait demandé que l'on refît d'urgence, avec une extrême précision, les calculs de la trajectoire de la comète de Swift-Tuttle, négligés jusque-là. Tous s'étaient récriés, estimant que l'important ne résidait pas vraiment dans les élucubrations millénaristes d'un amateur de fin du monde, mais dans la fuite des secrets stratégiques de l'Amérique.

Le Président avait insisté. Le lendemain, ces calculs, effectués sur les meilleurs ordinateurs du Pentagone par les premiers astronomes d'Amérique, avaient démontré sans risque d'erreur que la comète croiserait bien la trajectoire de la Terre, le 14 août 2126, mais en un point par où la planète serait passée vingt-quatre heures plus tôt. De surcroît, la comète, alors attirée par Jupiter, se trouverait quelque peu retardée. En somme, elle ne s'approcherait jamais à moins de 900 000 kilomètres de la Terre. Il n'y aurait donc aucun danger de collision ni même d'interférence quelconque. Nos arrière-petits-enfants assisteraient sans nul doute à un beau spectacle et en éprouveraient quelques frissons. C'était tout.

Ces données avaient renforcé le camp des sceptiques et lors de la réunion suivante des Pénitents dans le bureau ovale, le vice-président avait expliqué qu'on avait consacré beaucoup trop de temps à ce provocateur et qu'il convenait de laisser les services secrets travailler posément sur les circonstances de ces fuites. Le Président, visé quasi explicitement par cette pique, n'avait pas bronché. Le secrétaire général de la Maison-Blanche avait soutenu au contraire qu'un tel dossier ne devait être traité que dans le ressort de la Présidence dans la mesure où il s'agissait sans nul doute d'une manipulation d'une secte – il avança les noms de six nouveaux suspects – destinée à nuire à la réélection du Président : chacun savait que celui-ci venait de transmettre au Sénat des propositions devant limiter leurs activités financières sur le territoire américain et que le vice-président s'y était violemment opposé. L'ambiance était électrique. Le conseiller pour la Sécurité, lui, était resté coi.

D'une voix toujours aussi placide, le Président avait alors demandé si un ensemble de bombes nucléaires d'une puissance équivalente à cinq cents millions de fois celle qui avait rasé Hiroshima, lancées à la rencontre de Swift-Tuttle, se révélerait capable d'arrêter sa course.

Quelqu'un dans l'assistance avait pouffé. Un silence gêné s'était installé. Le responsable de l'Agence nucléaire avait expliqué avec gravité qu'une telle explosion dégagerait une température si élevée que la comète fondrait, et que si la rencontre de la bombe et de la comète avait lieu à une distance assez précise – ni trop loin, ni trop près de la Terre –, on éviterait l'essentiel de ses conséquences, même si la chute de nombreux météorites pouvait être encore à craindre. Le reste des débris de la comète serait certainement renvoyé vers Pluton. Bref, une telle salve, si elle pouvait être tirée, suffirait en effet à écarter une comète susceptible de menacer la Terre. Mais, répéta-t-il, ce n'était pas le cas de Swift-Tuttle...

Le Président avait écouté, immobile, sans qu'un seul des muscles de son visage traduisît le moindre sentiment. Puis, d'une voix à peine audible, comme chaque fois que le sujet était grave, il avait demandé si l'on pouvait absolument exclure que, d'ici un siècle, quelqu'un pût communiquer avec le passé.

Chacun se penchait vers son voisin pour ne pas avoir à regarder vers le milieu de la table : le Président perdait-il la raison ? Comment pouvait-il poser des questions aussi naïves devant un vice-président goguenard, à l'affût de ses moindres gaffes, et avec une presse déjà déchaînée contre lui ?

Il avait pourtant insisté. Après des débats confus où toutes les hypothèses furent envisagées, nul n'avait osé explicitement exclure, pour ne pas gêner le Président, une telle incongruité.

« Alors, avait conclu le chef de l'Exécutif en refermant d'un geste sec le dossier posé devant lui, la moindre des choses serait de prendre nos précautions pour éviter qu'un fou, un jour, en vienne à pénétrer les codes de nos armes pour faire chanter mon successeur en menaçant de retourner contre l'Amérique les ogives nucléaires qu'elle aura placées en orbite. »

Tout le monde avait écarquillé les yeux. De deux choses l'une : ou bien le Président était devenu complètement cinglé, ou bien il avait des raisons inconnues d'eux tous de prendre cette histoire au sérieux.

Il avait alors annoncé son intention de revenir sur certaines décisions, notamment d'exclure définitivement les dessins hopis de la liste des cryptages possibles d'armements futurs, et de retarder la mise au point des satellites tueurs. Puis, d'une voix encore plus faible, il avait demandé si quelqu'un dans la pièce pouvait l'assurer que jamais personne, à l'avenir, ne pourrait modifier le passé et inverser la décision qu'il venait de prendre.

Devant pareil délire, le vice-président était aux anges. Chacun s'étant exclamé que le Président avait trop d'imagination, celui-ci avait haussé les épaules et levé la séance.

Oliver Talvits avait alors demandé à l'amiral Cordobés de le suivre dans son bureau. Là, il lui avait expliqué combien le Président était fatigué et inquiet. Toute cette histoire, si elle devenait publique, risquait de compromettre sa réélection. Le vice-président n'aurait plus alors qu'à retourner en Californie pour améliorer son golf : en cas d'échec du Président, tous seraient emportés par la même bourrasque.

Le Président pensait que la clé de l'énigme se trouvait à HP5 d'où tout était parti. Aussi avait-il demandé à Talvits d'y envoyer un homme de confiance afin qu'il interroge tous ceux qui avaient été mêlés à cette affaire. À commencer par cet Addams, le principal suspect. Et comme la présence à Winslow d'un homme de la Maison-Blanche eût attiré l'attention de la presse, Talvits avait choisi de l'y envoyer, lui, Cordobés, son adjoint. Non pour l'écarter, avait-il dit devant ses protestations, mais parce qu'il était le seul dont la présence là-bas pouvait paraître explicable. L'Amiral assurerait donc le commandement de cette base, juste le temps de faire aboutir l'enquête. Une petite semaine tout au plus. Le vice-président en avait été informé et avait donné son accord. « Voilà, avait conclu Oliver Talvits. Vous devrez me rendre compte de tout. Le Président n'a jamais nourri le moindre doute sur votre loyauté. Mais il serait temps de lui en fournir la preuve. »

Après avoir rapporté ces propos à Addams, l'Amiral conclut à son tour :

– Cher Monsieur La Fontaine, je pourrais vous répéter exactement les mots que j'ai entendus : je n'ai jamais nourri le moindre doute sur votre loyauté, mais il serait temps de m'en fournir la preuve... Vous devez bien comprendre que, compte tenu de votre passé, certains services estiment que vous faites un suspect tout à fait présentable. Il me serait on ne peut plus facile de boucler cette affaire en vous désignant comme bouc émissaire. Y compris en vous livrant en pâture à la presse. Vous ne pouvez donc vous permettre une seconde mésaventure...

Addams voulut protester. L'autre ne lui en laissa pas le temps et enchaîna :

– Vous auriez pu inventer tout cela, vous adresser à vous-même ces messages, ce qui expliquerait pourquoi on ne peut localiser un interlocuteur qui n'existe pas ! Vous auriez agi à seule fin de pouvoir prétendre que quelqu'un détenait la preuve de votre innocence à Krasnoïarsk. Naïveté ridicule qui suffirait à convaincre la presse de votre culpabilité... En me comportant ainsi, je rendrais sa sérénité au Président et retrouverais mon bureau dans l'aile ouest de la Maison-Blanche. Mais je ne le ferai pas. Du moins, pas pour l'instant. Car nous sommes depuis hier soir sur une autre piste. D'après l'analyse de ce qu'il écrit, Barshit pourrait être le colonel Arkwright, cet astronaute devenu théologien après un voyage à bord de la navette spatiale. Vous vous souvenez ? Il a disparu depuis au moins deux ans. Les tics de langage de Barshit ressemblent par certains côtés à ceux du colonel. Ce sont ceux des étudiants d'une université du Sud-Texas dans laquelle Arkwright a justement séjourné. Nous le recherchons. Nous commençons à le cerner. Mais, pour être bien sûr que c'est lui, j'aurais besoin que vous me mettiez en contact avec votre Barshit.

L'Amiral se leva, consulta sa montre, sortit une petite boîte en argent de sa poche et y puisa six pilules multicolores qu'il avala fébrilement.

Addams répondit :

– Avec Barshit ? Je ne vois pas comment je pourrais. Il vient quand cela lui chante et ne reste pas longtemps. Il paraît avoir peur. Alors, à moins de vous installer chez moi...

L'autre secoua la tête.

– Je n'en ai nullement l'intention. Mais je serai informé en permanence de ce qui se dira sur votre terminal, et, dès qu'il se manifestera, j'interviendrai sur le réseau.

– Je ne crois pas que ce soit une bonne idée, amiral. Il n'a confiance qu'en moi et je ne le vois pas entamer une conversation avec un inconnu. Il risque de s'effaroucher et de disparaître.

— Eh bien, que me conseillez-vous ? J'ai des questions à lui poser. Je suis venu pour cela !
— Faites-m'en part et je les lui poserai.
Cordobés le dévisagea en silence, comme s'il hésitait. Il remisa sa boîte de pilules dans le tiroir où le général Lipschitz rangeait ses dossiers les plus confidentiels, et reprit :
— Je préférerais le faire moi-même.
Addams sourit :
— Je croyais que vous aviez confiance ?... Fort bien : essayez de vous précipiter chez moi dès qu'il interviendra. C'est tout ce que je peux vous proposer. Je le retiendrai aussi longtemps que possible. Mais je ne vous promets rien.
L'Amiral hocha la tête, se leva et tendit la main à Addams :
— Essayons. Quand il entrera en contact avec vous, ne lui dites rien de substantiel, ne répondez à aucune de ses questions. Faites-le seulement parler le plus longtemps possible. Et attendez-moi.
Addams ne bougea pas de sa chaise et dit :
— Puis-je vous poser une question ?
— Je vous en prie, répondit Cordobés, quelque peu surpris.
— Vous avez eu l'intention d'utiliser des symboles sacrés hopis comme code secret de certains armements, n'est-ce pas ?
— En effet, c'était une hypothèse parmi d'autres. Nous avions envisagé d'utiliser divers symboles religieux, dont ceux-là.
L'ingénieur se leva et pointa l'index vers la poitrine de l'officier.
— Comment comptiez-vous utiliser des signes que vous ne connaissez pas ? Nul n'a jamais eu accès aux tablettes hopies. Comment vous les êtes-vous procurées ?
L'Amiral se rassit ; il suait à grosses gouttes et s'épongea le front.

– Il s'agit pour l'instant d'une liste tout à fait théorique dans laquelle nous piocherons le moment venu. Rien de précis. Juste un principe...

– Vous avez donc maintenant renoncé à les utiliser, n'est-ce pas ?

Cordobés se redressa, grimaça un sourire en lui tendant de nouveau la main et en le poussant cette fois vers la porte :

– Mieux vaut pour vous que vous n'en sachiez rien.

En rentrant chez lui par la route qui bordait le désert, Addams réfléchit à tout ce que lui avait raconté l'Amiral. Celui-ci avait paru mal à l'aise, comme s'il avait inventé son récit phrase après phrase. Après tout, la raison de sa venue à HP5 pouvait être bien différente. Cette histoire d'astronaute devenu fou, méditant un complot depuis deux ans, était farfelue. Le Président pouvait plutôt penser qu'un des rares officiers supérieurs à connaître tous les codes militaires ultra-secrets était sur le point de prendre le réseau en otage. Dans cette hypothèse, Cordobés serait venu pour confondre une très haute personnalité de Washington en la confrontant à des questions que lui seul pouvait poser.

Les imbéciles ! Ils ne croyaient donc qu'à ce qui entrait dans leurs schémas mentaux ! Addams savait que toute cette histoire était beaucoup plus grave que la simple trahison d'un officier d'état-major ou que le coup de folie d'un cosmonaute ; qu'une partie autrement plus importante se jouait autour des prophéties indiennes. Rien ne comptait plus pour lui, désormais, que de faire ce qu'Ewlyn, sans proférer un mot, par ses simples griffonnages, lui avait demandé de faire. Mais comment transmettre à Barshit la réponse qu'il attendait sans éveiller l'attention de Cordobés ?

Quand il arriva chez lui, vers l'heure du déjeuner, Barshit était sur le réseau :

– Avez-vous retrouvé l'Indien ? Vous a-t-il répondu ? A-t-il les signes qui me manquent ? Je commence à m'inquiéter. J'avais confiance en vous. Jusqu'ici, mon plan fonctionnait à la perfection. Mais là, je commence à trembler, car c'est la fin qui s'annonce. Il faut que j'aie les nerfs solides. Chacun regarde la comète grossir peu à peu. On peut la voir distinctement en regardant haut vers le Nord par nuit claire. Elle est faite d'une masse bleutée encadrée de deux plus petites, vert tendre, pareilles à des œufs de caille. Elle paraît immobile, parce qu'elle traverse le ciel en diagonale. Qui dirait, à la voir, qu'elle est un milliard de fois pire que la bombe qui détruisit Hiroshima ? Chacun avance son hypothèse sur sa trajectoire. Si l'on se trompe seulement d'une heure, c'est 100 000 kilomètres d'écart à l'arrivée ! La vie ou l'Apocalypse... Moi, je connais la vérité mieux que personne, depuis si longtemps que j'y travaille ! L'éventualité la plus funeste n'est naturellement avancée par aucun astronome : ils ne sont pas faits pour concevoir de telles tragédies. Mais, déjà, en Russie, le parti « Vert » annonce que la gigantesque boule va frôler la stratosphère. Certains spécialistes japonais le confirment et ajoutent que l'espèce humaine pourrait disparaître en dix ans en raison de l'« effet de serre » que provoquera un tel frôlement, à moins que ne soient financés d'énormes programmes d'équipement en masques à gaz... Ce sont les mêmes qui, hier, recommandaient de ne pas s'inquiéter, qui exhortaient à ne pas y croire ! En Italie, c'est la ruée sur les magasins vendant des équipements électrogènes, des piles. Des groupes de vieilles femmes vont dans les églises faire main basse sur les cierges ou les lampes à huile pour les revendre au marché noir... Un communiqué officiel français s'évertue à discréditer ceux qu'il appelle « les prophètes ès catastrophes », expliquant qu'au pire la comète se consumera en l'air et qu'une petite partie tombera en pleine mer sans causer aucun dommage ; il rappelle que, par le passé, les pessimistes se sont toujours trompés, et qu'ils sont en l'occurrence « financés par la propagande américaine, afin d'empêcher l'Europe de se doter d'une force militaire spatiale autonome ». Pendant ce temps, les médias continuent de distraire, les politiques de disserter sur le cours des monnaies, le taux de croissance, la fin du travail. Et les gens de s'interroger à n'en pas finir sur les causes de leurs déboires ou de leurs souffrances. Quelques journalistes posent les bonnes questions ; mais qui les écoute ? Qui leur répond ? Aucun dirigeant ne songe à protéger son peuple de ce qui se profile, là, pour après-demain. Heureuse exception : aux Seychelles, le Président Dupré a décidé de faire évacuer l'ensemble de la population par bateaux à destination des ports indiens. Mais ceux qui n'auront pu acheter un visa seront refoulés et les autres se trouveront en pleine mer au moment de l'impact... Quelle saleté que le pouvoir ! Les hommes auraient dû s'en débarrasser avant qu'il ne se débarrasse d'eux ! Quel dommage que ce soit là la dernière comédie... Sinon, que d'enseignements on aurait pu en tirer ! Il y aurait eu tant de choses à faire si on s'y était pris à temps !... Heureusement que j'y ai songé. Le moment venu, on m'en rendra grâces... Les médias tasmaniens confirment la présence dans leurs hôtels de nombreux dirigeants de plusieurs civilisations. Micros et caméras les traquent. Mais aucun ne veut parler : lunettes noires et longues figures. À Paris où je suis de nouveau, des jeunes commencent à s'introduire dans les églises pour y prier. Il y en a des milliers attroupés devant Notre-Dame, jusqu'au Pont-Neuf, recueillis, en pleurs. En même temps, les cafés sont pleins, l'été est radieux, les filles ont l'air de sourire à l'avenir. On a vraiment du mal à croire que cette étoile très lumineuse qui vient d'apparaître à côté de Jupiter et que contemplent la nuit les amoureux pourrait venir mettre fin à cette euphorie. À Hyde Park, un orateur s'échine à expliquer aux badauds qu'il leur reste deux jours pour vivre ce qu'ils n'ont jamais osé, mais nul ne l'écoute... En Italie, le pape vient d'ordonner une semaine de prières et de méditation. Hier soir, du balcon de Castel-Gandolfo, il a même prononcé un très beau discours sur les rapports entre l'Assomption et la comète, citant de mémoire, pour la première fois, un passage du Troisième Testament. Quel triomphe ! On mentionne en Amérique latine plusieurs cas de suicides collectifs sur des plages ; des parents assassinent leurs enfants pour leur épargner une terrible agonie. En Afrique où le Troisième Testament a fait des millions d'adeptes, les grands potentats des diverses Églises se réjouissent des dons qui affluent vers eux. La cathédrale de Lagos est assiégée ; les gens s'y entassent en telle quantité qu'on parle déjà de morts par étouffement ou piétinement. De même en Russie où une file de pèlerins d'une cinquantaine de kilomètres s'enroule autour de Notre-Dame de Kazan... À Jérusalem, les adversaires de mille ans ont décidé d'une trêve de huit jours pour prier ensemble ; sur l'esplanade des Mosquées, on a vu un grand rabbin embrasser deux muftis. Au bord du Gange, des milliers d'hommes se font incinérer vivants pour rejoindre Vishnou avant l'arrivée de son ultime avatar. Au temple d'Ishtar, reconstruit sur les lieux mêmes de son antique gloire, les prêtres de Baal ont repris les sacrifices humains. Des envoyés spéciaux racontent que trois cent cinquante-deux avions chinois ont déjà été détournés vers la Tasmanie, mais beaucoup ont dû se poser en Indonésie, ou à Guam, faute de carburant... Les prédicateurs de toutes les obédiences rassemblent leurs disciples. Rapaces à cervelle de linotte ! Ils ne font qu'utiliser les peurs pour collecter les héritages ! Le président-fondateur de Human Cloning, Daniel Cohen, vient d'annoncer le don du quart de sa fortune à la secte du Septième Évangéliste : il croyait avoir enfin atteint à l'immortalité, et voilà que son assurance risque de s'envoler en fumée ! Tout est vain. Même pour ceux qui se font cloner d'urgence et expédient leurs clonimages dans l'espace, il n'y aura plus de site habitable où revenir atterrir plus tard. D'une heure à l'autre, dans les millions de chapelles virtuelles des cybersectes, de plus en plus de gens prennent la menace au sérieux. Aux États-Unis, les médias organisent maintenant des débats d'experts expliquant comment tout va se passer, avec force schémas animés et scénarios possibles. La plupart estiment désormais que quelques miettes du monstre pourraient bien tomber dans l'océan Indien. Mais difficile d'être plus précis : cela revient à pronostiquer le point d'impact d'une balle de fusil sur une toupie en rotation ! Ils parlent d'un raz de marée de plusieurs centaines de mètres de haut et laissent entendre que, dans ce cas, il ne restera plus rien du Bangladesh, de la Birmanie et du Bengale. Mais qui se préoccupe de ces bouches inutiles opportunément éliminées par la fatalité ? Ce n'est pas un problème. Des paris sont même ouverts, à Londres, sur le nombre de millions de morts. Des équipes partent survoler la région pour retransmettre l'événement en direct. Pas un pour croire que la Vie pourrait finir ! Pas un pour comprendre que l'humanité elle-même pourrait disparaître ! Chacun est désolé pour son voisin qui va sans doute mourir, mais nul ne croit que ce voisin, c'est lui ! J'aimerais tant qu'ils aient vraiment peur à leur tour pour apprécier ce que je vais faire pour eux !... Ah, cher Professeur, si vous voyiez la veulerie des hommes d'aujourd'hui ! Était-ce déjà ainsi, de votre temps ? Comme ils se bousculent, se piétinent, s'oublient, ceux qui étaient réputés être civilisés, solidaires, fraternels, soucieux du bien commun ! Marchant sur leur mère, leurs frères et leurs filles si la cohorte de leurs cadavres peut leur tenir lieu de gué pour atteindre les îles du

Pacifique. Vous comprendriez comme moi qu'ils ne méritent pas de vivre. Depuis longtemps déjà, l'homme est une malédiction pour l'homme. Voici l'occasion de s'en défaire. Il faudrait pouvoir libérer ces âmes de leur corps, faire que la matière redevienne du temps, et puis s'en aller vivre ailleurs. Que rien ne soit plus !

Oui, je pourrais laisser faire, tourner le pouce vers le bas, et fuir ce monde, aller m'établir sur une autre étoile, au-delà de nulle part. L'ère du Poisson s'achève. Vous seriez sûrement d'accord avec moi, Professeur. Les hommes méritent l'Apocalypse. D'ailleurs, cela fait longtemps que Dieu aurait dû en finir avec ces gens-là, ne serait-ce que pour leur épargner une trop pénible agonie. Peut-on imaginer ces larves capables de bonheur ? Allons ! Le Créateur aurait déjà dû tout recommencer ailleurs. Avec les meilleurs d'entre les hommes. Cette comète a du bon, ne trouvez-vous pas ?...

Le téléphone sonna. C'était Wilfried Lemporius. Sa voix était blanche. Il ne laissa pas à Addams le temps de parler :

– J'ai vérifié ce que nous avons vu au canyon du Diable. Personne n'avait repéré ce corps céleste avant cette nuit ! Personne non plus ne pouvait en connaître l'existence, encore moins l'horaire de passage, puisqu'il s'est détaché hier seulement, de façon imprévisible, d'un nuage d'astéroïdes nommé MYC 18. Votre correspondant ne pouvait donc le savoir. Et pourtant, il vous l'a annoncé avec une extrême précision il y a deux jours. C'est là quelque chose de totalement impossible... Pour la première fois, je prends votre histoire d'extraterrestre au sérieux. Il faut absolument que nous en parlions !

– Pas maintenant. Je suis avec lui sur le réseau.

– Ah ? Il est là ! Parlez-lui donc de cette lumière. Demandez-lui ce que c'était. Allez-y, je reste en ligne...

Addams se tourna vers le clavier, sans raccrocher le téléphone :

– Je suis allé hier au cratère du Diable, comme vous me l'aviez recommandé.

La voix métallique se fit plus enjouée :

– Ah oui ! j'oubliais... J'ai à m'occuper ici de choses moins plaisantes. Très bien : je suppose que vous avez assisté à un assez joli spectacle ?

– J'ai vu passer une sorte d'étoile filante. Est-ce cela que vous m'annonciez ?

– En effet, c'était la queue de ce que vous baptisez MYC 18.

– Mais on me dit qu'elle n'est répertoriée nulle part. Comment pouviez-vous être au courant ?

– Parce qu'elle est notée dans toutes les tables d'aujourd'hui comme ayant survolé l'Arizona à votre époque.

Addams se tourna vers le téléphone.

– Il dit que...

– J'ai entendu.

La voix de l'astronome était méconnaissable.

– Est-ce possible ?

Un long silence, puis :

– Non !... Ou plutôt, jusqu'ici, c'était impossible...

Derrière Addams, la porte d'entrée s'ouvrit avec fracas : l'amiral Cordobés ne prit même pas la peine de dissimuler la clé qu'il tenait entre ses doigts. Pétrifié, Addams chuchota à Wilfried :

– Je ne peux plus vous parler. Je vous rappellerai plus tard.

Il raccrocha et se tourna vers l'Amiral avec un large sourire :

– Ne vous gênez plus ! Faites comme chez vous !

– J'ai suivi votre conversation depuis ma voiture. Vous ne m'aviez rien dit de votre petite balade d'hier soir ? Vous ne deviez rien me cacher ! Ça commence mal entre nous ! Demandez-lui donc comment il pourrait déclencher les armes mises en orbite, s'il disposait du code : a-t-il accès aux bases de lancement ou bien sait-il pénétrer les détonateurs de l'extérieur ? Comment ferait-il pour déverrouiller les armes ? Et profitez-en pour lui demander quels protocoles il utilise pour communiquer avec vous.

— C'est tout ? Questionnez-le vous-même !

L'Amiral tapa sur le clavier :

– De quel protocole vous servez-vous pour entrer en relation avec nous ?

Addams se demanda pourquoi lui-même n'avait pas encore posé cette question à Barshit. Peut-être pensait-il que la réponse ne lui serait pas intelligible ?

Au bout d'un long moment vint la réaction :

– Qui est-ce ? Qui est-ce ? Professeur, êtes-vous encore là ? On est venu vous empêcher de me parler, c'est cela ? Vous n'êtes qu'un petit, et voici que les grands s'en mêlent. Il fallait s'y attendre... Mais je ne pensais pas qu'ils me prendraient au sérieux. C'est bien la première fois ! J'en suis flatté... Les choses sont très graves, les risques mortels. Jusqu'ici, je gardais mon flegme, sûr de pouvoir contrôler le déroulement des événements. Désormais, je crains de voir l'Histoire bégayer et l'humanité disparaître. Et moi avec... Mais vous, là, pourquoi ne vous êtes-vous pas encore présenté ?

— Je suis l'amiral Cordobés, le nouveau responsable de cette base. Et je vous ordonne...

Barshit l'interrompit :

– Une minute... Laissez-moi vérifier... L'amiral Cordobés... oui... voilà... Vous avez commencé votre carrière dans les gardes-côtes. Pas mal, pour un fils d'immigré clandestin ! Vous avez été ensuite nommé chef des services de contre-espionnage de la Marine. Votre carrière est entièrement liée à celle d'un homme dont vous espérez tout et qui sombrera avec vous d'ici quelques jours.

— Comment osez-vous ?

Addams se dit que Barshit avait apporté ces précisions à son intention, afin de le mettre en garde contre quelque chose.

– Vous autres qui prétendez régenter le monde, laissez-moi en paix. Et laissez le professeur La Fontaine m'aider si vous voulez avoir la moindre chance d'avoir des arrière-petits-enfants ! De là où je suis, je vois tout le mal que vous avez infligé au monde. Misérables gnomes qui ne regardez pas plus loin que votre avancement, si vos contemporains pouvaient voir où vous avez conduit la planète un siècle après vous être gonflé du vent de la gloire, ils inventeraient toutes sortes de supplices à votre intention exclusive avant de vous envoyer terminer votre vie dans un de ces lieux de misère que vous avez laissés s'accumuler. Je n'ai rien à vous dire. Je n'ai absolument rien à vous dire ! Je n'en ferai qu'à ma tête. Et si le Professeur ne peut m'aider, tant pis, j'agirai seul ! Ou bien je partirai pour Epsilon Indi. Je n'ai pas encore tout à fait décidé...

L'Amiral fit un geste en direction d'Addams pour lui demander de poursuivre la conversation à sa place, tout en murmurant :

– Posez-lui donc vous-même ma question.

Addams demanda :

– À l'aide de quel protocole communiquez-vous avec moi ?

Au bout d'un assez long moment, l'autre répondit :

– Vous êtes devenu son perroquet, Professeur ? Fort bien, c'est votre affaire. Je ne vois d'ailleurs aucune raison de ne pas vous répondre. Il y a bien des choses que nous savons faire, dans le virtuel : des clones virtuels – que nous appelons « clonimages » – vivent à côté de nous, prêts à nous servir et à satisfaire le moindre de nos fantasmes. J'adorais jusqu'à hier les clonimages de petits garçons ; c'est tout à fait légal, par chez nous. Tout ce qui est prohibé dans votre réel est fortement recommandé dans notre virtuel. Quant au passé, retenez bien ce que je vais vous dire : *le passé n'est qu'un univers virtuel parmi d'autres.* Nous appelons cela un *méta-univers*. Ça vous va, comme réponse ? En tout cas, je ne vous livrerai rien de plus. Dire que tout cela n'aura peut-être servi à rien, à cause d'une simple pierre ébréchée...

L'Amiral notait fébrilement. Il souffla :

– Essayez donc de savoir comment il pense déverrouiller les ogives en orbite.

Addams tapa sous sa dictée. Barshit répliqua aussitôt :

– Gnome officiel ! Je ne suis pas seulement astronome et homme de Dieu ; je sais déverrouiller bien des armes. Sinon, il y a longtemps que je ne serais plus chasseur de comètes. Voilà qui doit vous suffire... Je suis un être d'exception. Ne l'avez-vous pas encore remarqué ? À chaque seconde qui passe, je suis un peu plus le dernier espoir de l'humanité !

– Il pourrait bien s'agir de cet ancien officier astronaute, murmura Cordobés. Je reconnais là son vocabulaire... Pourtant, il y a quelque chose de différent qui... Questionnez-le sur l'état des forces de chacune des armées au moment où il parle.

– Vous n'avez vraiment rien de plus urgent à lui demander ? ironisa Addams.

L'Amiral semblait de plus en plus agité.

– Faites ce que je vous dis ! Essayez de lui tirer tout ce que vous pourrez sur la situation à son époque.

– Je veux bien, mais pourquoi voulez-vous qu'il s'étende là-dessus ?

– C'est mon affaire ! vociféra Cordobés.

– Très bien. Mais ne hurlez pas, vous n'êtes plus dans les Marines ! Je vais le lui demander. Mais lui aussi va me poser des questions.

L'Amiral s'inquiéta :

– Quoi, par exemple ? Dépêchez-vous ! Il peut s'en aller d'une seconde à l'autre, il m'a l'air on ne peut plus nerveux.

Addams ricana :
— Moins que vous, semble-t-il. Il va me demander si j'ai pu me procurer les symboles hopis qui lui manquent.
— Ah oui, j'avais oublié ces sornettes !
— Si d'aventure je me les étais procurés, verriez-vous un obstacle à ce que je les lui transmette ?
— Cette histoire de tablettes sacrées ? Vous auriez récupéré le morceau de caillou manquant ? Vous ne m'aviez pas dit que l'Indien vous l'avait donné ?
— Il ne m'a rien donné, mais je pourrais... comment dirais-je... l'avoir imaginé ? Alors, oui ou non, suis-je autorisé à les lui transmettre ?

L'Amiral considéra longuement Addams comme s'il le voyait pour la première fois. Il jeta un regard circulaire sur le désordre du salon, scruta la poupée katchina, puis haussa les épaules.

— Vous êtes décidément un drôle de type ! On m'avait prévenu... Aucun inconvénient... Cela le rassurera, s'il y tient tant ! De toute façon, il a été décidé de ne jamais utiliser les gribouillages de vos copains pour coder quoi que ce soit. Vous pouvez donc lui raconter tout ce que vous voulez, si cela peut le mettre en confiance.

Barshit avait repris :
— Je les méprise ! Ce sont tous des larves ! Les puissants comme les faibles. Des scorpions et des bactéries...

Addams se rappela soudain que, le premier soir, son interlocuteur lui avait dit qu'après le choc de la comète il ne resterait de vivants que des scorpions et des bactéries. Voulait-il encore lui glisser par là quelque message sans que l'Amiral en comprît rien ? Il pianota :

— Vous prétendez sauver le monde, mais toutes vos paroles montrent que vous le détestez. Qui êtes-vous pour tant haïr les hommes ?

— Je ne les hais point. Ils m'ont déçu, comme ils vous ont déçu. Lâches, égoïstes, frustrés, malodo-

rants, pires que de la vermine. Mais je les sauverai, avec votre aide, bien que vous ayez vous aussi pâti de leur veulerie. L'Éveilleur sera leur sauveur, et ils me reconnaîtront comme tel. Mais je rêve aussi d'avoir un jour le pouvoir d'effacer les misères et la laideur du monde, de redonner à l'esprit la chance d'un nouveau départ en tirant profit des erreurs et des crimes passés. De faire d'une fin un recommencement...

Addams comprenait si bien ce que l'autre disait... Ces mots le berçaient d'une sorte d'incantation complice. Il résista :

– Tous les hommes ne rêvent pas à ces altitudes. La plupart nourrissent des rêves beaucoup plus modestes.

– Croyez-vous ? Suis-je si exceptionnel ? De fait, je me demande parfois si je ne suis pas Dieu venu ici incognito, à mon propre insu, assister à la destruction du pire de Ses cauchemars, de la plus avortée de Ses créations. Ou bien le Messie envoyé pour en finir avec l'Enfer...

– Je ne vous comprends pas, je ne vous comprends pas..., inscrivit Addams.

Cordobés souffla dans son dos :

– Il délire. Un mégalomane ! À quoi vous sert-il d'entrer dans son jeu ? Vous n'en tirerez rien. Posez-lui mes questions, et qu'on en finisse avec ce fou !

– Il n'est pas fou, il est désespéré.

Et il pianota à l'adresse de Barshit :

– Qui êtes-vous pour vouloir changer l'humanité ?

– Je cherche depuis longtemps les plus vieilles traces de l'Esprit. J'ai étudié tous les récits de la création de l'Univers. Nul ne les connaît mieux que moi. Sauf ceux qui les ont écrits. Comprenez-vous, Addams ? Mais non, vous serez le dernier à comprendre et à découvrir ce qui vous crève les yeux ! Tous ces mythes que vos hommes de science ne prennent pas au sérieux, toutes ces histoires de géants de boue et de lances de jade sont infiniment plus vraies que leurs théories d'hier et d'aujourd'hui... En ces jours de malheurs annoncés, j'ai découvert que notre Terre était l'Enfer où l'homme est à la fois la victime et le bourreau, Satan et Damné. Et elle n'est pas seulement l'Enfer de chaque esprit, mais l'Enfer de l'Esprit. Pour la sauver, j'y ai cherché à l'infini une étincelle d'humanité, mais ne l'ai pas trouvée. Parce qu'elle n'existe pas. Alors j'ai cherché, désespéré, un moyen de sortir de l'Enfer. Vers Epsilon Indi. Et voilà que je vais sauver l'Enfer... Ironie insupportable ! Parfois j'aimerais échouer, avoir le courage de ne rien faire, juste pour voir disparaître la vie. Je serais alors aspiré de l'autre côté de nulle part, là d'où je viens, au Paradis d'Epsilon, dans le Néant sans souffrance. Comme il est écrit par la Femme de Paix : « *La Vie qui fait tenir l'Univers doit être vécue comme si chaque instant était un îlot d'éternité entouré d'une mer de néant...* » Et les hommes seraient comblés. Par-delà leur peur, au-delà de nulle part, ils retourneraient au Néant qui leur ouvrirait les portes d'une nouvelle chance d'être dignes de l'Esprit. Dans le Cinquième Univers de la Troisième Parole. « *Car le jour où furent créés les poissons sera celui du Cinquième Univers...* »

L'Amiral trépignait derrière son épaule :

– Qu'est-ce qu'il déblatère ? Complètement incohérent ! Je ne comprends pas comment on a pu prendre ce type au sérieux si longtemps !

Addams trouvait au contraire les propos de Barshit de plus en plus cohérents. Impitoyablement cohérents ! Et si proches... Le « Cinquième Univers de la Troisième Parole » ! L'autre parlait de la destruction du monde par la comète comme d'un moyen d'atteindre au Cinquième Univers des Hopis, celui qu'annonçait aussi ce qu'il avait appelé le Troisième Testament !

Qui était-il donc ? Un prédicateur rêvant d'assister à l'Apocalypse ? Un millénariste particulièrement sophistiqué ? Ou un homme saisi d'épouvante et cherchant à donner sens à ce qui venait pour le détruire ? Mais pourquoi tout cela résonnait-il si fort en lui-même ?

À présent, l'Amiral allait et venait à travers le salon en heurtant les meubles. Addams grogna :

– Que trouvez-vous là de si incohérent ? Ce qu'il dit est très sérieux.

– Parce que vous le prenez au sérieux ? Il vous a contaminé, ma parole ! Il disait tout à l'heure vouloir sauver la planète, et voilà qu'il espère la voir détruite. Il prétendait sauver l'humanité, et il dit la vomir !

Un éclair traversa Addams. Il lâcha :

– On a vu pire...

– Quoi, par exemple ?

– Prétendre aimer l'humanité et la réduire en miettes.

Addams n'était pas mécontent de sa repartie. L'Amiral s'était arrêté net. Ils se défièrent du regard :

– Je ne vous aime décidément pas, grinça Cordobés.

– Si c'est une menace, marmonna Addams, elle ne me fait ni chaud ni froid. Ne pas être aimé de quelqu'un que je ne respecte pas est un plaisir dont je ne saurais me lasser. Je pourrais même mourir sans regret des mains de quelqu'un que je méprise.

Les yeux de l'Amiral brillèrent comme des lames. Il tendit la main vers l'ingénieur comme un procureur dans l'enceinte d'un tribunal. Et il lança d'une voix sourde :

– Vous avez raison : le pire est d'être tué par quelqu'un qui vous aime.

Addams ne sentit plus battre son cœur. Pourquoi l'Amiral avait-il dit cela ? Savait-il que c'était très exactement ce que le professeur La Fontaine avait dû faire à Krasnoïarsk : abandonner à l'intérieur du réacteur ceux qui lui étaient le plus chers, car c'était la seule façon d'éviter que la contamination ne se répandît à l'extérieur ? Savait-il que seule Annaël avait survécu, elle qu'il avait pu faire sortir à temps de l'enfer ? Savait-il qu'elle ne lui avait jamais pardonné d'avoir choisi de la sauver, elle plutôt qu'un autre ? Entre eux deux la gratitude avait tué l'amour.

Addams résolut de frapper un grand coup :
— Assez, amiral ! Vous savez fort bien pourquoi Washington prend ces discours au sérieux. Et vous faites comme si je pouvais l'ignorer. Barshit connaît tous les codes présents et futurs des armes des États-Unis d'Amérique. Il en sait plus long sur vous et sur moi que toutes les centrales d'espionnage de la planète n'en sauront jamais. Et il sait disparaître à sa guise. Vous êtes ici parce qu'en réalité vous avez peur de lui. Oui, vous avez la trouille ! Vous soupçonnez que, derrière cette invraisemblable histoire de comète, se cache non pas un vieil astronaute en rupture de ban, votre Arkwright, mais l'un des rares hommes à connaître les arrière-pensées et les désirs intimes de vos voisins de bureau. Un homme à qui vous devez tout et qui risquerait gros si le Président venait à douter de sa loyauté : le vice-président !

L'autre resta pétrifié. Addams se dit qu'il avait touché juste. Il n'avait aucun mérite : c'était exactement ce que Barshit avait laissé entendre tout à l'heure. Il reprit :
— Au fond, vous préféreriez qu'il parle vraiment depuis l'avenir pour annoncer la fin de l'humanité. Cela serait beaucoup moins ennuyeux pour votre carrière !

L'Amiral se leva et se remit à arpenter la pièce, mû par une rage froide. On sentait que le salon d'Addams était plus petit que les pièces où il avait l'habitude de se mouvoir. Il prit le bloc auquel Addams avait arraché les deux feuillets griffonnés par Ewlyn, et en froissa deux, trois, dont il fit une boule et qu'il jeta :

– Vous êtes moins limité qu'on ne me l'avait dit, grommela-t-il.

Addams haussa les épaules et se retourna vers le clavier. Il cherchait à garder le contact avec Barshit afin de pouvoir lui transmettre les dessins d'Ewlyn après le départ de l'Amiral. Il pianota :

– Vous avez peur de mourir si vous venez à échouer ? J'ai peut-être de quoi vous rassurer, pourvu que vous vous montriez patient.

L'autre comprendrait-il qu'il lui demandait d'attendre quelques minutes ?

– Je ne regretterai pas ce monde s'il vient à disparaître. Mais j'ai peur. Oui, j'ai peur ! Le Troisième Testament enseigne que la naissance est une mort qui nous fait quitter le Néant où nous vivions heureux : elle crée des hommes ignorants, sauvages, sensibles à la douleur, cruels. Regardez les enfants : ils perdent peu à peu les étincelles de douceur collées à leur bagage. En grandissant, ils ne peuvent que s'adapter à l'Enfer, l'endroit où ils se sont trouvés entraînés par le malheur de leur naissance. On les trompe. On leur fait croire qu'ils pourraient gagner l'éternité par leurs actes. C'est sans espoir. La Terre n'est qu'un cloaque où nous sommes précipités en châtiment pour nos fautes. Non, je ne regretterai rien si elle vient à disparaître. Mais pas tout de suite... Les hommes mourront plus dignement quand ils auront compris et m'auront reconnu pour leur Sauveur, celui qu'annoncent les Textes. Et je leur expliquerai comment se libérer de leur esclavage. Ils pourront retourner là où ils étaient avant de naître, dans un monde de douceur où les puissants se seront neutralisés les uns les autres. Mais ils ne seront guère nombreux, ceux qui pourront m'y suivre. L'issue sera réservée aux hommes parfaits, aux purs. À ceux qui y auront trouvé leur place... Le Troisième Testament le spécifie : viendra le moment d'en finir avec l'Enfer et de partir sur Epsilon Indi. Mais pas tout de suite... Après qu'une *« lumière infinie sera venue d'au-delà de nulle part »*. Or, cette lumière est presque là. Beaucoup ici finiront par me croire quand ils auront vu la comète grandir. Ils croiront en moi. Je les sauverai et ils me croiront !

Barshit avait changé du tout au tout. Ce n'était plus l'homme poli et pondéré du premier jour, mais un prédicateur exalté, pénétré de textes sacrés et de prédictions obscures. Il avait sans doute peur de la comète et s'inventait un paradis pour nier le désastre imminent.

— Et vous, si vous en aviez les moyens, la laisseriez-vous se désintégrer, ou bien feriez-vous ce qu'il faut pour détourner la comète ?

— De cela je ne vous parlerai que lorsque vous m'aurez transmis ce qui me manque. Je sens le souffle des naseaux du monstre sur mon cou.

L'Amiral s'approcha :

— Je ne comprends pas. Que veut-il ?

— Je viens de vous le dire : le morceau manquant de la tablette hopie.

— J'avais oublié ! Mais ne m'avez-vous pas dit que vous l'aviez imaginé, vous ?

— Je plaisantais. Comment voulez-vous ? Je ne suis pas leur Pahanna...

Cordobés considéra Addams, puis lui lança :

— Fort bien. Je vous laisse. Tentez de faire parler cet exalté le plus longtemps possible. J'ai reçu de très bonnes nouvelles, ce matin : nos experts pensent enfin avoir compris comment il s'échappe sur le réseau. Il utiliserait un très vieil artifice autrefois en usage dans les armées de Napoléon ! Ils prétendent qu'ils ne vont plus tarder à le localiser. Alors là, quand il verra les « services » débarquer là où il crèche, il comprendra sa douleur, l'enfant de salaud !

L'Amiral s'en fut, laissant à Addams le sentiment qu'il mourait de peur ; comme Barshit, mais différemment. Son hypothèse était probablement la bonne. À Washington, on devait penser qu'il y avait une fuite au plus haut niveau de l'État. Le vice-président, peut-être, dont l'Amiral était si proche ?

Dans ce cas, Cordobés aurait été éloigné pour mieux le piéger ?

En fait, tout devenait limpide si l'on croyait Barshit. Et lui, Addams, depuis ce matin, le croyait. Pourquoi seulement maintenant ? Il n'aurait su le dire.

Il s'était rendu, tout simplement.

Barshit parlait depuis le mois d'août 2126. Il souhaitait sauver la planète et redoutait de ne pas y parvenir. Il se préparait, en cas d'échec, à un voyage hypothétique vers un paradis imaginaire.

Lui, Addams, allait l'aider en lui transmettant les symboles hopis. Mais qui était Ewlyn ? Comment connaissait-elle les dessins manquants ? Pourquoi les lui avait-elle laissé connaître ?

À ces questions, il pensait qu'il n'obtiendrait jamais de réponse.

Il lança un regard à l'écran. Barshit y avait inscrit :

– Alors, avez-vous ce que j'attends ?

– Peut-être.

Un long silence s'installa. Puis ce fut un long cri étouffé :

– Vous craignez que je ne m'en serve pour détruire la Terre ? C'est cela, n'est-ce pas ? Je le sais, je lis dans vos pensées ! C'est vrai : je pourrais la viser et la faire partir en fumée juste avant que ne surgisse la comète, pour lui éviter une atroce agonie. Ce serait trahir le Troisième Testament. Je pourrais aussi – petit raffinement personnel – ne sauver personne et partir sur Epsilon Indi préparer le Cinquième Univers. Vous n'êtes pas capable de comprendre ce que je ferai, pauvre insecte ! Alors, vous me les donnez, ou pas ? Je resterai libre de décider. Tout est entre mes mains. Je suis le maître. Vous pouvez prendre votre temps. J'ai encore trente heures avant d'agir. Et quoi que vous fassiez, j'agirai !

La communication s'interrompit. Cet homme était-il vraiment fou, qui parlait à présent de quitter la Terre ?

Et ces phrases qu'il lisait avec le sentiment de les avoir pensées – écrites, même ?

La fatigue, le vertige, ce mélange permanent du présent et de l'avenir dans lequel il se débattait, étaient tels qu'il en arrivait à penser ne plus faire qu'un avec son interlocuteur. Ne pas y prêter attention. Veiller à ne pas devenir fou à son tour. Lui communiquer dès maintenant les symboles ? Non, pas encore... Prudence... Comprendre.. Faire l'effort de retrouver...

> *Le fleuve est à la mer ce que la vie est à la mort. Une flèche n'atteint la cible que si elle se convainc qu'elle est la cible...*

Le manque qu'il éprouvait depuis quelques jours se faisait de nouveau sentir... Ces phrases !

Il faillit tomber à la renverse lorsqu'il comprit : « *Chaque homme n'est qu'un cauchemar de Dieu. La Vie est l'Enfer de l'invisible...* » : ces phrases figuraient à la fois dans son Journal et dans le Troisième Testament. Non, impossible... Il devait confondre !

Pour en avoir le cœur net, il alla déterrer la disquette de son Journal sous le carrelage de la cuisine, l'afficha sur l'écran et la confronta à ses conversations avec Barshit.

Il resta longtemps prostré. Non, ce n'était pas concevable ! D'autres phrases encore s'y retrouvaient intégralement. Des pages entières insérées au milieu d'autres textes. Comment avait-il pu ne pas s'en rendre compte plus tôt ? Cela crevait les yeux : lui, Addams, était, au moins pour partie, l'auteur du Troisième Testament !

Mais comment était-ce arrivé ? Pourquoi ? Qui pouvait avoir lu cette disquette qui ne quittait jamais sa cache ? Il voulut interroger Barshit, mais celui-ci s'était éclipsé. Avait-il deviné ? Avait-il vu à travers l'écran comme derrière un miroir sans tain ?

Il appela Wilfried pour le prier de venir. Il avait besoin de parler, de faire le point avec quelqu'un, de partager l'épreuve qu'il traversait.

Le vieil homme arriva sans tarder. Addams lui raconta comment Ewlyn lui avait livré en silence la partie manquante des tablettes et tout ce qu'il avait entendu de la bouche de Cordobés. Mais il ne lui dit rien de la présence de ses propres mots dans le Troisième Testament. Il n'en avait pas le courage. Comme s'il se sentait coupable. Comme si ces paroles intimes, devenues messages prophétiques sur Internet, étaient autant de preuves de sa propre démence. Qui pourrait le croire ? Tout s'effondrait. Lorsque cela se saurait, même aux yeux de Wilfried, il passerait pour l'auteur de cette supercherie.

Le vieux savant lituanien écouta Addams sans exprimer la moindre surprise. Il grignotait une plaque de chocolat et proposa à Addams d'en partager une autre. Quand celui-ci lui eut dit avoir refusé de transmettre les derniers dessins sur le réseau, Lemporius se borna à lâcher :

– Vous avez bien fait.

– Vous avez une idée de ce que pourrait être cet Epsilon Indi ? s'enquit Addams. Le nom donné au Paradis par une secte ?

– J'ignore ce qu'il entend par là. Mais, pour un astronome, la réponse est simple : c'est le nom d'une des étoiles sur lesquelles la vie serait possible.

– Une étoile ? En fait, Addams l'avait toujours su. Un endroit où l'homme pourrait aller vivre ?

– Oui.

– Vous croyez qu'on sera en mesure d'y déménager d'ici un siècle ?

– Parce qu'il vous a dit qu'il songeait à s'y établir ?

– D'une certaine façon, oui. On pourrait donc s'y rendre ?

— Non. Pas avant plusieurs siècles. C'est beaucoup trop loin.

— C'est le seul endroit où la vie serait possible hors de la Terre ?

— Non, pas le seul, mais un des rares. La liste est assez vite faite : Proxima du Centaure a eu des planètes qui auraient pu convenir, mais elles ont explosé. Restent Véga, Bêta Pictoris, l'étoile de Bernard dans la constellation d'Ophicius, Sirius dans Ceris Major Raya, Bêta Tauris, les étoiles de Herbig, Virginis 70 dans la constellation de la Vierge, Epsilon Iridiani, à dix années-lumière de nous, et enfin Epsilon Indi, à onze années-lumière, dans la constellation méridionale d'Indus.

— Onze années-lumière ? Trop loin, en effet, pour un voyage !

— Pas forcément... Un jour, on approchera peut-être de la vitesse de la lumière. De toute façon, il faudra songer sérieusement à partir d'ici : la Terre n'est pas éternelle...

— On a encore le temps !

— Pas tellement. Quelques centaines de millions d'années, au plus. Les hommes l'auront sans doute rendue invivable avant cela !

— Vous parlez comme les Indiens ! remarqua Addams.

— Mais ils ne sont pas les seuls à penser de la sorte. Ici même, à HP5, vous ne l'ignorez pas, nous sommes tous d'accord pour penser que le monde sera devenu un incontrôlable chaos dans moins d'un siècle. Nous devrions penser à suivre le conseil de votre Barshit et à chercher un endroit plus respirable.

— Il ne s'agit pas de cela. Si je le comprends bien, il croit qu'Epsilon Indi sera une sorte de refuge de l'esprit, une fois l'espèce humaine éteinte. Il y voit en somme comme un paradis des âmes dont la vie sur Terre, dans une enveloppe humaine, constituerait l'enfer.

— Que la Terre soit un Enfer, je veux bien ; elle le sera d'ailleurs de plus en plus. Que les hommes y aient été envoyés pour des péchés commis ailleurs, voilà qui me séduit assez. Mais qu'il existe un Paradis quelque part, j'en doute fort ! Je ne puis concevoir qu'il y ait conscience sans souffrance...

Un chuchotement. Addams, qui se tenait le dos à l'écran, vit Wilfried Lemporius l'écarter d'un geste brusque. Il se retourna et lut :

— *J'ai pu enfin vous retrouver ! Avez-vous parlé à Barshit ?*

— Qui est-ce ? interrogea Wilfried en désignant le message inscrit sur l'écran.

— Je vous ai déjà parlé d'elle, il me semble, répondit Addams. Elle s'appelle Alfer. Elle prétend parler du même endroit que Barshit, qu'elle considère comme un escroc. D'après elle, la comète n'est pas aussi menaçante qu'il le prétend.

— Décidément, la ligne de l'avenir commence à être très encombrée ! Voyez ce qu'elle vous veut.

La voix d'Alfer se fit entendre, ténue :

— *Où est Barshit ?*

— Je viens de lui parler, pianota Addams. Il m'a semblé très agité.

— *Nous le sommes tous. Il avait raison : la comète est là. Ce n'est plus qu'une question d'heures. L'Office astronomique de Hindenburg déclare que l'impact aura lieu dans moins de trente-six heures. Celui de Kyôto parle de quarante heures. L'endroit se précise : le nord du golfe du Bengale. Un raz de marée de quelque 1 200 mètres de haut. Les militaires, à Bruxelles, prétendent qu'il y aura peu de conséquences en Europe, que les vents disperseront les nuages acides avant qu'ils ne nous recouvrent ; mais je n'y crois pas. La chute d'une masse de dix kilomètres de diamètre ne passera pas inaperçue : un milliard de fois votre bombe d'Hiroshima ! Et on ne trouve plus trace d'aucun Président, d'aucun ministre. À croire qu'ils se sont volatilisés ! Tous les magasins de New York ont été pillés, cette nuit. En Inde, des dizaines de millions de fuyards sont déjà sur les routes pour s'éloigner de la zone d'impact. Les polices d'Utta Pradesh et du Kerala font tirer à la mitrailleuse et au lance-flammes sur les nouveaux arrivants pour les empêcher d'entrer. Les Européens ont interdit tous les vols en provenance d'Asie centrale... Ici, personne n'est plus là pour m'empêcher de vous parler... S'il vient, je vous en prie, dites-lui d'agir au plus vite. Il est notre dernière chance !*

Addams sentit comme une caresse sur son épaule. Ewlyn était là. Avait-elle sonné ? Wilfried lui avait-il ouvert ?

— Je ne t'ai pas entendue arriver.
— Cha'kwaina est mourant, il veut te voir.

Ils retournèrent vers les *mesas* pour la troisième fois en quatre jours. Le vieux Lituanien les accompagna. Assis à côté d'Ewlyn, Addams la regardait conduire. Qui était-elle vraiment ? Pourquoi avait-elle tenu à lui livrer ses dessins ? Était-il encore temps de les transmettre ?

Il acceptait maintenant l'impossible sans plus opposer aucune résistance. Barshit parlait depuis le siècle prochain et souhaitait sauver la Terre de la chute d'une comète. Cha'kwaina attendait de Barshit qu'il lui dise comment protéger les Hopis de la catastrophe. Les dessins d'Ewlyn permettraient à Barshit de stopper la comète. Mais que faisaient ses propres mots au beau milieu du Troisième Testament ?

Ils arrivèrent à Walpi à la tombée de la nuit. Une fois de plus, en montant la côte, Ewlyn avait roulé au plus serré afin d'éviter de voir le ravin : encore le vertige...

Le village était beaucoup plus calme que la veille. Les kivas Antilope et Serpent étaient débarrassées, les voitures venues des villes environnantes reparties. Devant la porte de la demeure de Cha'kwaina, Dan parlait avec deux vieilles et un jeune homme. Il leur fit signe d'approcher.

– Ne le fatiguez pas. Il est au bout du voyage.

Wilfried choisit d'attendre au-dehors. Addams et Ewlyn entrèrent. Une seule ampoule éclairait la pièce. Les yeux fermés, Cha'kwaina était allongé sur un épais matelas de peaux de mouton, recouvert d'une épaisse couverture. Il tremblait ; la sueur lui couvrait le front. Les femmes qui l'entouraient s'éloignèrent. Ewlyn lui toucha le front. Cha'kwaina rouvrit les paupières et murmura :

– Ah ! tu es là... Et lui, il est venu ? Bien, bien... Il souffre, mais c'est bientôt fini. De toute façon, il est impossible de surmonter une épreuve si on n'a pas décidé de l'affronter. La meilleure façon de dépasser la fin de quelque chose, c'est encore de la laisser finir...

– Mais tu ne vas pas mourir, protesta Ewlyn.

– Je ne parle pas de moi : je parle du monde.

Il tendit la main vers Addams et lâcha dans un râle :

– Quoi que ton ami fasse, Saquasohuch détruira le monde.

Ewlyn fit signe à Addams d'approcher.

Cha'kwaina referma les yeux. Addams entendait à peine sa voix :

– Il ne sert à rien de retarder l'agonie d'un mourant. Les gens d'honneur partiront ailleurs, dans le Cinquième Monde. Ils marcheront sur la route de paix. Je les vois : ils se préparent déjà au voyage.

Cha'kwaina s'était emparé avec un reste de force de la main d'Addams, comme s'il ne parlait plus que pour lui. L'ingénieur se pencha à son oreille :

– Mais qu'est-ce que ce Cinquième Monde ? Un autre pays ? Une autre étoile ? Un autre Univers ? Qu'est-ce que ce voyage ?

Le vieux avait de plus en plus de mal à articuler. Addams ferma à son tour les yeux et entendit :

– Il y a mille façons de voyager. Certains affirment que les Neuf Univers sont autant d'époques différentes de la Terre. D'autres soutiennent que ce sont neuf étoiles entre lesquelles voyageront les vies. D'autres encore pensent que ce sont de véritables univers. Qu'importe : je vous y attendrai...

Ewlyn se mit à sangloter. Le vieil homme leva légèrement la main.

– Toute tristesse est interdite, ma petite fille. Après mon départ, la vie ne cessera pas pour autant et toutes les vies que j'ai respectées témoigneront pour moi. Le monde n'est qu'une seule et même vie. L'insecte n'est que l'habit de carnaval du poisson et quand les aigles sont tués, ils rejoignent les hommes dont le destin est de revenir en insectes. C'est ainsi que, depuis la création des Univers, des tambours battent les rythmes de l'éternité.

Il continua en hopi à l'adresse d'Ewlyn dont les pleurs redoublèrent. Elle protesta, puis parut se résigner.

Ewlyn plaça sur Cha'kwaina des herbes et des plumes. Elle imposa ses mains sur la tête, la gorge, le cœur et le ventre du mourant, et l'observa à travers un cristal dans la lumière du soleil. Elle sortit enfin à reculons comme si elle le voyait pour la dernière fois.

Cha'kwaina fit signe à Addams de s'approcher plus près encore et murmura :

– Maasa'u, propriétaire du monde, déclassé en dieu du monde souterrain, dieu du Feu et gardien de la Mort, a décidé que le voyage de l'humanité vers le Cinquième Univers devait commencer maintenant. Et il a commencé. Il suffit de regarder autour de nous pour en être convaincu. Des plantes nouvelles apparaissent, des étoiles inconnues traversent le ciel, des maladies surgissent pour empêcher l'espèce humaine de se reproduire. La fin de l'homme tel qu'il est ici est plus proche que jamais. Mais il faut absolument en sauver quelques-uns, les gens d'honneur, pour que la mémoire de l'essentiel soit transmise. Et cela dépend de vous !

– Que puis-je faire ? s'étonna Addams.

– Faites ce qu'elle vous demande, elle est pour nous aussi précieuse que l'eau. Elle a besoin de vous autant que vous avez besoin d'elle. Et l'Univers a besoin que les êtres faits l'un pour l'autre se reconnaissent. Faites ce qu'elle vous supplie de faire.

– Mais elle ne m'a rien dit !

L'agonisant sourit faiblement.

– J'espère que vous avez au moins appris ici que les vraies prières sont silencieuses. Apprenez donc à écouter son silence comme elle écoute le vôtre.

– Pourquoi ? Elle lit dans mon esprit ?

Le vieux toussa, puis reprit d'une voix plus claire :

– Quel que soit le défi auquel vous serez confronté, regardez toujours le sommet de la montagne. Vous y déchiffrerez ce qu'il convient de faire et trouverez ce que Barshit vous demande.

– Et, avec ça, il détournera la comète ?

– Non. Au contraire. Il ne s'agit pas de la fuir, mais de l'affronter.

– Comment cela ? Barshit me dit qu'il va la détruire...

– Nul ne pourra la détruire !

– Dans ce cas, il dit que nous partirons sur une autre étoile dont nous ne sommes que l'enfer...

Le vieil Indien se souleva, agrippa la chemise d'Addams et cria presque :

– La Terre n'est pas l'enfer d'une autre étoile. Écoute-moi bien : sans l'homme, il n'y aura plus d'Univers, car c'est l'esprit qui le fait tenir. Sans l'esprit, l'Univers retournera au Néant. Si la comète nous touche, c'est tout l'Univers qui s'évanouira à jamais.

HOMME

Il avait plu toute la nuit et la terre était joyeuse, quand il fallut s'organiser pour les obsèques de Cha'kwaina. Étrange affliction que celle d'un peuple jubilant de voir l'eau venir enfin assurer sa survie. Chacun pensait que le vieux chef, en rejoignant les nuages, avait tenu sa promesse. On souhaita que ses funérailles fussent d'autant plus ferventes et sereines.

La tradition voulait que tout se déroulât très vite. Ewlyn, qui semblait avoir été désignée pour ordonnancer l'ensemble, avait tenu à respecter à la lettre des rituels qu'elle paraissait connaître à la perfection. Addams était sûr qu'elle songeait à son propre père, enterré là quinze ans plus tôt. Son père désespéré de n'avoir pu porter plus loin son message et qui laissait à une petite fille inconsciente de son rôle la charge d'organiser le passage vers le prochain Univers...

Toutes les femmes, du côté paternel du mort, se bousculèrent dans l'étroite demeure pour laver les cheveux et le corps du défunt avec du lait de yucca. Puis elles le frottèrent d'huile de maïs, l'habillèrent, le couchèrent délicatement sur une couverture blanche, enduisirent son visage de farine et y appliquèrent un masque de coton blanc afin qu'il ressemblât au nuage qui le conduirait vers le Grand

Esprit. Enfin elles lui choisirent un nouveau nom qu'aucun vivant ne pourrait plus porter, « afin, expliqua Ewlyn, qu'on puisse le retrouver quand on le rejoindrait ».

Les hommes du clan Unicorne, dont le rôle était de s'occuper des morts, apportèrent cinq plumes de prière préparées durant la nuit. Avec ferveur, Ewlyn en déposa une sur les cheveux du mort, puis une autre sur chacun de ses pieds et mains. Elle le fit avec des gestes d'une grâce presque espiègle, comme s'il s'agissait d'un baptême et non de funérailles.

De vieilles femmes d'autres clans furent ensuite admises à l'intérieur de la maison. Juste avant que les hommes du clan Unicorne ne l'enveloppent dans la couverture sacrée et ne l'attachent avec une corde, elles vinrent déposer de la nourriture sur l'estomac du mort et verser sur son corps le sel sacré qu'on était allé chercher tout exprès au Grand Canyon.

Puis quatre hommes soulevèrent la dépouille qu'ils portèrent à bout de bras à l'extérieur. Ewlyn sortit la dernière.

Depuis l'aube, la pluie avait cessé ; la terre avait eu si soif qu'elle était maintenant à peine humide. Sur la place, devant la maison, plusieurs centaines de visages attentifs attendaient en silence. À côté des chefs de tous les clans hopis, il y avait là des Zuñis et d'autres Pueblos, comme c'était prévisible, mais aussi des Apaches, des Sioux et des Navajos, ennemis naturels des Hopis, pourtant rassemblés et recueillis dans un même chagrin. Chacun respectait la peine de l'autre ; rien ne laissait supposer que tel ou tel fût moins touché que les parents les plus proches.

Addams et Lemporius regardèrent passer les porteurs. Derrière la dépouille enveloppée dans son linceul, la foule forma une longue file qui traversa le village en silence et prit la route longeant la falaise. Ewlyn vint à eux et tous trois rejoignirent le cortège.

Ils descendirent en longeant le ravin. Quand ils arrivèrent au pied de la falaise, ils tournèrent à droite, suivirent un chemin en bordure d'un champ de maïs et atteignirent un vallon où avait été dressée comme une longue table basse. Les hommes du clan Unicorne y déposèrent le corps, puis creusèrent une tombe étroite et profonde. Cha'kwaina y fut descendu et délicatement installé en position assise, la tête vers l'ouest, une jarre d'eau entre les pieds. Les femmes vinrent ensuite ériger une sorte de cabane de branchages au-dessus de la tombe, sans la fermer, cependant qu'un vieillard psalmodiait une prière qu'Ewlyn traduisit au fur et à mesure à Addams et Wilfried :

« Vous n'êtes plus un Hopi, vous êtes devenu un Nuage et vous irez dire aux chefs des Quatre Directions de hâter la venue des nuages de pluie. Car l'Esprit habite l'infini jusque chez le plus misérable de ses dépositaires et la volonté de Taiowa est en chacune de Ses créations. »

Tous s'assirent alors à même le sol, le long de la table, et partagèrent un peu de viande et des fruits séchés que des femmes distribuèrent après en avoir déposé dans une coupe sur la tombe, afin *« que le mort se nourrisse de l'Esprit qui est en toute matière »*, avait commenté Ewlyn.

On resta là un long moment. Les enfants jouaient auprès de la tombe ouverte sans aucune appréhension ni chagrin. En début d'après-midi, la pluie s'annonça de nouveau. On referma la sépulture et le cortège reprit lentement le chemin de Walpi.

Ewlyn se blottit contre Addams. Il repensa à tout ce que Cha'kwaina lui avait expliqué la nuit passée, juste avant de mourir : « Si l'homme est rayé de la surface de la Terre, l'Univers disparaîtra. Car c'est l'Esprit qui le fait tenir... » Il s'était demandé si le vieillard avait voulu parler de la vraie disparition de l'Univers ou bien s'il ne s'agissait là que d'une métaphore. Dans ce cas, il pouvait avoir voulu dire que l'homme d'aujourd'hui, s'il perdait l'Esprit, ne serait plus digne d'être appelé un homme. Mais l'autre avait continué comme s'il entendait Addams réfléchir à voix haute :

– Je parle de la vraie disparition de l'Univers, de la fin de la matière, des étoiles, des soleils, des bruits et des odeurs.

La prophétie signifiait donc que la comète détruirait l'Univers avec la vie.

Addams ne comprenait pas pourquoi le vieillard tenait tant à lui parler ainsi avant de mourir. C'était comme si Cha'kwaina attendait en fait de lui une réaction, une phrase qui le rassurerait. Il répondit :

– L'Univers existait bien avant l'homme ; il n'a aucune raison de ne pas exister après lui !

– Comme vous êtes rudimentaire, vous qui pensez toutes portes fermées ! Aucun Univers n'aurait pu avoir de réalité si le Créateur n'avait eu l'idée d'y mettre l'homme. Sept Univers ont été faits pour l'homme ; celui-ci est adapté à eux comme l'écrin au bijou qu'il contient, l'homme à la femme qui l'aime, notre peuple à son maïs, ou comme un morceau de la tablette du clan du Feu à l'autre. Nul ne peut le nier. La nature nous le crie tous les jours : l'homme était déjà contenu dans le projet des Univers. Avant de se dresser sur les terres de son chagrin, il y existait comme le poussin dans l'œuf. Et le Quatrième, comme les précédents, n'existe que par l'Esprit qui est la force unifiant toutes les autres forces, la Raison unifiant toutes les autres raisons, la Loi derrière toutes les lois. Si cet Univers enfle, comme le pense votre ami, c'est par le souffle de l'Esprit. Si l'Esprit venait à disparaître, notre Univers se dégonflerait comme un ballon sans le souffle, comme l'aigle ne peut plus voler si on lui retire ses plumes.

– Mais la vie pourrait exister ailleurs ; le Créateur de l'Univers aurait pu avoir le projet de faire naître de la conscience autre part qu'ici. Alors l'Univers existerait hors même la présence de l'homme sur cette Terre.

– Aucune prophétie ne le dit. Le Créateur n'a mis la vie qu'en un lieu, dans cet Univers-ci. C'est pourquoi il y a eu plusieurs Univers l'un à la suite de l'autre.

Addams avait insisté, cherchant toujours la raison pour laquelle le vieillard lui tenait ce discours avant d'expirer. Il sentait quelque chose affleurer au bord de ses lèvres, comme si Cha'kwaina l'avait conduit peu à peu vers quelque recoin perdu de son propre cerveau.

– Et si le hasard créait de la vie ? Tout comme il pourrait la faire disparaître, le choc d'une comète avec une étoile pourrait créer les conditions de la vie. L'Esprit pourrait donc renaître dans l'Univers par le simple hasard.

Cha'kwaina avait secoué faiblement la tête.

– Le hasard n'a rien à voir avec la conscience. L'Esprit n'est pas la création du hasard. Non, cet Univers n'a pas la moindre chance d'en réchapper. Votre Barshit ne sauvera ni l'homme, ni la Terre, ni cet Univers.

Addams s'était alors entendu articuler :

– Selon vous, il ne sert donc à rien de donner à Barshit ce qu'il attend, puisqu'il doit échouer ?

La main de Cha'kwaina avait été saisie d'un violent tremblement. Il avait souri, levé le bras, et Addams s'était penché. Le vieil Indien l'avait agrippé et avait chuchoté d'un air malicieux :

– J'en étais sûr... vous avez trouvé ce qui lui manquait ?

Addams avait été bouleversé de sentir l'espoir revenir dans sa voix.

– Oui, je crois que je l'ai. En tout cas, j'ai quelque chose qui pourrait l'être.

Cha'kwaina avait demandé :

– C'est Ewlyn qui vous l'a confié ?

Il semblait si anxieux de sa réponse qu'Addams n'osa se montrer très affirmatif :

– Oui... enfin, pas vraiment... Mais c'est elle qui l'avait et me l'a fait connaître.

Cha'kwaina avait grimacé tout en cherchant à se tourner de côté. Addams l'avait calé avec sa couverture.

– J'en étais sûr, avait murmuré le vieillard. C'est donc elle que nous attendions.

– Que vous attendiez... ?

– Je me doutais depuis toujours qu'elle était Pahanna, mais je ne pouvais le lui demander, car Pahanna doit décider seul de se manifester.

– Expliquez-vous ! Comment pouvait-elle être celui que vous attendiez ? Comment connaissait-elle ces dessins ?

Cha'kwaina avait soudain paru beaucoup mieux. Sa voix s'était raffermie :

– C'est une bien longue histoire. Encore ne suis-je pas sûr d'en avoir compris la totalité.

Il avait repris son souffle, puis enchaîné :

– La prophétie dit que Pahanna viendra de l'Est. Le père d'Ewlyn est venu de l'Est pour révéler le message. Mais il a dû décider que nous n'étions pas encore prêts à le recevoir. Il attendait. Parfois, j'ai eu l'intuition qu'il était le messager, qu'il méritait qu'on prît soin de lui. Nous en avons souvent parlé entre nous : ce Hopi venu de l'Est, incapable de dire à quel clan il appartenait, ni d'expliquer pourquoi et quand sa famille avait quitté les *mesas*, rendait beaucoup des nôtres méfiants ou sceptiques. Le chef du clan du Blaireau m'avait même conseillé de le chasser de Walpi. Il était très différent de nous : grand, blond, les yeux clairs, une peau translucide, un corps fragile qui supportait mal la rudesse de notre mode de vie. Ses mains, surtout, ses mains n'avaient rien de celles d'un paysan. Le travail de la terre, en hiver, lui était très pénible. Beaucoup le considéraient comme un Blanc désireux de se cacher au milieu des Indiens pour ne pas avoir à expier quelque crime commis sur la côte Est... Pourtant, il forçait notre respect. Il connaissait si bien notre langue et nos rites ! Sculpter les katchinas, chanter les récits du coyote, faire cuire le maïs, préparer les plumes d'aigle, façonner les pipes d'argile, tisser les couvertures sacrées, suivre les chemins secrets menant aux réserves de sel du Grand Canyon, les danses de Powamu, les chants de Soyal, les plantes contraceptives : il connaissait tout cela mieux que les plus âgés d'entre nous... Il avait amené avec lui deux très jeunes enfants. Le chef du clan du Blaireau prétendait que c'étaient des enfants enlevés qu'il était venu cacher là. Mais ils ne parlaient que notre langue... Nous avons beaucoup discuté, beaucoup fumé entre nous. Nous fûmes quelques-uns à penser qu'il pouvait être Pahanna, mais nous n'avions aucun droit à le lui demander, et lui-même ne disait rien. Il traînait, s'occupant à ramener l'eau ou à décortiquer le maïs. Il ne possédait pas de champ. Il se disait veuf et refusait toutes les avances. Il vivait seul avec ces deux enfants dont beaucoup restèrent persuadés qu'ils n'étaient pas les siens. Ils assistaient à nos cérémonies avec une distance souveraine, donnant parfois l'impression d'en savoir beaucoup plus long que nous sur ce qui se déroulait. Jusqu'à la mort affreuse de son fils...

– Affreuse ?

– Ah ! vous ne savez pas ?

Le vieil homme avait à nouveau du mal à respirer. Addams avait voulu appeler du secours, mais Cha'kwaina avait étreint son bras avec une énergie surprenante pour le faire taire. L'ingénieur avait alors demandé :

– Que lui est-il arrivé ?

– Il est tombé par la fenêtre de leur maison. Ils habitaient à l'ouest de la *mesa*, tout au bord de la falaise. On n'a jamais su comment l'enfant avait pu atteindre le rebord de la fenêtre, l'ouvrir, l'enjamber et faire une telle chute. Il n'avait que onze ans. Fragile, chétif, particulièrement beau et silencieux, il passait l'essentiel de ses journées enfermé chez lui à parler avec son père et sa sœur à peine moins âgée que lui. Il semblait sage et raisonnable, en aucune façon porté à se risquer dans une escalade dangereuse, encore moins à se suicider. Son père est mort deux jours plus tard. On les a enterrés ensemble.

Addams avait alors compris la peur du vide qui s'emparait d'Ewlyn, qu'il avait d'abord prise pour du vertige. Il avait imaginé la fillette suivant le double enterrement, se retrouvant seule au milieu d'Indiens dont elle ne connaissait rien.

Une fois de plus, le vieil homme avait répondu à la question qu'il n'avait pas encore posée :

— Oui, elle est restée avec nous et a été élevée par mes sœurs qui se sont vite aperçues qu'elle en savait plus qu'elles sur nos coutumes. Elle cessa de jouer. Elle n'allait plus chercher les plumes d'aigle dans les nids ni danser avec les autres enfants. Elle restait seule, comme concentrée sur un héritage.

Addams avait hasardé l'interrogation qui le hantait depuis quelques jours.

— Vous pensez qu'elle aurait repris l'héritage de son père ? Qu'elle est aussi Pahanna ?

Le vieillard avait fermé les yeux. Il était à bout.

— Peut-être. Elle ne le sait sûrement pas elle-même. Elle est sans doute habitée par quelque chose qui la dépasse, et elle s'y plie.

— Mais pourquoi ne l'aurait-elle dévoilé que maintenant ? Et à moi qui ne suis pas Hopi ?

— Elle ne vous a rien dit, n'est-ce pas ?

— Non. Mais elle m'a laissé voir des dessins. Elle avait d'abord esquissé devant moi quelques traits, à son bar, sur des feuillets qu'elle avait déchirés, puis elle les a refaits chez moi sur deux bouts de papier qu'elle a ensuite laissés bien en évidence. Vous voulez les voir ?

Addams avait tendu la main vers la poche où il gardait ces dessins depuis qu'il les avait ramassés sur la table d'ébène de son salon. Cha'kwaina avait arrêté son geste :

– Surtout pas ! Ce n'est pas à moi qu'ils sont destinés. Je suppose qu'elle ne vous a pas demandé si vous y aviez attaché de l'importance ? Ni même si vous les aviez trouvés ?

– En effet. Rien, aucune allusion.

– Si elle est Pahanna, elle ne peut pas, elle ne doit rien dire.

– Je ne peux donc lui en parler ?

– Non ! On ne doit pas interpeller Pahanna, comme on ne doit pas réveiller un somnambule. Je suis convaincu que si, par malheur, quelqu'un se risquait à lui montrer ces dessins, elle ne saurait elle-même les expliquer. Elle a dû sentir que les conditions de la fin de cet Univers étaient réunies. Quand vous lui avez appris qu'une comète – que vous appelez Swift-Tuttle et que nous appelons Saquasohuch – était sur le point de détruire la vie humaine, elle a senti que Taiowa avait décidé d'en finir. Ce que son père attendait était advenu. Il était temps pour elle d'intervenir.

– Intervenir ?

Non sans peine, Cha'kwaina puisa dans son petit sac de cuir une pincée de farine de maïs. Addams avait déjà remarqué que ce geste accompagnait d'ordinaire ses plus intenses réflexions. Le vieillard laissa couler la poudre sur le sol, puis murmura d'une voix rauque :

– Éteignez la lumière.

Addams obéit et le vieillard reprit dans le noir :

– Il est dit dans notre prophétie que Pahanna fera passer les meilleurs des hommes, ceux que nous appelons les « gens d'honneur », dans l'autre Univers. Puisque la comète est en passe de détruire l'humanité, il devient urgent que Pahanna se manifeste pour faire traverser le mur à quelques-uns et les conduire, au-delà de nulle part, dans le Cinquième Univers.

– Si j'ai bien compris votre prophétie, Pahanna doit remettre le morceau manquant de la tablette du clan du Feu au détenteur du reste des tablettes afin que celui-ci le reconnaisse et qu'ensemble ils organisent le passage des « gens d'honneur » vers le Cinquième Univers. C'est bien ça ?

– Exactement.

– Mais je ne suis pas un Hopi. Je ne vois pas comment je pourrais aider à organiser un passage à destination de quoi que ce soit ! Surtout pas d'un autre Univers ! Si tout cela est vrai, si cette folie est bien réelle, je puis seulement transmettre les dessins à Barshit et lui permettre, pour autant qu'il existera dans un siècle, de détourner la comète !

L'autre avait tressailli. On eût dit qu'il avait soudain très peur. Il avait presque crié :

– Comment ? Elle t'a confié les dessins voici deux jours et tu ne les as toujours pas transmis ? Malheureux ! Tu es en train de tout faire échouer, il va être trop tard !

C'était la première fois qu'il le tutoyait. Addams n'avait pas osé expliquer qu'il avait bien eu l'intention de transmettre les dessins dès l'instant où il avait compris que le Troisième Testament était inspiré de son propre Journal, mais que, le matin même, alors qu'il s'apprêtait à les communiquer, Ewlyn l'avait supplié de la suivre vers les *mesas*.

Il avait consulté sa montre en s'approchant de la fenêtre pour bénéficier de l'éclairage de la place. Elle marquait vingt-trois heures. Il avait objecté :

– Il n'est pas trop tard. J'ai encore vingt-six heures, si j'en crois ce que m'a dit Barshit.

L'Indien s'était laissé retomber et avait murmuré :

– Ah ! il faut alors que je me hâte d'aller rejoindre les nuages pour que tu puisses faire ce que tu as à faire.

Addams avait failli protester : il n'avait nul besoin que Cha'kwaina mourût pour transmettre les dessins. Mais l'autre avait repris, comme s'il avait lu encore une fois dans ses pensées :

– Ne t'occupe pas de cela. Fais ce que tu dois.

Un lourd silence s'était installé. Addams avait commencé à s'accoutumer à l'obscurité. Il discernait les contours du visage du mourant. Il avait repris avec insistance, en articulant lentement :

– Pensez-vous que Barshit parle depuis l'avenir ?
– Oui.
– Croyez-vous qu'il me dise la vérité ?
– Absolument.
– Donc, si je me plie à cette folie, Barshit écartera la comète grâce à vos signes sacrés. Car cette tablette n'est pour lui qu'un code servant à déclencher des armes : rien d'autre ! Tout le monde, y compris les meilleurs experts militaires, pensent aujourd'hui que cela réussira. C'est d'ailleurs pour cette raison qu'il réclame ces symboles depuis le premier jour. Par conséquent, contrairement à ce que vous dites, si Barshit est bien là où il le prétend, l'humanité continuera de vivre et cet Univers ne disparaîtra pas.

– Non, je n'y crois pas, avait répondu le mourant. Je n'y croirai jamais ! Ce n'est là qu'une manœuvre illusoire. Nul ne pourra sauver ce qui mérite de disparaître. Comment te dire ? La tablette du clan du Feu est une carte destinée à préparer un voyage. Un guide, pas un bouclier. Je ne connais rien aux armes dont tu parles, mais notre prophétie est formelle : la comète vient pour mettre fin au Quatrième Univers et rien ne pourra l'arrêter. La tablette aidera les « gens d'honneur » à traverser le mur de feu que la comète va engendrer. Je le verrai depuis les nuages. Et Barshit lui-même, quoi qu'il fasse, disparaîtra avec les méchants.

Le vieil Indien parlait à voix de plus en plus basse. Addams s'était penché :

– Barshit prétend pourtant que, s'il échoue, il partira vers un paradis qu'il appelle Epsilon Indi. C'est écrit dans son Troisième Testament.

Addams ne s'était pas aventuré à lui dire que ce texte était manifestement un faux, puisqu'il y avait retrouvé des phrases de son propre Journal.

Une femme était entrée et avait fait signe à Addams de laisser Cha'kwaina se reposer, mais celui-ci l'avait chassée d'un geste irrité.

– Son testament... Tant de choses nous en rapprochent... Trop, peut-être... Depuis que tu me l'as fait connaître, je n'ai cessé de me demander s'il n'avait pas justement été rédigé pour nous séduire, nous détourner de notre prophétie...

Addams s'était dit que, décidément, cet homme savait à merveille lire à travers les portes fermées. Cha'kwaina avait poursuivi :

– Ton Barshit sera d'autant plus déçu. Non seulement il ne détournera pas la comète, mais lui-même ira vers le néant.

– Qu'est-ce qui vous fait croire cela ?

– Ils ont failli, ils vont payer l'addition de leurs folies. Et lui aussi doit disparaître avec ce monde ; la comète s'en chargera. Sotuknang avait prévenu les hommes de ce qu'ils risquaient. À l'entrée du Quatrième Univers, il leur avait dit : « *Ne refaites pas les erreurs du passé, ne soyez pas orgueilleux, respectez la Terre afin qu'elle-même vous respecte. Il vous appartiendra de porter le Plan de la Création ; sinon, l'Univers, une fois de plus, devra être détruit...* » Ils l'ont oublié. Mais ne le déçois pas : remets-lui ce qu'il te demande. Cela n'empêchera en rien la comète de venir s'écraser sur la Terre. Il n'est pas à la portée d'un homme de l'empêcher... Ewlyn a voulu que tu lui communiques ces dessins ? Fais-le. Cela servira, je ne sais comment, à organiser le passage des « gens d'honneur » de l'autre côté du néant. Ils emporteront le meilleur de ce monde, comme nous avons apporté ici le meilleur des trois Univers précédents, et le maïs traversera ce mur comme il a traversé les autres déluges.

Il avait récité cela avec une sérénité presque allègre.

– Mais qui sont-ils, ces « gens d'honneur » ? Comment seront-ils choisis ?

– Cela non plus, je ne puis le savoir. Il y a tant de choses que je découvrirai, de l'autre côté... Ces élus seront sans doute peu nombreux. Ils auront su trouver le passage en consultant le fond de leur cœur, en ouvrant grand leur porte. Tu en seras peut-être, puisque Ewlyn t'a choisi. Comme pour le passage du Troisième au Quatrième Univers, rappelle-toi : les « gens d'honneur » ne savaient comment passer de l'autre côté du ciel ; ils prièrent et inventèrent un oiseau qui sut aller voir ce qui se passait de l'autre côté, puis un roseau qui aida les meilleurs à monter jusque-là. Ils n'eurent besoin, pour ce faire, ni des oiseaux les plus robustes, ni des arbres les plus puissants. Mais d'êtres vivants parmi les plus fragiles et les plus sincères. Aujourd'hui, pour survivre à la folie qui va détruire ce monde, il faut trouver l'oiseau qui saura aller de l'autre côté de nulle part et le roseau qui permettra d'y hisser les « gens d'honneur ». Tu trouveras, avec elle. J'en suis sûr. Je le verrai depuis l'aube du Cinquième Univers où je vous attendrai...

Tout en remontant le cortège aux côtés d'Ewlyn murée dans son chagrin, Addams ne pouvait se soustraire à l'emprise de ces prédictions. Cha'kwaina avait souligné qu'il était probable que la jeune fille n'avait nulle conscience du message qu'elle portait et qu'il ne fallait surtout pas lui en parler, « tout comme il ne faut pas réveiller un somnambule ». De fait, elle avait bien l'air d'une dormeuse éveillée, grimpant péniblement le chemin escarpé remontant vers Walpi, au milieu de ces Indiens de toutes les tribus qui venaient d'entamer un chant mélancolique pour accompagner leur marche et le voyage de Cha'kwaina à destination des nuages.

Elle avançait, silencieuse, transportant sans le savoir un trésor comme on fait passer une frontière à un objet de contrebande caché dans la doublure d'un manteau emprunté. Or il s'agissait bien d'un objet de contrebande : la clé du passage de quelques-uns dans un nouvel Univers. Il risqua :

— Cha'kwaina m'a confié qu'il pensait faire un long voyage vers le Cinquième Univers.

Elle sourit.

— D'ici quatre jours, son esprit sortira de son corps par le sommet du crâne — la « porte ouverte », tu te souviens ? — et s'en ira vers l'Ouest. Il traversera les profondeurs du Grand Canyon pour rejoindre le monde des Esprits, dans les monts de San Francisco...

Sa voix était grave, appliquée. Addams ne pouvait deviner si elle s'exprimait en son nom ou si elle se bornait à lui décrire les croyances de son peuple. Il laissa s'installer le silence ; elle le regarda à la dérobée et sourit. Puis ses yeux revinrent fixer le sol qu'ils ne quittaient pas chaque fois qu'elle longeait un ravin. Wilfried marchait déjà assez loin devant eux. Ils se laissèrent dépasser peu à peu par le reste du cortège. Puis Ewlyn ralentit encore, lui prit le bras et s'arrêta.

— Là-bas, il rencontrera Kwanitaqa, l'esprit qui sait tout de chacun de nous. Il oriente les méchants vers un chemin escarpé bordé de ravins dans lesquels ils tombent pour être engloutis par des incendies éternels d'où ils ressortiront sous la forme de scarabées noirs. Les sages, ceux qui ont suivi le chemin du Soleil, il les conduit par une route aisée vers le Village des Morts où ils retrouveront ceux qui les ont précédés. Là, ils vivront comme des humains, cultivant des plantes dont ils ne consommeront plus que l'arôme. Ils seront légers comme les nuages.

Ils atteignirent l'endroit où le chemin entre la montagne et l'à-pic se resserrait encore. Elle se figea, les yeux tournés vers le vide, à moins d'un demi-mètre du bord. Elle vacilla. Il pensa que le vertige la reprenait et s'approcha pour la soutenir. Elle sourit, lui échappa et se pencha vers le vide. Il hurla :

– Arrête !

Trop tard ! Elle allait basculer, la moitié du corps déjà passée par-dessus le muret.

Il se précipita, mais elle se relevait, les paumes enserrant un oisillon. Elle dévisagea Addams, comme étonnée de le voir si proche et si pâle :

– Je t'ai fait peur ? Tu as cru que... ? Non, le moment n'est pas encore venu... Quand j'étais enfant, nous aimions venir ici avec mon frère...

Il était ému plus qu'il n'aurait pu le dire : peur de la voir disparaître, surprise de la voir dominer son vertige, et cette aisance avec laquelle elle parlait de ce frère dont il n'avait jamais rien su par elle-même.

– Il y avait beaucoup de nids d'aigles dans les parages ; encore fallait-il les trouver, savoir s'en approcher au bon moment, quand les oiseaux adultes sont en vol e : les oisillons assez grands, comme celui-ci, pour arborer déjà quelques belles plumes.

Elle caressait l'aiglon sans cesser de lui parler dans une langue qu'Addams ne comprenait pas. Le volatile ne semblait pas avoir peur du tout.

« Il faudra, avait dit Cha'kwaina, écouter celui qui saura parler aux oiseaux. Celui-là se servira d'eux comme de messagers et saura nous guider... »

– Qu'est-ce que tu lui racontes ?

Elle rit, embarrassée.

– Je lui demande de porter un message aux nuages afin d'avertir les katchinas de l'arrivée prochaine de Cha'kwaina. J'aimerais tant qu'ils l'accueillent au mieux !

Elle caressa l'aiglon, lui arracha délicatement trois plumes, puis le lança dans les airs. Il tomba d'abord comme une pierre, puis se mit à battre des ailes, remontant lentement la paroi de l'à-pic avant de s'éloigner et de disparaître très haut dans le ciel.

Au quatrième jour, Barshit avait parlé de l'oiseau qui ne sait pas qu'il sait voler : « Dites-lui qu'un oiseau ne sait pas qu'il sait voler tant qu'on ne l'a pas lâché depuis le bord d'une falaise. » Que pouvait-il savoir de cette scène ? Y avait-il déjà assisté en observant le passé ?

Un peu plus tard, Addams rentra à Winslow en compagnie de Wilfried. Ewlyn, elle, restait au village afin de veiller sur la suite des funérailles. Addams répéta les derniers mots de Cha'kwaina à son compagnon, lequel réfléchit longuement mais n'émit aucun commentaire. Addams dut le questionner :

– Qu'en pensez-vous ? L'Univers entier pourrait-il disparaître si l'homme était éliminé de la surface de la Terre ?

– A priori, je ne vois pas comment. De toute façon, l'Univers aura bien d'autres raisons de disparaître.

– Par exemple ?

– Si les hypothèses que nous faisons aujourd'hui se confirment, il mourra d'un excès de froid ou de chaleur. Par le froid s'il est trop léger, par la chaleur s'il est trop lourd.

– Expliquez-moi. Je pensais que l'Univers était plus ou moins éternel...

Le vieil astronome sourit :

– Qu'est-ce qu'on vous a donc enseigné au cours de vos études ? Tout ce que vous apprenez depuis cinq jours paraît constituer autant de chocs pour vous : une comète qui va anéantir la planète et l'Univers qui risque de s'escamoter... Mauvaise semaine !

Wilfried éclata de rire tout en considérant Addams d'un œil malicieux, puis il continua :

– Si la masse de matière dans l'Univers est trop faible, elle ne sera rappelée par aucune force, l'Univers s'étalera alors à l'infini, les réactions nucléaires s'arrêteront progressivement, l'Univers refroidira et, peu à peu, ne sera plus constitué que de cendres. Si, par contre, sa masse est trop élevée, son expansion s'arrêtera un jour et la matière fonctionnera comme un ressort de rappel : tout repartira en sens contraire. Il y aura contraction, l'Univers commencera à se réchauffer jusqu'à faire fondre les planètes ; quand il sera cent fois plus petit qu'aujourd'hui, sa température atteindra dans les deux millions de degrés ; alors tout s'accélérera : elle sera de dix millions de degrés vingt-deux jours plus tard ; les molécules se briseront pour former une soupe de particules élémentaires ; trois minutes après que la température aura atteint le milliard de degrés, le temps s'arrêtera. Après, nous ne savons rien...

– Il y aurait donc un poids idéal de l'Univers qui lui assurerait l'éternité ?

– Oui, mais on n'a pas la moindre idée de la quantité de matière qui se cache dans la nuit qui nous entoure. Entre ces deux morts, par maigreur ou par obésité, il existe en effet une masse idéale qui permettrait à l'Univers de se perpétuer. Mais nous ne connaissons rien à sa masse réelle : est-elle trop grande ? trop faible ?

– Si l'Univers est bien fait, sa masse doit être la bonne. En général, ses lois ont l'air d'être simples et efficaces...

– Mais pourquoi voulez-vous qu'il soit bien fait ? Pour votre confort personnel ? De toute façon, le danger n'est pas pour demain : si la masse actuelle de l'Univers est le double de celle qui lui permettrait de prétendre à l'éternité, il ne commencera à se contracter que du jour où il aura atteint deux fois sa taille actuelle, soit dans cinquante milliards d'années. Vous avez encore le temps d'y songer !

En bas de la côte de Walpi, ils passèrent devant l'entrée du champ où était inhumé Cha'kwaina. Ils ralentirent. Addams reprit :

— Juste avant de mourir, il m'a expliqué que l'Univers ne tenait que grâce à une force particulière qu'il appelait Conscience ou Esprit. Si cette force venait à disparaître, l'Univers disparaîtrait à son tour, quel que soit son poids ! Autrement dit, d'après lui, si la comète anéantit tous les hommes, elle fera en même temps disparaître l'Univers tout entier.

Les mains crispées sur le volant, concentré, Wilfried Lemporius resta silencieux. Il bifurqua et s'engagea sur la longue ligne droite qui, en trois heures, les ramènerait à Winslow.

Wilfried rompit le silence :

— Peut-être y a-t-il du vrai là-dedans.

— Allons donc ! Certains phénomènes physiques n'existent pas en dehors de celui qui les observe ; il est fort possible que ce soit aussi le cas pour l'Univers.

— Vous le pensez vraiment ? s'étonna Addams.

— Non, mais on ne peut l'exclure, répondit Lemporius. Il est même concevable que l'Univers soit différent pour chaque homme et que chacun le crée dans le même temps qu'il l'observe.

— Comment cela ?

— Nous avons tous le sentiment de vivre sur la même Terre, de voir la même Lune, le même Soleil. Mais il se peut que tout cela ne soit qu'une création de chacun de nos esprits. Il est même tout à fait possible que l'ensemble de l'humanité, moi y compris, ne soit qu'un pur produit de notre imagination !

— N'allons pas si loin ! Restons-en à ce qu'il m'a dit : pensez-vous sérieusement que l'homme, s'il venait à disparaître, puisse entraîner l'Univers entier avec lui dans le néant ?

— Ce n'est pas scientifiquement impossible, insista l'astronome. En bonne logique, l'Univers n'est rien d'autre qu'une création de l'esprit humain, la plus jolie des histoires qu'il aime à se raconter.

Addams trouvait que Lemporius s'exprimait décidément de plus en plus à la manière du vieil Indien. Il lui en fit la remarque. L'autre s'esclaffa :

— Je prends cela désormais pour un compliment. Mais c'est un fait : sans l'homme, il n'y aura plus personne pour se poser de questions, penser l'Univers ni même le percevoir. Alors oui, d'une certaine façon, il aura disparu. Nul ne peut prouver que l'Univers existe en dehors de notre conscience.

— Justement : il m'a expliqué que l'Univers était comme un écrin pour l'homme et que, sans lui, il perdrait sa raison d'être.

— Vous voyez, les grands esprits... Les lois de l'Univers sont très finement ajustées pour permettre à la vie d'exister ; c'est comme si elles avaient été décidées à seule fin de rendre la vie possible. D'ailleurs vous-même, tout à l'heure, vous avez fait cette hypothèse en supposant que la masse de l'Univers devait être celle qui lui permettrait d'être éternel. Cette adéquation des lois de la Nature à l'homme lui permet aussi de les comprendre. Inversement, l'Univers n'existe que parce que l'homme le pense et sait penser ses lois. Lorsqu'on dit que l'homme est à l'image de Dieu, ce n'est à l'évidence pas à cause de son nez, ou de son sexe — lequel, au demeurant ? — mais par référence à cela : l'esprit de l'homme est à l'image de celui de Dieu qui a conçu l'Univers. C'est pourquoi l'homme peut le comprendre. N'est-ce pas votre avis ?

La route était encore longue. Addams était bien décidé, en rentrant, à obéir à Cha'kwaina et à transmettre les dessins qu'il avait sur lui, serrés dans son portefeuille.

Il songeait à la panique qui devait avoir déjà saisi le monde – ou plutôt qui était en train de s'emparer de lui – à moins de trente-six heures de l'impact de la comète. À présent, plus rien ne devait être caché et la cohue devait être générale. Les informations les plus contradictoires devaient courir sur le lieu précis de l'impact. Partout, les conflits, jugés secondaires, devaient avoir cessé. Les simples gens devaient maudire leurs dirigeants. Les lieux de culte ne devaient plus désemplir. D'aucuns devaient essayer de faire en moins de deux jours tout ce qu'ils n'avaient pu ou su expérimenter jusque-là. Que de feux d'artifice !

Il contemplait les rares villages traversés en se demandant s'ils seraient encore habités sous peu, ou si, comme Cordobés l'avait laissé entendre, on allait les raser. À moins que n'y survécussent certains de ces « gens d'honneur » dont parlait Cha'kwaina ?

Il demanda à Wilfried :

– Cela veut-il dire, selon vous, que l'Univers disparaîtra avec le dernier homme capable de le penser ?

– Oui, d'une certaine façon. Pourquoi me posez-vous cette question ?

Addams songeait à la prédiction de Cha'kwaina : « Survivront les gens d'honneur... » Il insista :

– À votre avis, un seul homme pourrait-il maintenir l'Univers ?

L'autre haussa les épaules comme s'il se résignait à expliciter ce qu'il avait toujours voulu taire.

– Tant qu'il y aura pensée, il y aura conscience, et l'Univers subsistera. On pourrait même avancer que tant qu'il y aura quelque part dans l'Univers le projet d'une conscience, l'Univers existera. Il suffit que quelqu'un pense le monde. S'il n'y a plus personne, c'est que nous serons au sixième jour.

– Encore la Bible ? s'étonna Addams.

– Oui. D'après les commentaires de mon rabbin, au sixième jour de la Création, au crépuscule, Dieu s'est réservé le droit de mettre fin à l'Univers... Au lieu de cela, Il a créé l'homme, justement pour le faire tenir... Nous sommes bien au sixième jour.

– Comment cela ?

– Vous souvenez-vous qu'avant-hier, Barshit a parlé des oiseaux ? C'était alors le quatrième jour après qu'il vous eut parlé pour la première fois. C'était le jour où, selon la Genèse, ont été créés les oiseaux. Hier, il a parlé des poissons, créés au cinquième jour. Aujourd'hui, il parle de détruire l'Univers et nous sommes le sixième jour, donc le jour où Dieu a décidé de créer l'homme et *de ne pas détruire* l'Univers !

– Quel rapport entre la Genèse et cette histoire-ci ?

– Je ne sais pas, sauf que tout se passe comme si nous vivions un compte à rebours...

Il avait formulé ce constat d'un ton si naturel qu'Addams ne fut pas sûr d'avoir bien compris.

– Un compte à rebours... avant la fin de l'Univers ?

Addams pensa : Et si ces « gens d'honneur » n'étaient pas censés faire survivre l'Univers, mais l'accompagner dans le néant afin de passer de l'autre côté – pour autant qu'il y eût un autre côté ?

Il hasarda une nouvelle question :

– Pourrait-il y avoir un univers après le nôtre ? Ou bien serait-ce un néant illimité ?

– Nos théories n'excluent pas que d'autres univers puissent exister après le nôtre, ni même que certains aient existé avant lui. Par exemple, d'après le professeur Lind, des « univers-bulles » se sont enfantés les uns les autres depuis la nuit des temps et le feront encore à l'avenir. L'Univers serait comme un sablier qui se déverserait à travers le Big-Bang puis qu'on pourrait retourner. Selon un autre, John Taulen, plusieurs univers se sont succédé et d'autres se succéderont encore, chacun conservant l'entropie finale du précédent, qui est sa mémoire. Vous voyez, il n'y a pas que le maïs que l'humanité puisse trimbaler d'un univers à l'autre : il y a aussi l'entropie, c'est-à-dire la capacité de mettre de l'ordre, de trouver du sens en toute chose... Au-delà, la science est muette... Mais pourquoi toutes ces interrogations ? Vous craignez que l'Univers ne vienne à disparaître ? Mon rabbin, lui, savait comment empêcher ça !

— Encore votre Bible ! Vous êtes décidément la copie conforme de mon grand-père !

— Hé ! c'est vrai, vous êtes en pays de connaissance...

— Quelle était donc la recette de votre rabbin pour sauver l'Univers ?

— Si l'homme comprend les lois de l'Univers, il peut les faire fonctionner, donc le maintenir en état.

— Ah ! la Bible aussi estime qu'il suffit d'un seul homme pour maintenir l'Univers ?

— Oui, mais pas n'importe quel homme ! Ni l'homme qui prie, ni le puissant qui l'assujettit, mais l'homme conscient, celui qui cherche. Tel est le contrat passé entre l'homme et Dieu : « Étudie, cherche à comprendre, et je te garderai en vie. » Isaïe fait d'ailleurs dire à Dieu : « N'était mon Alliance, je n'aurais pas fondé les lois qui régissent l'Univers. » L'Alliance ne tient que par l'étude. Celle-ci est la colonne vertébrale de l'Univers. La seule raison qui justifie d'étudier, de surmonter sa paresse, de faire autre chose que céder à toutes les tentations semées sur notre route, est celle-ci : étudier permet de faire tenir l'Univers. Si l'homme cesse d'étudier, l'Univers s'effondrera. Jolie théorie, n'est-ce pas ?

Un long silence s'installa entre eux deux. Ils croisèrent un groupe d'enfants montant à cru des chevaux trop grands pour eux et galopant vers l'Est. Des Navajos, à l'évidence. Wilfried roulait plus vite à présent, comme pressé d'arriver. Addams ne put s'empêcher de penser à Barshit : si toute cette histoire était vraie, il devait l'attendre avec une extrême impatience. Et si Ewlyn n'avait pas menti, peut-être avait-il encore une chance de sauver les arrière-petits-enfants... qu'il n'aurait jamais ?

Il se secoua. Ce qu'il se remémorait de la Bible contredisait le discours de Wilfried :

– Pourtant, autant que je me souvienne, la Bible exclut l'idée que des univers aient pu exister avant le nôtre.

– Où avez-vous lu cela ?

– Les premiers mots de la Genèse sont : « *Au commencement...* » C'est donc qu'il n'y avait rien eu avant !

L'autre jubila :

– Erreur de traduction ! Je vous ai déjà dit qu'il fallait entendre : « *Par une série de commencements...* » Mais on pourrait aussi traduire par « *En tête* », autrement dit : « *Dans la tête de Dieu...* » En tout cas, certainement pas par « *Au commencement* » !

– Ça change quoi ?

– Dieu avait tout prévu : il avait commencé par tout créer mentalement, dans Sa tête. Les Univers étaient « *dans Sa tête* ».

Après un long silence, le Lituanien reprit :

– Vous savez quel est le premier mot de la Bible en hébreu, ce mot qu'on traduit par « *Au commencement* » ou « *En tête* » ?

– Non, pourquoi ?

– *Berechit*.

– Ah ? Et alors ?

– *Berechit*, Barshit...

Aux yeux d'Addams, plus rien n'était innocent.

— Vous croyez que...

Wilfried l'interrompit :

— Certains commentaires affirment même que le *véritable* texte de la Bible, caché derrière la lettre, dit que Dieu aurait créé la Loi « *dans son esprit* », vingt-six générations avant les Univers, puis qu'Il aurait créé le temps, et, seulement après, les Univers. En créant le nôtre, Dieu aurait dit : « *Que cet Univers tienne !* » Vous voyez : vos Indiens ne sont pas les seuls à avoir de l'imagination.

— Justement, on pourrait imaginer une tout autre théorie...

— Je vous écoute !

— Il pourrait exister en permanence et simultanément des milliards d'Univers créés au hasard, mais qui ne cesseraient d'avorter à très brève échéance, leurs lois et leurs conditions d'apparition n'étant pas les bonnes. Parmi ces milliards de vaines tentatives, une seule tiendrait le coup, les conditions étant réunies pour que cet Univers-là perdure, au moins pour un temps ; ce serait le nôtre.

— Je veux bien, mais qu'est-ce que ces « bonnes lois » et ces « bonnes conditions » ? Celles que l'Univers aurait lui-même choisies ?

Addams éclata d'un rire sonore.

— Non ! Je ne vais pas jusque-là. Je ne pense pas que l'Univers soit doué de libre arbitre ! En tout cas, je n'imagine pas que la Bible accorde à la Terre le droit de faire des caprices et de choisir ses propres lois !

— Et vous avez bien tort. La Bible dit exactement le contraire ! Par exemple, il n'y a pas que l'homme à être puni par le Déluge ; l'Univers l'est aussi. Il a donc bien fallu qu'il soit libre de commettre une faute, pour être châtié. « Je vais détruire les hommes *avec la Terre* », dit Dieu. C'est donc qu'elle aussi a péché...

— Quelle faute aurait-elle commise pour mériter d'être détruite par Swift-Tuttle ? interrogea Addams.

Wilfried scrutait la route avec intensité. Ils approchaient de Winslow dont les fenêtres et les vitrines commençaient à s'éclairer. Il hocha la tête :

– Vous avez raison. Seuls les péchés des hommes pourraient le justifier... D'ailleurs, le sixième jour est bien celui de la création de l'homme...

Il déposa son passager à l'orée du chemin montant jusqu'à chez lui.

Parvenu devant sa terrasse, Addams devina la silhouette d'un homme qui escaladait la balustrade et courait à toutes jambes en direction du désert. Il aurait reconnu Dan s'il ne l'avait laissé à Walpi au milieu du rituel des obsèques.

Il trouva sa porte forcée, mais rien n'avait été dérangé. Cette fois, on avait dû chercher quelque chose de précis. Il alla à la cuisine et souleva la tommette sous laquelle il dissimulait la disquette de son Journal. Celle-ci avait disparu.

Ceux qui allaient l'analyser ne seraient pas déçus ! Ils ne pourraient manquer d'y retrouver des phrases entières de ce que Barshit avait appelé le « Troisième Testament ». À leur lecture, l'amiral Cordobés en reviendrait sans nul doute à sa première hypothèse : Addams était le coupable ; c'est lui qui avait monté toute cette histoire.

Au demeurant, lui-même n'était pas si loin de le penser. C'était en tout cas l'hypothèse la moins invraisemblable.

Il s'approcha de l'écran ; une conversation avait eu lieu en son absence entre Alfer et Barshit :

– *Alors, toi aussi, tu penses que c'est perdu ? Nous allons donc tous mourir ? Tu avais pourtant dit que tu pouvais faire quelque chose !*

– Je le ferai dès que j'en aurai les moyens. Sois-en sûre !

– *Où es-tu ?*

– Chez eux ! Tu sais...

– *Tu es vraiment allé là-bas ? Ils n'y sont plus. Tu n'en trouveras plus aucune trace. Tu ne peux l'ignorer. Quand vas-tu agir ?*

– Bientôt. On me reconnaîtra alors pour le Sauveur. Tu *la* vois ?

– *Oui, de ma fenêtre. Elle est aussi grosse que le Soleil qui se lève juste à côté d'elle. On dirait deux compagnons de voyage. Toi, tu ne peux la voir, de là où tu es. Elle avance lentement. La mort est-elle toujours un aussi beau spectacle ? J'ai l'impression que je pourrais la toucher. Je n'arrive pas à imaginer que nous allons vraiment nous retrouver sur son chemin, qu'elle va passer en un point au même moment que nous. Voilà des milliards d'années que la Terre existe et qu'elle croise des milliards de comètes ; or, jusqu'ici, jamais il ne s'est produit une telle catastrophe. Pourquoi faut-il que cela arrive de mon vivant ? Je ne l'ai pas mérité ! Puisqu'on savait depuis longtemps que ce rendez-vous menaçait, pourquoi n'a-t-on rien fait ? Depuis un siècle au moins, on était au courant ! Pourquoi toutes les armées du monde sont-elles demeurées les bras croisés, impuissantes ? Elles sont là, exsangues, et la comète va nous annihiler.*

– Ne t'inquiète pas. Je vais l'arrêter. Elle est encore trop loin, mais, le moment venu, je l'arrêterai. Après la mort du monstre, on jugera toutes ces baudruches qui prétendaient gouverner, tous ces galonnés qui paradaient. Comment se conduisent les gens, à Paris ?

– *Après une période de panique, ils se sont repris. Les pleutres se terrent, les riches ont fui, mais le peuple, en général, se montre magnifique. Il s'est levé à l'aube pour la regarder en face et profiter du dernier jour de soleil avant que la nuit ne s'abatte sur nous. On nous a maintenant tout expliqué : l'explosion, le choc, le raz de marée, les nuages de poussière, le soleil voilé, les pluies acides, et puis la fin. Personne n'a peur. Les gens sont debout. Cette humanité-là ne mérite plus de mourir.*

– Quelle naïveté ! Tu verrais des saints au milieu des bourreaux ! Les lâches passent leurs derniers jours sur les plages du Pacifique Sud à rire et à boire.

Ils n'ignorent pas qu'ailleurs la nuit se prépare, mais ils sont convaincus que la chance ne les quittera pas, qu'ils seront épargnés. Épargnés !... D'abord, nul ne sait au juste où tombera la comète : j'ai le sentiment que mes calculs d'il y a une semaine sont faux. Si je ne l'arrêtais pas, elle tomberait, non pas sur Chandinagar, comme je le pensais, mais plus à l'ouest. Certains disent en Russie, d'autres sur l'Allemagne ; d'autres avancent enfin qu'elle ne saurait tomber que sur Jérusalem, puisqu'il s'agit de la dernière manifestation d'Armageddon. Bon, qu'elle tombe ici ou là, les insectes locaux y gagneront six mois de soleil, rien de plus ! Du moins si je ne l'arrête pas... Or je suis tenté de ne pas l'arrêter...

– *Qu'est-ce que tu racontes ? Si tu le peux, fais quelque chose ! Ici, ils disent qu'une fois la comète tombée, on pourra évaluer les dégâts et se remettre au travail. Que cela créera beaucoup d'emplois, d'abord pour organiser les secours, ensuite pour reconstruire. Qu'en somme, à quelque chose malheur est bon. Mais nul ne sait à l'avance quel type de secours préparer ni où les envoyer. Tous les hôpitaux sont en état d'alerte depuis deux jours. Les laboratoires pharmaceutiques tournent à plein. De même les fabriques de masques à gaz. En Italie, ils sont en vente libre, mais comme on n'en compte encore qu'un pour dix habitants, les prix ont explosé. En France, ils ont été réquisitionnés par l'État qui a défini des critères de répartition ; mais, là encore, il n'y en a pas assez. On explique qu'il faut les distribuer dans les écoles, mais il n'y a plus personne pour y veiller, et les parents n'ont d'ailleurs aucune envie d'envoyer leur progéniture en classe. Ils tiennent à garder leurs enfants près d'eux quand le choc aura lieu... Barshit, tu m'avais dit que tu pourrais faire quelque chose. Même là-dessus, tu m'as menti ? Tu me mentiras donc jusqu'au bout ? Dis donc la vérité ! Tu ne sais pas plus que quiconque ce qu'il conviendrait de faire, n'est-ce pas ? Qui peut savoir ? Je t'en supplie, réponds-moi !*

251

– Je ferai ce que je dois. J'empêcherai la fin du monde... Il va venir m'apporter ce que j'attends, je n'ai aucun doute là-dessus. Il faut qu'il vienne avant la fin de cette nuit. S'il ne trouve pas, eh bien, à l'ultime seconde, je reviendrai là où il faudra pour enrayer le cauchemar. Ce sera moins glorieux. Mais je suis le maître des mots et des choses. Ne t'inquiète pas !

– *Mais qui doit t'aider ? Tu ne m'as rien expliqué.*

– Ceux à qui tu as voulu interdire de me parler ! Ils ont le code qui me manque.

– *C'est à cause de ce que je leur ai dit qu'ils ne veulent plus te le donner ?*

– Je ne sais pas. De toute façon, ne t'en fais pas. Au besoin, j'agirai sans leur aide. Ce sera plus risqué, plus audacieux ; mais j'ai tout prévu.

– *Je ne comprends pas... Comme tu as changé depuis que...*

– Depuis que tu m'as quitté ? Peut-être... Je n'ai pas apprécié la fin de notre histoire...

– *La fin est dans le commencement comme le sel est dans l'eau...*

Addams faillit tomber à la renverse. N'avait-il pas entendu Ewlyn, le premier soir où il lui avait parlé de Barshit, prononcer cette même phrase : « *La fin est dans le commencement comme le sel est dans l'eau* » ?

Alfer, Ewlyn ? Et lui qui retrouvait ses propres mots dans ceux de Barshit ?...

Pourquoi ?

Comment ?

– *J'ai peur, Barshit, j'ai peur de ce qui s'annonce, j'ai peur du silence et du chaos, j'ai peur de cette mort qui s'abattra sans laisser le temps de souffrir, j'ai peur du choc et de la nuit. Allons-nous être renversés comme par une charge de taureau ? Allons-nous entendre un fracas assourdissant ? Allons-nous être entraînés dans les errances d'une Terre détournée de sa trajectoire comme une boule de billard en allant se consumer dans le Soleil ? Que va-t-il se passer ? Dis-le-moi ! J'ai besoin de savoir. Je ne crois plus à tes belles paroles. Tu m'as tant promis, j'ai tant voulu te croire. Hier encore, tu t'es engagé vis-à-vis de tous les hommes à les sauver du monstre. Alors que tu n'as même pas su tenir des promesses infiniment plus simples... J'étais comme eux tous aujourd'hui. Je te croyais. Si je ne t'avais pas cru, je me serais suicidée. Comme eux : s'ils ne te croyaient pas, ils se suicideraient par peur de mourir... Sais-tu au moins quelle mort va venir ?*

— Quelle ironie de les voir me supplier de les laisser croupir dans leur Enfer ! Infinitésimale est leur imagination ! Faut-il les croire, faut-il leur faire confiance ou bien laisser recommencer le monde ? Je pourrais tant faire pour eux s'ils avaient le courage de me laisser en finir ! Mais bon : je ferai ce qu'ils veulent, je sauverai leur Enfer. Je vais les tirer de là. Je prends plaisir à donner tort au Troisième Testament, à l'emporter sur la Femme de Vent, à me révéler le plus grand des prophètes et le Sauveur. Quelle fête ce sera ! Quel triomphe ! Je les laisserai jubiler et jouir à la perspective d'être encore, pour mille générations, exploités, souffrants, dans l'absurdité des décisions d'En-haut !

Toute la nuit, Addams rechercha en vain Barshit et Alfer dans les labyrinthes de l'espace et du temps. À l'aube, c'est Barshit qui se manifesta. Il semblait paralysé par la peur :

— La comète est au-dessus de nous, aussi grande que le Yankee Stadium ! La plaisanterie a assez duré : remets-les-moi ! Sinon, je me passerai de toi. Mais ce serait diablement risqué. Donne-les-moi ! Il me reste dix minutes ! Après, il sera trop tard !

Addams communiqua les dessins sacrés. Mais, avant qu'il eût le temps de l'interroger sur Krasnoïarsk et sur le Troisième Testament, Barshit avait à nouveau disparu.

PAIX

Lorsqu'on vint lui apporter la disquette du Journal d'Addams, l'amiral Cordobés fut soulagé : il allait enfin découvrir les pensées intimes du principal suspect et, il n'en doutait pas, celles-ci confirmeraient sa culpabilité.

Il glissa la disquette dans son propre ordinateur. Il lui suffit de parcourir cette succession de pensées somnambules pour y reconnaître sans l'ombre d'une hésitation des phrases, puis des pages lues et relues dans ce que Barshit avait appelé le « Troisième Testament ».

Il commença par en rire en repensant aux disputes entre experts désignés par les Pénitents : les uns avaient expliqué péremptoirement que ce texte avait nécessairement été écrit par un lettré chinois de l'époque Ming (on y retrouvait par exemple la métaphore de la lance de jade, propre à cette dynastie) ; d'autres, que l'auteur ne pouvait être qu'un seigneur finlandais du Moyen Âge (parce qu'il y était question du Noble, de l'Ouvrier et du Silencieux, mythe nordique bien connu des spécialistes) ; d'autres encore y avaient reconnu sans hésiter le style d'un griot dogon dont les génies faits de boue séchée étaient les héros habituels. Et il apparaissait qu'ils avaient tous été bernés par un obscur physicien américain !

Mais l'Amiral ne se contenta pas de ces évidences. Addams, en effet, ne pouvait être au courant de certaines des informations militaires ultra-secrètes révélées par Barshit. Il lui avait fallu un complice très haut placé. Or Barshit avait toujours prétendu agir seul. Décidément, tout le monde mentait dans cette affaire ! À moins que...

L'amiral Cordobés ferma longuement les yeux. Il songea à son père, qui attendait tant de lui. Ne pas le décevoir. Trouver les coupables au plus vite, puis quitter ce bled pourri !

Alors que l'après-midi s'achevait, il rassembla les notes prises depuis une semaine, les reparcourut, les compara avec les rapports d'experts et les comptes rendus des réunions à la Maison Blanche. Puis il se mit à écrire sur son ordinateur personnel...

Deux heures et demie plus tard, il imprima un long texte, le relut, puis envoya chercher Addams.

La nuit tombait quand celui-ci arriva au Centre, convaincu que l'Amiral allait le faire arrêter. N'aurait-il pas agi de la sorte, à sa place ? Il était le seul suspect possible.

On le fit entrer dans le bâtiment désert. Il s'attendait d'une seconde à l'autre à voir surgir la police militaire. On le laissa monter seul dans l'ascenseur ; il appuya sur le bouton du cinquième. Il déboucha à l'étage du directeur. Vide. Où étaient les gardes de sécurité ordinairement en faction vingt-quatre heures sur vingt-quatre ? Il traversa le hall, puis le petit bureau qui, la veille encore, était celui du capitaine Rufio. Désert. Au-delà, il vit la porte du bureau du directeur entrouverte. Une faible lumière en sortait. Il hésita, puis s'approcha.

L'Amiral était assis dans son fauteuil, blafard. Seul dans la pièce. Qu'allait-il se passer ? Allait-on l'interroger ? Pourquoi cette mise en scène ?

Addams resta sur le pas de la porte, ne sachant quelle contenance adopter. Sans un mot, l'Amiral avança la main vers la liasse de feuillets posés sur son bureau, la prit et la lui tendit. L'ingénieur dut faire cinq pas pour s'en emparer. Puis Cordobés, d'un signe, lui ordonna de s'asseoir dans le fauteuil qui lui faisait face et de prendre connaissance de ces pages. Addams reconnut d'emblée le papier à entête du directeur du Centre et lut :

« *Rapport de l'amiral Cordobés, directeur général d'HP5, au Président des États-Unis.*

Objet : Hopi Hope.

Les dernières découvertes faites chez le principal suspect confirment son implication dans cette affaire. Comme le Président le sait mieux que personne, cette hypothèse était considérée par les Pénitents, bien avant mon départ, comme la plus vraisemblable, et il m'avait été demandé de la vérifier dès mon arrivée. J'ai donc suivi cette piste, et la pêche se révèle fructueuse : Addams est l'auteur du « Troisième Testament ». Indépendamment de tous les soupçons qui pèsent par ailleurs sur lui, ce fait seul justifierait son arrestation.

Cela ne doit nullement surprendre le Président qui, l'un des premiers, subodora que cette idée de comète mortelle pouvait aisément avoir germé dans le cerveau d'un individu perturbé par des échecs antérieurs, des malheurs personnels, voire par la nature même de l'activité du Centre.

Il serait donc judicieux de le faire arrêter, de le dénoncer publiquement comme l'auteur de cette mascarade, et de clore cette affaire avant que les médias ne l'exploitent à plein, ce qui ne saurait tarder. »

Addams leva les yeux et renonça à lire la suite du rapport. Puisqu'on avait décidé de l'arrêter, autant en finir tout de suite. Il n'avait aucune envie de connaître la teneur des pages suivantes qui devaient détailler les crimes dont on le tenait pour responsable.

Il reposa les feuillets sur la table et attendit.

Sans un mot, l'Amiral lui fit signe de les reprendre et de poursuivre sa lecture. Addams s'exécuta en soupirant :

« *Je recommande cependant au Président de ne pas s'en tenir là. Car cette hypothèse n'explique pas tout, loin de là ! Ni l'indétectabilité du personnage de Barshit, ni sa connaissance des codes secrets des armes embarquées sur sous-marins et des projets d'utilisation des signes hopis comme base de cryptage, ni bien d'autres de ses déclarations, en particulier celles qu'il fit en réponse à mes questions en présence d'Addams. Enfin, même l'hypothèse selon laquelle ce dernier aurait disposé d'un complice parfaitement renseigné et capable de bafouer tous nos décrypteurs ne suffirait pas à expliquer complètement cette énigme. En particulier, le Président sait mieux que n'importe qui que le code des armes embarquées sur le* Poséidon IV *ne pouvait être connu de personne, puisque lui-même venait d'en changer les grilles de référence et ne les avait encore communiquées à personne.*

À mon sens, nous ne pouvons nous permettre de clore ce dossier en laissant autant de questions irrésolues.

J'ai donc repris une fois de plus toutes les autres hypothèses, tous les scénarios échafaudés dans le bureau du Président – j'en compte vingt-trois – et suis arrivé à la conclusion qu'aucun n'explique ces événements de façon cohérente. Que chacun a sa faille.

Sauf un seul, fondé sur le postulat suivant : <u>Barshit ne ment jamais. Tout ce qu'il dit est vrai</u>.

Je sais parfaitement que ce postulat est faux et je ne prétends pas qu'il permet de raconter ce qui s'est réellement passé. Néanmoins, je prie instamment le Président de bien vouloir prendre le temps de lire ce qui suit et de le considérer – si absurde que lui paraisse cette lecture – comme le seul scénario capable d'expliquer l'ensemble de ce que nous vivons depuis une semaine. Enfin, je suggère au Président de suivre à la lettre les recommandations qu'il trouvera en conclusion de ce rapport. Il y va des intérêts supérieurs du pays.

Encore une fois, je ne prétends nullement que ce qui suit soit la vérité. Je sais que cela ne peut pas l'être. Mais nous nous trouvons dans une situation sans issue où <u>toutes les hypothèses possibles sont en contradiction avec les faits, alors que la seule hypothèse cohérente avec les faits est réputée impossible</u>.

Aussi demandé-je au Président de bien vouloir tenir pour acquis, le temps de lire ces quelques pages, que Barshit a dit la vérité. Dans ce cas, voici comment se seraient déroulés les événements :

Aussi fou que cela paraisse, si l'on accepte un instant de se placer dans cette hypothèse, Barshit – ou l'Éveilleur, ou quel que soit son vrai nom, qui est très certainement autre – n'est ni un astronaute en fuite, ni le chef d'une secte, ni un officier supérieur, ni un chercheur d'HP5. Il s'agit d'un individu d'une très haute sophistication intellectuelle, d'une exceptionnelle capacité d'organisation, qui nous parle vraiment depuis le mois d'août 2126 et qui, de cette époque-là, nous prévient d'une imminente catastrophe. Comment parvient-il jusqu'à nous ? J'y reviendrai. Pour l'heure, je vais m'en tenir à son propre récit.

Si l'on regroupe les quelques éléments épars qu'il a bien voulu nous communiquer, le monde, en 2126, se trouve dans un effrayant chaos politique et social à la suite d'événements survenus un demi-siècle auparavant. En 2065, une guerre très meurtrière – qu'il appelle la Guerre d'Épouvante – a opposé plusieurs civilisations[1]. *Durant cette guerre, la Civilisation d'Occident, menacée d'être défaite, n'a pas osé utiliser les armes nucléaires qu'elle venait de placer en orbite, soit une force de frappe d'une puissance égale à cinq cents millions de fois celle de la bombe d'Hiroshima. Faute*

---

1. *Mais on verra que la date à laquelle a vraiment éclaté cette guerre n'est pas si simple à déterminer...*

de s'en être servi, elle a perdu la guerre. Ou plutôt, elle ne l'a pas gagnée et ce conflit n'a laissé, en s'achevant, que des peuples exsangues, sans vainqueurs ni vaincus. Les seules institutions encore intactes sont les états-majors de certaines armées qui protègent les grandes agglomérations et se gardent bien d'intervenir à l'extérieur, y compris même sur le territoire de ce qui fut leur pays ou civilisation. L'état-major d'Occident a même renoncé à prendre le risque de faire redescendre ces armes placées en orbite. Il les a désactivées. Et l'on est même allé jusqu'à détruire tous les codes d'accès à ces armes.

Vers 2120, quelqu'un – lui, peut-être – aura trouvé le moyen de communiquer avec le passé à travers ce qu'est devenu à cette époque-là le réseau Internet. Cette formidable innovation – qui consiste, a-t-il expliqué, à traiter le passé comme un espace virtuel parmi d'autres –, n'a pas constitué une grande surprise pour les contemporains dans la mesure où elle se présentait comme l'aboutissement d'une évolution technologique continue. Sans doute le virtuel *est-il alors devenu pratique courante – Barshit l'a d'ailleurs indiqué à propos de la sexualité et de ce qu'il a appelé les* clonimages, *sortes d'hologrammes intelligents. Cette possibilité d'un retour dans le passé a d'abord été un simple raffinement de procédés existants, un prétexte à jeux. Nul n'y a attaché une importance particulière. Puis, on a dû se rendre compte qu'on pouvait ainsi non seulement aller* explorer *le passé, mais aussi y* intervenir *en modifiant le comportement de ceux à qui l'on parle. Ceux qui s'y sont essayés alors avec jubilation ont découvert peu à peu que cette rétroaction permettait de modifier aussi le présent en influant sur lui grâce à la transformation d'événements antérieurs.*

Une telle modification de la réalité présente par une action exercée sur le passé nous est évidemment assez difficile à comprendre et surtout à admettre. Mais, après tout, pas plus que ne l'eussent été le téléphone, la télévision, ou davantage encore peut-être le grille-pain pour l'homme de Néanderthal !

Dans un premier temps, après cette découverte, il aura sans doute été plus facile d'influer sur le passé lointain, aux conséquences plutôt floues sur la réalité présente, que sur un passé proche qui se fût trouvé devenir autre que celui dont les contemporains auraient gardé le souvenir direct.

Nous ne savons rien de ces incursions virtuelles dans le passé des réseaux. Il est possible que certains, avant même Barshit, se soient déjà aventurés jusqu'à nous qui sommes à l'aube d'Internet, seule voie d'accès vers le passé. Toujours dans notre scénario de l'impossible, cette hypothèse pourrait expliquer par exemple certains mouvements boursiers récents ou encore les plus audacieuses manipulations génétiques, inconcevables avant un siècle, ainsi que le pronostiquaient les meilleurs spécialistes. Un savant ainsi mis sur la voie d'une découverte par un message venu de l'avenir pourrait fort bien n'avoir rien dit de sa source et garder pour lui tout le mérite et la gloire. D'autant plus que, s'il avait dit la vérité, personne ne l'aurait évidemment cru. On peut aussi imaginer qu'un pays, avant de faire la guerre à un autre, se soit efforcé de préalablement l'affaiblir, dans le passé. Ce qui expliquerait certaines crises inopinées, ou des épidémies surgies de nulle part, ou des pannes et des virus informatiques aux origines mystérieuses... J'y reviendrai.

Très vite, ce type de voyages virtuels dans le passé des réseaux d'information ont provoqué d'épouvantables catastrophes. Barshit nous en a raconté au moins une : la Guerre d'Épouvante, déclenchée en 2121 par des enfants qui croyaient intervenir dans un jeu vidéo de 2065 alors qu'ils étaient branchés par erreur sur les réseaux réels des armées tels qu'ils étaient cette année-là. Les logiciens de l'époque en ont longuement débattu : puisque cette guerre a éclaté bien avant même que n'ait été découvert le moyen d'aller et d'agir dans le passé depuis l'avenir, comment ce moyen a-t-il pu précisément déclencher une guerre que les contemporains, cinquante-six ans plus tard, ne se souviendraient pas d'avoir vécue ? Pourtant, même si ces contemporains n'en ont gardé aucun souvenir, tout se passe comme si elle avait effectivement eu lieu. On en est réduit à supposer qu'une modification du passé opérée depuis l'avenir transforme peu à peu le présent comme une encre de couleur teinte progressivement l'eau à laquelle elle se mêle.

Quoi qu'il en soit, quatre ans après cette catastrophe, en 2125 – il y a donc un an si nous nous plaçons en 2126 –, les militaires interdisent toute incursion dans le passé. Cette décision est appelée la "Grande Purification". Des gardiens – telle Alfer – sont nommés pour empêcher tout un chacun de pénétrer dans le passé du réseau.

Voilà pour le contexte... Notre personnage, quant à lui, est, dans mon hypothèse, exactement ce qu'il a raconté : un excellent chasseur de comètes sous le nom de Barshit ; un piètre prédicateur sous le nom de l'Éveilleur. Par son métier, il s'est aperçu – je devrais plutôt écrire : "il s'apercevra", puisque tout cela aura lieu dans plus d'un siècle, au tout début de l'année 2126 –, que la comète Swift-Tuttle s'approche de la Terre et même, d'après ses calculs, qu'elle la heurtera, détruisant toute trace de vie humaine à sa surface. Pour le découvrir, il aura utilisé des techniques d'observation qui lui sont propres. Elles lui auront permis d'acquérir la certitude de la menace bien avant que celle-ci ne devienne perceptible pour les observatoires officiels. Son premier réflexe sera d'alerter les différents états-majors ; mais, après un moment d'hésitation, il décidera de n'en rien faire. Expert en astéroïdes – il s'est vanté de la dextérité avec laquelle il se débarrasse des épaves du ciel –, il aura calculé que seule une frappe nucléaire massive pourrait avoir une chance de faire fondre au moins une partie de la glace dont est faite la comète et ainsi de la détourner. En fouillant dans les fichiers, en interrogeant ses relations au sein des états-

majors, il se sera rendu compte que rien n'a été préparé pour une telle éventualité, qu'aucun moyen disponible ne permettrait une intervention efficace, qu'en particulier il serait impossible de déclencher les armes encore en orbite puisque leurs codes, on l'a vu, auront alors été soigneusement éliminés. Il en conclura qu'il ne sert donc à rien de prévenir qui que ce soit. Connu comme un exalté, un prédicateur obsédé par la fin du monde, il saura – je parle toujours au futur, puisque tout cela se passe dans un siècle – que, s'il vient à annoncer cette menace, personne ne le prendra au sérieux et aucun expert officiel ne sera en mesure de confirmer ses pronostics. Et, même si on venait à le croire, cela ne servirait plus à rien, puisqu'il n'existerait aucune parade.

Il cherchera alors comment écarter la comète et être en même temps reconnu comme le sauveur de l'humanité. Comment devenir enfin l'Éveilleur qu'il rêve d'être depuis si longtemps.

C'est au cours du printemps 2126 qu'il trouvera. Il constatera que les ogives mises en orbite en 2065 et restées là après la Guerre d'Épouvante, faute d'avoir pu être redescendues, sont encore assez puissantes (elles représentent une puissance de frappe égale à cinq cent millions de fois la bombe qui détruisit Hiroshima), et en parfait état de marche, tout comme les fusées censées les lancer. Ayant procédé à toutes les vérifications techniques, il conclura que seul manque le code permettant de les mettre en mouvement. Il fera et refera ses calculs : si l'on pouvait les lancer en une seule salve, très exactement à l'instant où la comète atteindra la stratosphère, l'explosion réduirait sa masse de plus des neuf dixièmes et détournerait sa trajectoire vers Jupiter. Quant aux radiations provoquées par les explosions nucléaires, elles seraient emportées dans le vide spatial et se mêleraient au bruit de fond de l'Univers sans créer le moindre danger pour l'humanité.

Mais il ne disposera pas des codes de déclenchement de ces armes, disparus depuis la Grande Purification, ni n'aura la moindre idée de la façon de les obtenir. Car, même en allant les rechercher dans le passé, il ne les retrouverait pas, puisqu'ils auront été effacés de tous les réseaux, y compris de ceux d'autrefois pour éviter précisément qu'on aille les y chercher. Sans doute connaîtra-t-il alors un moment de profond découragement.

Alors interviendra son coup de génie. Au lieu de chercher en vain à se procurer le code réel de ces armes, il décidera tout simplement <u>d'en installer un autre</u> choisi par lui. Il n'aura alors plus aucun mal à déclencher les armes. Mais, pour ce faire, il lui aura fallu choisir un code crédible – afin de n'éveiller aucun soupçon – après qu'il l'aura installé, chez ceux qui auraient pu avoir à en connaître dans le passé. En outre, il se sera attaché à choisir un code qui puisse étayer ses ambitions messianiques. (Il ne cesse de nous dire – je fais ici l'hypothèse qu'il ne ment pas – qu'il sauvera l'humanité.)

Il étudiera d'abord les archives secrètes du Pentagone. Il y découvrira que, plus d'un siècle auparavant – autrement dit de nos jours, pendant le mandat du Président –, il a été décidé de retenir les dessins sacrés hopis, parmi d'autres symboles religieux, comme l'un des futurs systèmes de cryptage des armements. Il apprendra que nul n'a encore cherché à se les procurer dans la mesure où il ne s'agit pour l'heure que d'une liste théorique. Il étudiera les prophéties des Hopis. Il y trouvera l'annonce de la destruction de l'Univers par une comète. Cela lui plaira et nourrira son plan. Il décidera de tout apprendre des Neuf Univers, des voyages dans le Quatrième, où nous sommes, et des quatre tablettes sacrées, l'une pour chaque point cardinal. Mais il ne trouvera pas trace des dessins de ces tablettes, car aucun Blanc ne les connaît.

Sans doute traversera-t-il alors une nouvelle phase de découragement.

Puis il découvrira comment faire.

Si je devais me représenter cette situation qui n'a évidemment pas eu lieu – mais il n'est pas dans mon rôle d'imaginer –, je penserais que, tout heureux de sa découverte, il partira alors d'un grand éclat de rire.

Et il agira.

On pourrait aussi bien écrire qu'il a agi, car tout cela se déroule quelques semaines avant qu'il ne se manifeste, il y a six jours.

Un siècle avant lui, dans un centre de recherches perdu en plein désert de l'Arizona, il repérera un spécialiste en rayonnements nucléaires qui, sans rien connaître des Hopis, lui paraîtra en situation d'obtenir communication de leurs tablettes sacrées : Addams.

Il étudiera longuement le passé, les mœurs, les habitudes de cet homme. Il découvrira son vrai nom, et l'injustice dont a été victime le professeur La Fontaine lors de sa mission sur le site de Krasnoïarsk, quelques années plus tôt[1]*... »*

À la lecture de ces lignes, Addams resta pétrifié. Puis il leva les yeux. L'Amiral le surveillait à la dérobée, la main posée sur la poignée du tiroir gauche de son bureau.

Addams reprit sa lecture :

« Barshit – appelons-le encore ainsi, faute de mieux – aura eu accès sans trop de difficultés au dossier militaire d'Addams et à ses correspondances sur Internet. Il n'aura pas eu de mal, en particulier, à prendre connaissance de son Journal au fur et à mesure qu'Addams le remplit, un peu comme on lit par-dessus l'épaule de quelqu'un, et à en tirer ainsi de quoi approfondir sa connaissance de la psychologie de son futur interlocuteur.

Avant même de s'adresser à lui, il aura eu l'idée d'introduire quelques paragraphes de ce Journal

---

1. Ou plutôt de l'erreur dont il prétend à l'époque avoir été la victime. À juste titre : il pourra vérifier cette assertion en dépouillant, quarante ans plus tard, les comptes rendus de visites de la centrale de Krasnoïarsk.

intime dans l'ordinateur d'une ethnologue grecque, membre d'une expédition archéologique en Asie centrale en 2047, au moment où elle recopiait l'original d'un manuscrit rédigé dans une langue inconnue, tout juste découvert dans un tombeau ouïgour. Il élaborera même une grammaire et un dictionnaire spécialement pour cette langue, de telle façon que la traduction du manuscrit dans lequel il aura instillé des phrases d'Addams corresponde à un texte qu'il aura préalablement rédigé. (Ce qui m'y a fait penser, c'est qu'il s'est vanté de son expertise linguistique lorsqu'il a prétendu, le deuxième jour, avoir appris d'"innombrables langues ; des langues inutiles, nées après votre mort et mortes avant ma naissance...") Ce texte, truffé des pensées personnelles d'Addams, apparaîtra alors comme un récit mystique annonçant la venue d'une comète et prédisant l'existence d'un sauveur (qu'il aura rattaché aux Hopis en écrivant que "Dieu, Bouddha et Sotuknang sont mes trois plus belles manifestations"). Et comme il n'aura eu aucun mal à y glisser des prévisions stupéfiantes de précision sur de nombreux événements à venir dans les décennies suivant sa découverte – il aura ainsi « prévu » la Guerre d'Épouvante et la Grande Purification, entre autres –, le nombre de gens qui y attacheront de l'importance ne fera que grandir. (Alfer nous a confirmé que ce « Troisième Testament » était pris très au sérieux à cette époque.) En particulier, il aura conçu la rédaction de ce texte de telle sorte que le fait de détourner la comète en se servant des symboles hopis apparaisse comme la réalisation de sa prophétie.

Il aura fait le pari qu'Addams ne reconnaîtrait pas ses propres mots en les lisant, mais que le fait de retrouver des expressions voisines des siennes dans un très vieux manuscrit le convaincra de l'authenticité de celui-ci. Par défi, Barshit ira même jusqu'à dire à Addams, le quatrième jour : "La vérité est là qui vous crève les yeux, mais vous serez le dernier à la voir !"

Barshit pourra observer, non sans délectation, en opérant des coups de sonde dans le passé entre la découverte du manuscrit, quatre-vingts ans plus tôt, et son époque, comment un texte rédigé de sa main et nourri des pensées vagabondes d'un chercheur repéré au hasard, devient peu à peu une prophétie à l'égal de celle d'Isaïe.

Et, pendant ce temps-là, la comète approchera.

Il y a six jours dans notre temps (le 8 août 2126 dans le sien), donc à moins de sept jours de l'impact, nul, à part lui, n'aura encore repéré le monstre céleste. Barshit lui-même ne disposera toujours pas du code de déclenchement des armes placées en orbite, ni d'aucun autre moyen de détourner cette montagne volante. Pourtant, tout son plan se déroulera exactement comme prévu. Et à une semaine de l'issue finale, il fera preuve du plus parfait sang-froid.

Il commencera alors à prêcher publiquement, sous le nom de l'Éveilleur, malgré les quolibets de tous, qu'une comète menace de détruire la Terre. Au même moment, il entrera en contact avec Addams. Là, il ne lui dira que la vérité, à quelques détails près. Il lui laissera le soin de rechercher le code pendant six jours. Pendant ce temps, il hésitera et jouera avec l'idée de ne rien faire, de laisser l'humanité disparaître, pour se transporter lui-même dans un paradis qu'il nomme Epsilon Indi et dont la Terre serait l'Enfer.

(Je rappelle encore une fois au Président que je décris ici la seule hypothèse qui ne soit contredite par aucun fait, même si je la sais absolument impossible...)

Quand Addams lui aura transmis les premiers dessins indiens, Barshit jubilera. Mais Cha'kwaina précisera qu'une des tablettes est incomplète et que Pahanna possède les morceaux manquants. Barshit exigera alors d'avoir ces compléments pour nourrir sa prophétie et parfaire son histoire. C'est grâce à Ewlyn – dont Barshit ignorait l'existence – qu'Addams les lui fournira quelques heures avant que la comète ne pénètre dans la stratosphère. Il y a donc trois heures.

Barshit enverra alors ces dessins dans son passé – notre futur –, en 2065, vers la fin de la Guerre d'Épou-

vante, à l'instant précis où le chef d'état-major de l'époque, le général Goussiline, se trouvera, dans le temps et l'espace, en charge et en situation de décider d'un nouveau code de lancement des armes placées en orbite. Pour être certain de ne pas prendre le moindre risque, il transmettra lui-même ces dessins à l'ordinateur de Goussiline en se faisant passer pour le spécialiste des Hopis avec qui le Général était en correspondance en vue de les obtenir. Naturellement, ce spécialiste ne possédait pas ces dessins ni ne pouvait les détenir, et le Général ne les aurait pas obtenus sans Barshit qui ne pouvait lui-même y avoir eu accès sans Addams et Ewlyn.

En 2065, le général introduira donc ces symboles dans les armes, ainsi qu'il le confirmera dans son testament authentique avant de se suicider.

Addams a donc transmis ces dessins aujourd'hui, il y a trois heures, et Barshit, en 2126, les a expédiés en 2065, rendant ainsi vrai ce qu'il raconte depuis six jours.

À partir de cet instant, il ne lui restera plus qu'à attendre pour devenir le Sauveur de l'humanité. Sans aucun risque...

Car il a prévu tous les cas de figure :

Si Addams n'avait finalement retrouvé que les trois tablettes du clan de l'Ours et la partie principale de la tablette du clan du Feu, Barshit s'en serait contenté en expliquant à Addams qu'il avait pu forcer l'entrée du mécanisme de lancement et que la dernière partie du code ne lui était plus nécessaire. Cela n'aurait cependant pas revêtu le même lustre, car il n'aurait pu en tirer un aussi grand parti sur le plan mystique ni se présenter comme l'héritier de Pahanna.

Si Addams n'avait trouvé aucun élément des dessins hopis, pas même les tablettes de l'Ours, alors Barshit, à l'instant ultime, aurait introduit dans l'ordinateur de Goussiline n'importe quel autre code crédible, et ainsi déclenché les armes. Mais il aurait perdu toute la dimension mythico-religieuse dont il espérait tirer bénéfice en étant reconnu comme le Sauveur annoncé dans le « Troisième Testament ».

En toute hypothèse, dans quelques heures, Barshit lancera donc les armes et détournera bel et bien la comète. Car les Indiens se trompent en affirmant que rien ne pourra l'arrêter !

Si j'ai tenu à ce que le Président prenne connaissance de ce qui précède, c'est parce qu'il est vital que cette hypothèse, vraie ou fausse, ne soit pas rendue publique. Car si les médias venaient à s'en emparer, de deux choses l'une :

– ou elle est fausse, ce qui est l'évidence, et il faudra alors expliquer à l'opinion l'existence d'une formidable faille dans nos systèmes de sécurité. L'effet serait désastreux ;

– ou elle est vraie, ce qui est inconcevable, et tout cela apparaîtra comme un complot fomenté depuis l'avenir, contre lequel nul ne pourrait rien aujourd'hui. Les peuples auraient alors à vivre plus d'un siècle avec la double perspective d'une guerre terrifiante et de la menace d'une comète, ce qui ne serait assurément pas fait pour stimuler les efforts auxquels le Président exhorte en ce moment même les Américains. Non plus que ceux que ses successeurs ne manqueront pas de demander à leur tour.

Il est donc capital que cette histoire, vraie ou fausse, ne sorte pas du cercle des Pénitents.

Je conseille donc au Président de ne pas rendre public ce rapport, mais de le détruire dès qu'il l'aura lu. Qu'aucune trace n'en soit gardée. Et que tous ceux qui auront été de près ou de loin mêlés à cette affaire soient renvoyés à des tâches subalternes.

En particulier, tous les Pénitents doivent disparaître, et le Centre HP5 être fermé.

Signé : Amiral Cordobés »

Addams déposa la liasse de pages sur le bureau. Un long silence s'installa. L'Amiral avait-il souhaité connaître ses réactions avant d'envoyer ce rapport à

Washington ? Il ne disait mot. La nuit était tombée. Addams ne discernait plus devant lui qu'une silhouette et deux yeux brillants. Il murmura :

— Pourquoi avez-vous tenu à me faire lire tout cela ?

— Je ne sais pas...

Le regard contrôlé contrastait avec la voix hésitante.

— ... Peut-être pour partager cette folie avec quelqu'un. Peut-être aussi pour vous mettre en garde.

— Contre quoi ?

— Je recommande au Président d'écarter tous les Pénitents et ceux qui, comme vous et votre ami Lemporius, ont été impliqués dans cette histoire.

— Parce que vous allez vraiment envoyer ces élucubrations à la Maison-Blanche ?

— C'est déjà fait.

Il avait prononcé ces mots d'une voix lasse et résignée. Pour la première fois, Addams le trouva presque vulnérable.

— J'imaginais que vous vouliez connaître mon avis, mais vous vous en passez fort bien !... Vous ne pensez tout de même pas que le Président va vous croire ? Il n'est pas fou, pour autant que je sache, et vous reconnaissez vous-même que votre scénario est impossible.

La voix de l'Amiral se fit encore plus basse :

— Je connais bien le Président. Il n'y croira pas, en effet, mais il ne voudra pas prendre le moindre risque. Il éliminera tous les gens qui ont trempé dans cette affaire. Alors, fuyez ! Et ne remettez plus jamais les pieds ici ! Changez de nom encore une fois !

L'Amiral ouvrit brutalement le tiroir gauche de son bureau et en sortit la même petite boîte que l'avant-veille. Il y puisa six pilules multicolores qu'il avala d'un trait en rejetant la tête en arrière d'un coup sec.

— Pourquoi tenez-vous à me prévenir ? insista Addams. Vous n'avez pas la réputation d'un philanthrope !

Le tiroir claqua :

— Parce que je n'aime pas tirer dans le dos des gens.

— Et les Hopis ?

L'Amiral étendit le bras droit loin devant lui et poussa lentement vers la gauche tous les papiers et objets qui se trouvaient sur sa table, sans cesser de fixer des yeux Addams, jusqu'à ce que tout eût dégringolé sur le sol.

Addams repassa chez lui prendre quelques affaires. Il était décidé à rejoindre Ewlyn à Walpi sans plus attendre. Sitôt entré au salon, il vit l'ordinateur éclairé et y lut le texte suivant :

— Je suis venu sur les *mesas* désertes pour y assister au vol triomphal des fusées. La chaleur est ici encore plus insupportable qu'ailleurs : à cause de la mi-août et de la comète. Même s'il y avait encore des gens pour en organiser, aucune cérémonie du Serpent-Antilope ne pourrait plus faire venir la pluie. Fini, tout ça ! À jamais fini !

La comète est là qui nous nargue. Elle va au même endroit que nous, mais, dans quelques minutes, je vais l'envoyer valdinguer afin qu'elle aille réchauffer Jupiter...

Je voulais vous rendre témoin de mon succès. Quel raffinement que d'être là d'où est partie la plus belle culture que l'Amérique ait apportée au monde, son plus beau message de paix, d'harmonie et de lucidité ! Naturellement, il n'en reste rien. Rien, pas même des ruines. Le néant est décidément pire que les ruines. Face au néant, la nostalgie est difficile. Il faut tenter de se souvenir sans aucun support ; alors, nécessairement, on invente, on échafaude, on élucubre...

Mais l'heure n'est pas à l'apitoiement. Les Hopis ont fait leur temps ; le mien est venu. J'ai averti tous les états-majors que j'allais faire exploser la comète dans une minute. Certains ont repris l'annonce à leur compte en affirmant dans des communiqués avantageux qu'à leur initiative, une ultime manœuvre salvatrice allait être tentée et que, naturellement, elle ne pouvait l'être que grâce à leurs vertus de dirigeants avisés et précautionneux. A Puttuparthi, dans l'Andra Pradesh, un escroc nommé Baba Taji soutient qu'il va détourner la comète par la seule force de son esprit. Il se prétend la réincarnation d'un homme-dieu du XIVe siècle ! Son ashram est plein. Des dizaines de milliers de gens piétinent à ses portes. Il me maudit en me traitant d'usurpateur... Mes fidèles, eux, me croient. Les autres invoquent leurs dieux ou préfèrent mourir en savourant leurs dernières secondes de plaisir. D'autres encore se suicident ou bien tuent ceux qu'ils aiment afin de leur épargner la fin qui s'annonce.

À voir la bêtise de l'homme confronté au pire, je pourrais encore décider de ne rien faire, de laisser la vie s'achever. Tous les esprits, même les plus vils, seraient alors libérés. Ils quitteraient cet enfer pour Epsilon Indi. Ils n'auraient plus à s'incarner. Ils recommenceraient autrement la vraie vie de l'Esprit. Ils découvriraient la vérité et, domptés, purifiés, parcourraient le noble chemin qui conduit hors de la souffrance...

Mais je ne le ferai pas. Je serai tout à la fois le Sauveur, l'Éveilleur et Pahanna. Je vengerai ainsi la mémoire de ceux qu'on a anéantis parce qu'ils étaient différents, de ceux qui prophétisaient un désastre et qu'on a empêché de crier, de tous les Hopis du monde, pour le mal qu'on leur a fait.

J'introduis l'ultime partie de la tablette. La comète est maintenant là où elle doit être : au-dessus des nuages des monts de San Francisco. Immense et sereine. Elle nous accompagne, joyeuse, comme un dauphin escorte l'équipage de pêcheurs.

J'appuie sur le détonateur. Les fusées quittent les satellites tueurs. Magnifique feu d'artifice ! Leurs trajectoires sont exactement celles que j'avais calculées : elles convergent des quatre coins du ciel et même de l'autre côté de la planète vers la grosse boule de glace.

Le spectacle se prépare. Quel dommage que vous ne le voyiez pas ! Ça y est, la première l'atteint. Je n'ai pas encore idée de la couleur que va avoir l'explosion...

Mais non, rien ne se passe... La fusée a pénétré dans la comète sans exploser. Une autre, à son tour... Rien ! Pourquoi ? Que se passe-t-il ? C'est impossible ! J'avais tout prévu ! Impossible !

Non...

Elles n'ont pas explosé. Inertes ! Toutes !

La comète continue de foncer vers notre rendez-vous. Elle n'a pas bronché. Il fait de plus en plus chaud. J'avais tout prévu ! Ce n'est pas vrai !...

Addams lisait avec épouvante. Quand Barshit avait-il écrit ces lignes ? La planète allait donc être détruite ? Elle avait dû l'être cependant qu'il s'entretenait avec l'Amiral. Tout cela sonnait si juste que Cordobés, informé et le lisant de son côté, devait déjà regretter d'avoir transmis son rapport ! Tout le scénario qu'il avait échafaudé s'effondrait, puisque, pour lui, les armes en orbite auraient dû fonctionner... Ainsi donc, même l'hypothèse la plus folle, la seule toutefois qui restât cohérente, se trouvait réduite à néant.

À moins que...

Addams eut alors une illumination : il suffisait de modifier un seul petit détail dans les déductions de Cordobés pour que tout son rapport, si extravagant fût-il, devienne vrai : Barshit avait agi exactement comme l'Amiral l'avait pressenti, mais *quelqu'un d'autre* avait agi différemment. En recevant les symboles hopis au moment où la Guerre d'Épouvante se terminait et où certains jouaient avec l'idée de faire tomber la foudre du ciel, le général Goussiline avait choisi de modifier secrètement le code, avant de l'introduire dans les armes, afin que personne ne pût plus s'en servir après lui. Et, pour être sûr que nul ne trouverait le vrai code, il avait délibérément menti dans son propre testament.

Ironie : en voulant protéger les hommes de leurs délires, cet homme les avait condamnés à disparaître !

Barshit l'avait peut-être compris, mais ses derniers propos ne le disaient pas explicitement :

Juste avant l'impact, parlant dans la chaleur abominable d'un soleil de mort depuis les ruines de Walpi, je vois venir la tragédie. J'ai échoué ; je ne saurai jamais qui a pu me berner ; qui a pu, pour le plaisir de la bonne conscience, tirer un trait sur l'espèce humaine...

L'impact va avoir lieu d'une seconde à l'autre et cette communication sera interrompue à jamais. Je partirai vers Epsilon Indi...

Je ne veux pas mourir !

Si vous m'entendez encore, gens d'honneur, ou qui que vous soyez, il ne nous reste qu'un seul espoir : vous ! Changez ! Préparez-vous, songez aux générations à venir ! Devenez votre propre Lumière de Paix ! Changez, ou bien nous disparaîtrons !... Ce n'est rien d'autre que la folie qui détruit l'Univers. Gens d'honneur ! Vous êtes notre dernier espoir : changez !...

Juste après, Alfer avait parlé et Addams lut :

— Chacun a pu voir qu'il a essayé, mais qu'il a échoué. Rien ne pouvait donc arrêter cette boule de feu. La chaleur devient intolérable. Le choc est dans moins d'une minute. Priez pour nous et pour vos arrière-petits-

enfants ! Écoutez ce cauchemar dont vous n'avez su nous préserver !

Je parle afin que le souvenir soit gardé, même si ce n'est que dans le passé, de ce qui va détruire l'Esprit.

Le choc aura finalement lieu sur Ashkabad, capitale du Turkménistan, à proximité de la première exploitation de gaz du monde. La comète rebondira et ira finir sa course au-delà de la mer Noire. Elle provoquera un gigantesque incendie qui enflammera toute l'Asie centrale ; des tremblements de terre ébranleront jusqu'à Paris où je me trouve. Ils y abattront la tour Eiffel. Des fumées noires s'élèveront des puits, que personne ne pourra arrêter. La nuit recouvrira le monde.

Partout sur la planète les polices ont ordonné aux habitants de sortir des villes afin d'éviter d'être écrasés par les immeubles. Ici, tout le monde a obtempéré en silence. Pourtant, chacun sait que l'extérieur des cités est aussi peu sûr que l'enceinte de leurs murs. Ne risque-t-on pas plus en rase campagne à attendre la pluie de rochers ? Mais tous ont envie d'être ensemble et de contempler le soleil une dernière fois.

Pourtant, chacun paraît cesser désormais de guetter la mort qui vient et s'apprête à livrer combat. Je suis sûr que nous trouverons une façon de survivre ! Il n'est pas possible que le monde finisse par un si beau jour d'été ! Tous ces experts qui annoncent que l'humanité va disparaître en l'espace de six mois ne peuvent une fois de plus qu'avoir tort.

Peut-être devra-t-on s'installer pour un long moment dans le froid et la nuit, et tout recommencer, mais nous survivrons. L'homme n'est pas le diplodocus, il ne se laissera pas faire. Il résistera !

Le choc va avoir lieu dans une vingtaine de secondes maintenant et personne n'est capable de dire ce que nous allons ressentir ici, à dix mille kilomètres de l'impact. La chaleur devient insupportable. M'entendez-vous encore ?

Mon Dieu, pourquoi nous as-Tu abandonnés ?

Autour de moi, dans les embouteillages dont nous n'avons pas eu le temps de nous dégager, je vois des gens qui s'embrassent, d'autres qui prient, d'autres encore qui sont descendus de leur véhicule et qui marchent, hagards, pour s'éloigner d'un mètre ou deux de plus, mais de quoi ?... Un homme pleure, assis au milieu de la chaussée. Dans le véhicule à côté du mien, une femme seule refait son maquillage en souriant au rétroviseur.

Dans deux sec...

Ainsi s'interrompit la communication avec l'avenir.

Addams repartit aussitôt pour Walpi afin de raconter à Ewlyn ce qu'il venait d'apprendre.

Dans son esprit, tout se télescopait. Un vertige ne le quittait plus.

Parvenu au village hopi, il entendit la jeune femme lui répondre comme à travers un brouillard :

– À l'entrée du Quatrième Univers, Sotuknang avait dit : « *Il vous appartiendra de porter le Plan de la Création, sinon l'Univers, une fois de plus, devra être détruit...* » Ils ne l'ont pas écouté et Saquasohuch a fait son œuvre. Ils étaient prévenus ; ils n'ont eu que ce qu'ils méritaient. Celui qui se prétend Barshit était bien naïf d'espérer l'empêcher en manipulant le temps. On ne répare rien en s'évertuant à remonter le cours des choses. Illusion ! Il n'y avait rien à réparer. Les femmes savent cela : il ne faut pas réparer, mais faire naître, ne pas s'attarder à regretter le passé, mais préparer l'avenir. Et accepter de voir en toute fin un commencement. La fin a commencé : celle de l'homme et de cet Univers-ci. Le commencement aussi.

Addams eut du mal à articuler :

– Combien de temps crois-tu qu'il nous reste avant cette fin ?

— Si la fin de l'homme commence dans un siècle, celle de l'Univers en résultera. Mais le temps commencera à se tordre bien avant. Dès lors, rien ne sera plus à sa place. Des événements surviendront que nous croirons avoir déjà vécus. D'autres n'auront pas eu lieu, dont nous vivrons les conséquences... Présent et avenir vont se mêler, et les hommes vont oublier.

Il sentit qu'elle voyait juste.

— Alors nous oublierons tout ce que nous avons vécu ici ? J'oublierai même mon amour pour toi ?

Malgré le brouillard qui l'entourait, il crut deviner sur ses traits un sourire d'une infinie tendresse :

— Les gens d'honneur devront garder souvenir des choses essentielles. Ils sauront qu'ils ont vécu dans d'autres Univers. Pour ne pas oublier, il leur faudra apprendre à lancer des ponts entre les mondes, à garder leur porte ouverte, à prêter l'oreille aux récits venus de nulle part, auxquels les gens réputés sérieux ne croiront pas. Bientôt l'Univers finissant, où nous aurons vécu de chair et de sang, deviendra comme le balbutiement d'un autre... Et quand les gens du nouvel Univers raconteront cette histoire, ils comprendront qu'elle n'*aura pas lieu plus tard*, dans leur propre Univers, mais qu'*elle a eu lieu avant*, dans celui qui les a précédés. Qu'elle n'est pas ce qui *va avoir lieu*, mais ce qui *a déjà eu lieu*. Ils n'auront ni regrets, ni remords, ni pitié pour l'Univers disparu. Parce qu'il n'aura eu que ce qu'il méritait. Et parce que sa mort aura été la condition de leur propre naissance. Ils penseront : « *Ceci est un avertissement pour notre monde.* »

Elle lui prit la main et l'entraîna vers une maison.

— Viens, nous avons encore un long voyage devant nous.

Elle le convia à déjeuner. Elle avait préparé des rouleaux de maïs, qu'il accepta. Il comprit : leur mariage était la première étape du voyage annoncé.

Puis elle quitta la pièce et de vieilles femmes hopies vinrent le déshabiller et le laver de la tête aux pieds afin de le débarrasser de son passé. Ewlyn le rejoignit peu après, vêtue de mocassins de daim blancs, d'une tunique et d'une ceinture blanches. À son tour elle se dévêtit et s'approcha de lui. Les femmes lavèrent leurs cheveux tout en les nouant en torsades communes, comme serait leur destin.

Un peu plus tard, un grand dîner rassembla le village. Les hommes dirent à Ewlyn :

– Le repas prouve que tu es bonne ménagère.

Les femmes dirent à Addams :

– Tu n'es pas très beau, tu as de la chance qu'elle ait voulu de toi. Mais méfie-toi : les femmes détestent les paresseux ; tu devras travailler dur, sinon elle te flanquera dehors.

Puis femmes et hommes se livrèrent une bataille de boue tout en s'insultant gaiement.

À l'aube, Addams et Ewlyn allèrent au bord de la falaise, à l'est de la *mesa*, jeter du maïs dans le vide tout en priant en silence, les yeux vers le soleil levant.

Au même moment, à Washington, Oliver Talvits rendait compte au Président des derniers messages reçus sur le réseau et du rapport de l'amiral Cordobés.

Ils conclurent que si cette histoire était vraie, elle n'avait pas la moindre chance d'influer sur la réélection du Président, puisqu'elle se déroulerait à plus d'un siècle de là ; mais qu'elle pourrait néanmoins troubler les esprits faibles si elle venait à être connue.

Si elle était fausse, c'est l'ensemble de leurs réseaux qui étaient en danger.

Dans les deux cas, Cordobés avait raison : il fallait réagir vite.

Quinze jours plus tard, l'Amiral et le vice-président furent victimes d'un accident d'avion au décollage de la base d'Andrews. Ils eurent des obsèques nationales. La même semaine, le général Lipschitz mourut d'une banale crise cardiaque en Indonésie où il avait été envoyé en mission. On l'enterra le jour où le capitaine Rufio fut renversé par une voiture dans une rue de San Francisco. Dans les semaines qui suivirent, plusieurs conseillers à la Maison-Blanche, deux ministres et une dizaine d'officiers des services de sécurité et des transmissions disparurent en opérations.

Wilfried Lemporius quitta précipitamment HP5 juste avant la fermeture du Centre. Addams se persuada qu'il avait réussi à se mettre à l'abri : il avait traversé d'autres tempêtes...

Ewlyn et lui trouvèrent refuge dans un endroit éloigné connu des seuls initiés hopis. De là, ils pouvaient attendre en toute sérénité le moment de conduire les gens d'honneur vers le Cinquième Univers.

Car celui-ci était en train de naître.

Déjà le temps bégayait, l'espace se fermait, l'avenir se mêlait au présent, créant les conditions de sa disparition.

Les Hopis savent cela depuis toujours. Mais ils restent silencieux, puisque personne n'a jamais eu la curiosité de venir le leur demander.

NOTE BIBLIOGRAPHIQUE

Il n'existe pas de livre de référence sur les mythes et les rituels hopis. On trouve même autant de récits qu'il y a de clans, de villages, de conteurs. Entre eux, les nuances sont d'une vertigineuse complexité. Aussi m'a-t-il fallu choisir ici certaines versions et m'y tenir.

Pour rendre compte des mythes fondateurs et des tablettes sacrées, je me suis principalement référé aux transcriptions de Frank Waters dans *Le Livre du Hopi* (Éditions du Rocher, 1992), qui constitue une des meilleures introductions à cette culture, rédigée par un Américain respectueux de ce qu'il notait.

Pour les cérémonies du Serpent-Antilope, des obsèques et du mariage, j'ai aussi emprunté aux descriptions faites par Don Taleyseva dans *Soleil Hopi*, Éditions Plon, 1982, premier livre dicté par un Hopi au début du siècle, et par Chantal Gérard-Landry dans *Hopi, peuple de paix et d'harmonie*, Albin Michel, 1995, qui dresse un excellent inventaire des mythes et de la culture de ces tribus.

J'ai aussi puisé dans les anecdotes et notations rapportées dans les livres suivants :

Bahti, Tom, *Southwestern Indian Tribes*, KC Publications, Las Vegas, 1992, et *Southwestern Indian Ceremonials*, KC Publications, Las Vegas,

1992, qui décrit les coutumes de chaque tribu de la région sans s'en tenir aux seuls Hopis.

Bradfield, Richard Maitland, *An Interpretation of Hopi Culture*, Derby, England, 1995, qui démontre comment tous les rites hopis s'expliquent à partir des exigences de l'agriculture.

Branson, Oscar T., *Hopi Indian Kachina Dolls*, Treasure Chest Publications, Tucson, Arizona, 1992, qui donne la meilleure classification disponible de l'immense variété des esprits hopis et des poupées qui les représentent.

Dockstader, Frederick J., *The Kachina and the White Man. The Influences of White Culture on the Hopi Kachina Religion*, University of New Mexico Press, 1985, qui décrit les multiples versions du mythe de Pahanna et les influences occidentales sur ces récits.

Malotki, Ekkehart & Lomatuway'ma, Michael, *Hopi Coyote Tales. Istutuwutsi*, University of Nebraska Press, 1994, qui contient le meilleur recueil de récits et de contes hors des récits proprement sacrés.

Nequatewa, Edmund, *Truth of a Hopi*, Northland Publishing & The Museum of Northern Arizona, 1994, qui décrit avec clarté les principes fondateurs.

Enfin, Tomchek, Ann Heinrichs, *The Hopi*, Childrens Press, Chicago, 1992, petit résumé très bien conçu des principaux aspects de la vie hopie.

Sans oublier les sites Internet où la culture hopie se fait connaître, tels que :

http://ziggy.tvi.cc.nm.us/hpdocs/swhp/images/html.

http://hanksville.phast.umass.edu:8000/cultprop/contacts/tribal/hopi.html.

http://www.w7.com/ovations/tubingh/kdolls.htm.

et surtout le Hopi Information Network, sur Altavista.

Par ailleurs, certains lecteurs reconnaîtront sans doute au passage un hommage au génial *Limbo* de John Brunner.

Je remercie enfin tous ceux qui m'ont si bien accueilli à Walpi, à Oraibi, à Hotevilla et à Menkopi.

J. A.

Du même auteur :

Analyse économique de la vie politique, PUF, 1973.
Les Modèles politiques, PUF, 1974.
L'Anti-économique (avec Marc Guillaume), PUF, 1975.
La Parole et l'Outil, PUF, 1976.
Bruits, PUF, 1977.
La Nouvelle Économie française, Flammarion, 1978.
L'Ordre cannibale, Grasset, 1979.
Les Trois Mondes, Fayard, 1981.
Histoire du Temps, Fayard, 1982.
La Figure de Fraser, Fayard, 1984.
Un Homme d'influence, Fayard, 1985.
Au propre et au figuré, Fayard, 1988.
La Vie éternelle, roman, roman, Fayard, 1989.
Lignes d'horizon, Fayard, 1990.
Le Premier Jour après moi, roman, Fayard, 1990.
1492, Fayard, 1991.
Verbatim I, Fayard, 1993.
Europe(s), Fayard, 1994.
Il viendra, roman, Fayard, 1994.
Économie de l'Apocalypse, Fayard, 1994.
Verbatim II, Fayard, 1995.
Verbatim III, Fayard, 1995.
Manuel, l'enfant-rêve (ill. par Philippe Druillet), Stock, 1995.
Chemins de sagesse, Fayard, 1996.

Composition réalisée par P.P.C.

IMPRIMÉ EN FRANCE PAR BRODARD ET TAUPIN
La Flèche (Sarthe)
LIBRAIRIE GÉNÉRALE FRANÇAISE - 43, quai de Grenelle - 75015 Paris
ISBN 2-253-14652-8

31/4652/9